夜光杯
1946.5.1

岁月未蹉跎

爱夜光杯 爱上海

——2023——

新民晚报副刊部 主编

文匯出版社

目　录

看人集

谈艺录

叙往事

恋上海

念故人

观世象

爱夜光杯 爱上海

2 0 2 3

看人集

我的父亲陆天明

陆　川
2023-08-11

一

如果用一个画面来形容我的父亲，大致是一个在午夜踯躅独行的男人周身喷射着严厉尖锐愤怒爆燃的烈焰，夜风肆意揉搓着他一头桀骜不驯的卷发。

二

那些明媚灿烂的记忆大多集中在新疆。

我会记得一双大手把我轻轻放在农场白杨林旁的马背上；或者是被带到一片芦苇荡中去剪苇叶，一粒粒金珠般的光芒跃动在叶片之上；然后他和妈妈相对而坐，用那时候最珍贵的大米，塞入卷好的苇叶中——对了，还有剪羊毛。我被他用强有力的手臂夹着，同情地看着也以同样的姿势被羊毛工夹在手臂下的绵羊，大剪刀深深地插入肮脏卷曲的羊毛，一片片毛毡就此剥落下来——

在新疆的那段短暂记忆中，我似乎并不能清晰地记忆起父亲的面庞，但是能感受到他的喜悦和力量。

三

随后我们全家到了北京。

开始我们住在十二楼。那可是北京最早的一栋高层建筑，耸立在复兴门桥西南角，旁边还有一段残破的城墙。那段城墙我经常爬，站在那里看夕阳和野鸽子，揪酸枣吃。那酸枣不好吃，又小又涩，但是却有奎屯农场的味道。

那时候已经有了弟弟，双职工的父母不得不把弟弟寄养在同楼的一个阿姨家。他们要从自己的工资里拿出将近三分之一的钱给那个阿姨。在珍惜每一粒粮食这方面，那个阿姨把弟弟教育得极好。每天弟弟被抱回家就如同一头饿狼，会扫净我们原本就并不丰盛的晚餐上的每一只盘子。

妈妈起了疑心，但是父亲抹不下面子，他骨子里还是个书生。他和阿姨用非常文雅的方式交流了一下他的疑惑，换来阿姨疾风暴雨般的回戗。随后的一段日子，父亲去接丁丁的时候，总是看到小儿子津津有味地咂摸着一块咸菜；直至有一天父亲终于忍不住提前半天在午饭的时候去看弟弟，发现阿姨一家围坐聚餐满嘴流油，而房间一角，口水四溢的弟弟竟然在细品一根烟屁股。

父亲和那个阿姨大吵一架，把丁丁带回家。

这世界上烟民虽多，但烟龄和年龄只差一岁的可能只有我弟。

想来那肯定是家里最穷困的日子，因为几乎每天都是玉米糊糊、玉米饼。父亲的玉米糊糊比妈妈打得好，他打的玉米糊糊偶尔可以喝出米粥的味道，很稠也很黏；妈妈打的糊糊就不行，水是水，玉米粒是玉米粒，分层很清晰，像一杯鸡尾酒，保持着一个上海女人的腔调。

但是到了周日，我们家也会改善生活。

每个周末的早晨，父亲一定会去买豆浆、油饼和炸糕！没有豆浆油饼炸糕的周末怎么能叫周末？虽然没有多少钱，但是周末的仪式感和快乐总是被父亲拉得满满的。

四

几乎是一夜间，我便再也看不到父亲脸上的笑容了。

他总是沉默地坐在书桌前，一坐一天。从早上坐到晚上，晚饭后继续。他的背影如同一座险峻的高山，山脚下是妈妈、我、弟弟三个胆战心惊仰望高山的人。

几乎是一夜间，楼里的孩子也不再和我玩了。

原本晚饭后楼里的孩子会一起跑到一家有电视机的人家看电视。这天晚饭后我和大孩子们一起跑到那个有电视的人家，其他孩子都被放了进去，然后我被一双温润白皙的手挡在了门口，那个阿姨非常和善地说：“今天不放电视了。陆川，你回家吧。”

“阿姨，他们都进去了——”我拼命顶着门，想挤进去。明明看到那台电视已经发出一闪一闪的荧光，明明看到那几个孩子已经围坐在电视机前——但是阿姨还是笑着说：“陆川，今天不放电视了。你回家吧。”门关上了。我仰头看着那扇门，似乎可以听到里面的欢声笑语，但是我却不能进去。

我告诉了妈妈发生的事情。父亲正在写作，我感觉他肯定是听到了，因为他的脊背挺得直直的，但他始终没有回头。妈妈端了一盆水给我洗手，很快水就变得黑乎乎的。然后我感觉手背上滴了几滴水珠，抬头看，发现妈妈满眼是泪。

父亲不沾烟酒，唯一一次喝醉也是在那段时间。

他愤怒地把一口给弟弟热奶的小锅踢来踢去，含混压抑地低吼着，妈妈搂着我和弟弟一声不吭地躺在床上。第二天，我看到他蹲在地上用一个榔头敲打着木方，试图把凹凸不平的锅底敲平。

然后他一直在写，用蘸水钢笔，写在大稿纸上。他写完一叠，妈妈会捧着在台灯下看。然后会用铅笔在稿纸后面标注上她的意见。妈妈的意见他并不是都听，有时候甚至很不以为然。妈妈脾气是好的，永远不争，父亲发脾气的时候她总是转身去做自己的事情。在这个家里，我从没有听过妈妈高声说过一句话。于是每新写完一叠稿子，父亲依然会像小学生一样交到妈妈手里。

那段时间我在楼里孩子们中间混得不好，经常下学路上被伏击。突然就会有几个孩子冒出来对我大喊大叫，然后就是丢石头，我就没命地跑，他们在后面没命地追，追上了就是团虐，满地厮打。所以那段时间我的衣服经常是脏的。记得有一次被打了之后，满脸是血的我哭哭啼啼地走到他身旁，他正在写作，我告诉他楼里孩子一直欺负我。他突然甩掉笔，墨水溅在稿纸上。

他厉声怒吼道："为什么不反抗？！！"

时至今日，他回头怒斥，满脸胡茬因愤怒而扭曲的面孔依然历历在目，那怒吼一直回响在我心里。

"为什么不反抗？！！"

随后他一把拖起我，把我一路拖到为首的那个孩子家，用力敲开门。那天的傍晚，整个楼道里每家每户都听到了他的咆哮。

对了，我家是那个楼里比较早买电视机的。突然有一天下学，父亲指着一个大纸箱子说咱们家有电视了，你不用跑出去看了。然后他平静地拆开了箱子，拿出一台崭新的黑白电视机。

我惊呆了。

五

几乎是我和弟弟都读中学了，我们才大致了解那段日子发生了什么。

原来某个历史时期终结之后，父亲受了些不白之冤。在等待被证实清白的过程中，有几年的时间，他不能正常工作。

他闲不住，跑去炼钢厂下生活。有一天半夜，他穿着全套的炼钢工人服装突然闯回家里，着实把我和妈妈吓了一跳。

后来他又去法院体验生活，跟着老法官办案子。那些困顿的年份都被他用来见识了人生。强者如我父亲在风浪中总看得到乌云密布的天空和遥远的彼岸，而弱者如我和弟弟，则痛饮了腥涩的海水，提前浅尝了人性的残酷。

当然，最难的时候他也从没有停止过写作。

我不知道他在写什么，直到有一天我在家里翻看文学期刊《当代》的时候，偶然读到一篇小说，依稀感觉小说中的人物故事似乎很像上海亲戚们的故事，于是我翻回去看小说的作者，赫然发现竟然是陆天明。

我很难把印刷在文学期刊上的那个名字和面前不苟言笑的他联系在一起。很长一段时间，我都可以感受到内心的震惊和窃喜。在很长很长的一段时间里，父亲在我眼中是伟岸的，至少有两米三。

六

父亲对自己极度苛刻，过着苦行僧般的生活。每天从早写到晚，晚饭后他会早早睡下，然后半夜爬起来一直写到天亮。接着出去跑步，回来洗冷水澡。

从记事起到我研究生毕业在外面租房住开始独立生活，父亲一直保持着这种工作节奏和生活习惯。当然他也这么要求我。所以我至少有很长时间是没有用热水洗过脸的，一直是冷水洗脸。

我们家的春节只有一天，就是年三十晚上，然后初一白天。

几十年如此。

他不抽烟，不喝酒，不打牌，也不打麻将。

所以我家的春节也没有任何节目。

初二他肯定要开始写作，所以初一晚上，对我家来说，春节就结束了。

七

大约是初中的时候，我突然在生死这个问题上陷入一种难以自拔的困扰。有一天我在他写作之余，请教他："爸爸，你想过吗？每个人终有一天是要死的。"

那时候我们已经搬到了劲松，在那个阳台上，他种满了花花草草。我问完问题，他就站在那堆花草中间，沉默着。

随后他说：因为知道每个人都有死去的那一天，所以他才拼命地写。

八

父亲是一个孤独的人；他似乎一直在主动地自我放逐，将自己如同一尊铸铁、一块顽石、一方古墨般封禁在书斋中书桌前，几十年如一日踞坐笔耕。

有件事情我反复和父亲验证，他都说不记得了。但我却记得。

有一次父亲和母亲带我们去香山春游。我们一大家子在半山的松柏下铺了塑料布，妈妈掏出饭盒拿出形形色色的吃食。此时我看到一中年男子，穿着深蓝色泛旧的中山装，戴着眼镜，头发梳得一丝不苟。他拿出一方手帕铺在山石上，在手帕上放了面包和水果，慢慢地独自一人在吃着。

以我当时的心智来想，到香山春游的难道不都应该是一家子人吗？怎么能一个人吃饭？我于是大喊："爸爸，你看那边那个叔叔居然自己吃饭。"我记得当时便被父亲制止了，他说这是非常不礼貌的。后面的事情我记不清晰了，很大的原因是父亲坚决否认发生过这件事情，他的不容置疑像一把粗糙的锉刀将我清晰刻印在脑海中的画面磨得混沌不清。

不知为何，在我后来的人生之路上，我会经常想起那个独自野餐的男人。

比如《南京！南京！》资金链断裂后在天津无望等待的那两个月；比如送走奶奶的那个冬天；那个春日游人如织的午后，少年眼中在山石旁独自午餐的男人，分明就是父亲的过去，少年的未来。因为孤独才是创作者最终的宿命，不得不从容面对。

九

然而，我父亲又是最不孤独的一个人；他在文学之旅的征途上踯躅独行，但是不近不远不紧不慢，身后永远跟随着我的母亲。他们两人形影不离相伴几十年，是我心目中最完美的爱情。

后　记

从我有了儿子之后，父亲肉眼可见地变了。

狼确实可以“逆袭”成羊，我见证了。

在当了他几十年儿子之后，我吃惊地发现这个超级工作狂魔，在过去几十年里几乎天天责备我不努力读书的老父亲，把我弟弟8岁送进中学14岁送进大学拿了一堆华罗庚数学金奖北大硕博连读的亲爹，竟然在对他孙子的教育方式上有了翻天覆地的变化，他常挂在嘴上的一句话就是：

这么小的小孩子，需要学那么多东西吗？！

虽然他注视葫芦的目光中那些显而易见的柔和温暖慈爱似乎从未照射在我们的身上，但是我知道，他影响了我，塑造了我。他对我的影响会持续终生。我无法做到像他这样极致地面对自己的生命，但是他对文学献祭般的狂热已经完整注入我的灵魂，我的电影不说谎，是我对自己也是对他的承诺。

看到父亲和葫芦在一起，他们彼此的温暖和爱，我除了假意表达醋意，内心是真的快乐和欣慰。

我一直希望为父亲做点什么，能够真正让他放下他背负了一生的枷锁，能够真正轻松快乐。不承想，因了一个小小生命的诞生，能够在父亲的目光中再次感受到那种由衷的喜悦，感受到他灵魂的舒畅，我觉得自己圆满了。

哥哥陈川和他的“孟光时代”

陈 冲

2023-08-18

刘海粟美术馆的“孟光时代：师生艺术文献特展”，8月20日就要闭幕了。我哥哥是孟光先生的学生，为了纪念先生100周年诞辰，他写了一篇名为《孟光时代》的短文，以表达对老师和那些纯粹的岁月的怀念、感激，以及对艺术的迷恋与爱。画展的名字便由此而生。

哥哥是奶奶爷爷唯一的孙子，他们为他起名为陈川，以纪念故乡四川的山水。很小的时候，他不知从哪里认了一个画图老师，那人是个侏儒，背上拱起很高的一块，一开始陈川见到他有些害怕，等后来习惯过来不再害怕的时候，这个老师跟他说：“你进步得很快，我已经教不了你了，带你去找鲍老师吧。”就这样，陈川拜到了新的师父。鲍老师常去看一个姓许的画家，有时把哥哥也带去那里。据说许老师原来在上海美校读书，画得很好，但因为谈恋爱被开除了，后来就在上海闵行电影院画海报。当年很少有人买得起油画颜料，陈川开始学油画的时候，用的就是许老师画海报的颜料。

小学的美术老师发现哥哥有绘画天才，就把他送进了少年宫，跟那里的绘画老师夏予冰学习。陈川9岁时就在少年宫办了人生的第一个“画展”。几年后，他认识了孟光先生——就像个在江湖上寻找武林高手的孩子，哥哥终于拜到了一代宗师。从此，艺术就成了他的挚爱、他的生活。

他如果看到我这么写，肯定会抗议：侬瞎写啥啊？哥哥极其谦逊、害羞，尤其对于内心深处最在乎的东西。他画画，就像夜莺唱歌，本性而已。他最大的梦想，就是画得好。

陈川从静物开始，画屋里的椅子、厨房的洋山芋、晒台上的葱。然后他开始画动物和人，有几次，他背着画架长途跋涉走去动物园里写生，画老虎、狮子，画大象、犀牛。当然更现成和方便的是画我和家里的猫。父母为我们俩分配好了饭后隔天洗碗，为了让我给他当模特，陈川只好被我敲诈勒索，每天洗碗。

从我们家走去孟老师家大概半个小时，我多次跟哥哥去那里为他们做模特。孟老师在美校的得意门生，比方夏葆元、陈逸飞等都在那里画过我。

有时他们不画画，都围着书桌，看孟老师借回来的苏联画册，边看画册边热烈地讨论。我也跟着看，听他们讲。记得陈川很喜欢列宾画他女儿的肖像，也非常喜欢尼古拉费申的画。家里墙上有一张模模糊糊的照片，就是尼古拉费申的画，被不同的人一而再再而三地翻拍后的版本。回看少年时代陈川画的我，多多少少都受到苏联画家的影响，我也喜欢让他把我画成那个样子。

有一次，哥哥从不知哪里得到一张伦勃朗人像素描的照片，兴奋得不得了，每天照着临摹。多年后一个美国记者非常好奇，陈川在那么狭窄贫瘠的环境长大，怎么会有这么娴熟的欧洲绘画技巧。其实，他对巅峰时期艺术大师的艺术，远比同代美国画家要钻研得更深更多。在富足和开放的文化中，哪里会有他那样饥渴的眼睛，那样不弃的注意力？他看到那些作品，就像在沙漠里看到玫瑰。

记得浙江美院的院长曾经来家里看了陈川的画，跟他说，你如果来考浙江美院我们一定收你。这位院长过去跟陈逸飞两个人谁也不买谁的账。陈逸飞听到这事就跟我们说，千万不要去浙江美院，从那里毕业不一定能分配回上海，陈川应该考上海美校。

进上海美校前，陈川成天跟一位叫王青的朋友在客厅里画画、备考。王青长得特别秀气，有点像个女孩，今天回忆起他，原貌早已淡忘，但是陈川画他的肖像，依然印刻在我的眼底，犹如昨日。

那张肖像画了很久，我偶尔走过，总是莫名地闻到麻油的香味。画中王青身着一件苏联式双排扣旧夹克、头上歪戴了一顶布帽、手中拄了一根木棍，身体在暗区，拄棍的手在亮光里。陈川让他拄木棍就是为了呈现那只手——那是只他自己十分满意的手。一个我熟悉而不去留心的人，画在这样的光线里让我目不转睛。我讲不出大道理，但是看到真正有生命力的油画肖像时，我能感到画家的凝视。他仿佛在着魔的同时施魔，把被凝视的对象从习惯性的印象流中分离出来，变得异常清晰和重要。

王青的肖像挂在家里一两个月都干不透，后来我才知道，陈川调色油用完没钱买，偷用了家里的麻油画的。1980年，美校在“中苏友好大厦”开毕业展览时，他用了一个破掉被换下来的纱窗框做了个镜框。陈川到美国留学时把这张画带了过去，在一个展览上被电影导演奥利弗·斯通收藏了。

在《孟光时代》画展闭幕之际，我想跟读者们分享一下哥哥写的文章。

那些令人魂牵梦绕的记忆

陈　川

无意中在电视上又看了遍《日瓦戈医生》，一听到那轻快的电影主旋律，就想起小时候。（当年我家也有五户人搬进来。）小时候已经离我太远了，无论从时间上还是从距离上。在美国有时会梦到当年的上海，醒来时突然觉得它很远。远得要用光年计算。迷乱得像块碎了一地的镜子。醒后会苦苦思索，但仍恍若隔世。

记得有年冬天很冷。天还没亮，土冻得比石头还硬。阿姨拉着我去菜场买菜。她排菜队，我排鱼队。但轮到我的时候她还没来。我身上有两分钱，便买了些猫鱼。

回家后发现其中一条小鱼的鳃还在动，那圆眼在向我祈求怜悯。突生恻隐之心，不忍心将它喂猫。找了只大碗，放满水，那小鱼居然在里面游了起来。可惜不久碗里的水就结成了一块冰。鱼成了冰中的化石。没办法只能将它倒入马桶里。傍晚时发现冰化了，小鱼又活了过来。

如今，小孩生活中充满奇迹——magic：圣诞老人、牙齿仙女等等。我童年的magic只有那条小鱼。

有天下雪，在家里闷得发慌，在阁楼上瞎翻，发现一些姥姥的书。其中有儒勒·凡尔纳（Jules Verne）的三部曲:《格兰特船长的儿女》《海底两万里》《神秘岛》。里面的插图很美，翻着翻着便读起来了。

雨夹雪一阵阵地敲打着老虎窗。阴冷像张虚幻的网笼罩着晦暗的阁楼，我逐渐把墙角那堆多年没晒霉的被子全裹在身上，还是冷得簌簌发抖。但心里却热血沸腾。从那间堆满垃圾的几平方的阁楼上看世界，世界太大了，太奇妙了。对船长尼摩羡慕得发昏。小时候的事我已忘得差不多了。也许是故意的。

伏尔泰的小说《老实人》最后，当他所有的梦都被灭时，他一生最崇拜的偶像Pangloss还希望他能乐观，他回答:“让我们开垦自己的花园。”（“All that is very well.” answered Candide, “Let us cultivate our garden.”）

在那个时代长大的人，开垦一个自己的世界显得无比重要。可能这就是为什么当年有那么多人用艺术和音乐来填补人性和情感的真空。

思南路的老墙很有上海的特点，砖外糊着粗糙水泥。有点西班牙风味。我小时候喜欢用手摸着它走，直到手指发麻……那是条幽径。路旁住的是些上海当时颇有底蕴的人。可我当年并不知道这些，只知道思南路77号是孟老师的家。

第一次见到孟老师我大约12岁。是当时在闵行电影院画海报的许余庆老师带我去见他的。

房间里弥漫着油画的气味。茶几上放了瓶凋零的玫瑰。天蓝色花瓶下已撒满枯叶，好像生命都被画架上的油画吸取了。那是我一生最难忘一幅画。与当时外面看到画完全不同。那几笔颜色，简直令人佩服得五体投地。如是误入天堂的罪人，无法形容自己的幸运。

虽然当年的感情就像墙缝中的一些小植物，不需要很多阳光和养料就能开花。但现在回想起来还是使我汗毛竖立！那天晚上我的心离开了愚蠢的肉体，在空中逍遥了一夜。那瞬间的感觉是永恒的。

那晚回家的路上，在复兴中路的某个窗户里，有谁漫不经心地拉着手风琴，那是一首我妈妈当年常唱的苏联歌：

黄昏的时候有个青年，
徘徊在我家门前。
那青年哟默默无言，
单把目光闪一闪。
有谁知道他呢？
他为什么眨眼？
他为什么眨眼……

突然想起那条神秘的猫鱼。我的脚踏车骑得飞快，心中满怀憧憬。奇怪，想到当年就会想到苏联。

中国有不少伟大的艺术教育家，如徐悲鸿、吴冠中。孟光不是伟大，而是美，一种脆弱的美；好像从高深的荒草中挣扎出来的蔷薇，与现在花房里粗壮的玫瑰不同。他也不像哈定把艺术大众化的教育家。绘画不是混饭的工具。他是个理想主义者。他吸引我的不是能学会艺术，而是他使我感到艺术是无止境的，不受时尚左右的。

我认为20世纪70年代末80年代初是上海的文艺复兴。四川艺术如罗中立《父亲》、何多苓的《春风已经苏醒》是伤痕美术，有很大的影响力。但上海的艺术情感就像是后弄堂悄悄的肺腑之言……把闷在肚里的用最美的方法说出来，不是宣言而是传言。传言往往更生动更美，我觉得，美术灵感是对美的期待，是在美的饥饿中产生的。

那时的画家有多饥饿？多寒冷？但没有市场，没有商业操作。那种纯真有多可贵。一切出自内心，为艺术而艺术。

我在美专读书时孟光是我们的副校长。凌启宁是我们的老师，她也是孟光当年的得意门生。几年前回国看到凌老师在大剧院画廊开的个人展，我暗暗地吃了一惊：我受她的影响比我想象的要大很多。回想起来，她是学校里最维护我们的老师。毕业后我跟随孟老师一起去上海交通大学美术系教书直到出国。可见我是在他的翅膀下长大的。

陈逸飞、夏葆元、魏景山不但是孟光的学生，也是他沙龙的常客。当年知名的还有赵渭凉、吴建都是孟老师圈内的人。他对上海艺术高潮的影响是没人能比的。

虽然坐在那只已经坐烂了的藤椅上，他是个十足的贵族（18世纪的启蒙贵族）。我们每个礼拜都在那聚会。在那间屋里，我可以忘记一切，让自己升华到另一个空间。每次从那间屋里出来，总是灵泉汹涌。

孟老师的学生很多，有两三代人受到他的影响，但是我所在年龄段的学生受他的影响最大。因为“文革”时我才7岁，我是从一张白纸开始的。孟光家一直是我的避风港。我艺术世界的经纬是由孟光来做刻度的。什么是艺术？没人能做出客观的解释。我是我的时代的产物。世上最著名的作品都看过了，但我却越来越怀念那个时代——孟光时代。

我又去看了一次孟老师的家，希望能找回一些当年的余韵。可惜时间的一点一滴的侵蚀已被油漆一新，在阳光下闪耀着一股艳气。一个穿制服的保安把我拦在弄堂口。隔河相望，觉着这时辰似曾相识？

想起一首泰戈尔的诗：

我飞跑如一头麝香鹿：因为自己的香气而发狂，飞跑在森林的阴影里。

夜是五月的夜，风是南来的风。

我迷失了我的路，我彷徨歧途，我求索我得不到的，我得到了我不求索的。

我自己的欲望的形象，从我的心里走出来，手舞足蹈。

闪烁的幻象倏忽地飞翔。

我要把它牢牢抓住，它躲开了我，它把我引入歧途

我求索我得不到的，我得到了我不求索的。

那些童年的秘密心思，像在睡梦中被闪电唤醒，黑暗中一瞥惊艳。“猫鱼”——编辑画册的时候，有人说，这个跟孟老师没有什么关系，是不是应该删掉。怎么能删掉？直奔主题真的是艺术的敌人。“猫鱼”的突然出现，赋予了文章神奇的品质。我能感受到哥哥注视它的目光是如此强烈，并且跟随他视这条“猫鱼”为一种象征。

英国诗人塞缪尔·泰勒·柯尔律治这样写道：“看着自然界的事物——比方透过玻璃窗的露水看着远处月亮的微光时，我似乎更像在寻找——或被它召唤着去寻找一种象征性的语言，来表达我内心永远的、早已存在的景象，而不是在观察任何新的事物。即使是后者，我也总是有一种朦胧的感觉，好像那个新现象，是在轻轻地唤醒我本性中被遗忘或隐藏了的真相。”

每一个艺术家都有自己童年的“猫鱼”——“一种象征性的语言”，“本性中被遗忘或隐藏了的真相”——它是我们余生创作最汹涌的源泉，也是我们在日常生活中体验到的每一个“奇迹”。我很难想象任何创作者的想象力与核心图像，不是潜意识中来自童年的、某种强烈的视觉感知或幻想。

林青霞：千帆过尽，温润如昔

王悦阳

2023-08-19

疫情阻隔，许久未能见到有着当代影坛传奇“女神”美誉的林青霞，但她的近况，却常常能通过网络看到。近年来，她撰写出版了第四本散文集《青霞小品》，今年又被香港大学授予名誉社会科学博士。毋庸置疑，无论在人生哪个阶段，林青霞总能活得精彩、潇洒、充实，因而无论走在哪里，总会散发出别样的魅力与独特的气质。

“鱼尾纹一定比玻尿酸美丽”

7月底，当我随苏州昆剧院青春版《牡丹亭》剧组赴港，参加2023中国戏曲节演出时，在全新的香港戏曲艺术中心大剧场，竟然与林青霞不期而遇。原来，作为白先勇老师的好友，林青霞与其好友，作家、翻译家金圣华老师早早就买好了最佳位置的戏票，鼎力支持，且连看三天，风雨无阻。

三天里，与林青霞同坐一起看戏，发现每天她总是准时在开场前五分钟走进剧场，仪表妆容端庄得体。直到第三天演出中场休息时，青霞突然与我说起：“晚上散戏后一起去我的半山书房夜宵聊天，可好？”“女神”相邀，清谈雅集，且在招待过莫言等大作家、鼎鼎大名的“半山书房”，岂有不去之理？

后来才知道，这是一次临时起意的聚会。那天演出结束已是晚上10点半，原本青霞想约我与主演沈丰英、俞玖林、沈国芳与金圣华老师一起在半岛酒店茶叙，但那时早已过了酒店营业时间，这才临时决定改在她的半山书房聚会。

走进半山书房，已是深夜11点。简洁、雅致、大气的原木颜色风格装修，进门墙上就是那幅多次出现的画作，融合了其经典电影《新龙门客栈》中邱莫言和东方不败的形象，画面上还写着："I know you will never forget me." 青霞笑着说："这是好友施南生送我的生日礼物。"

房间的布置很简洁，家具不多，满眼所及都是顶天立地的书橱，摆着许多青霞经常阅读的书籍，从张爱玲、杨绛、白先勇、董桥、莫言、阎连科、张大春、金宇澄到米兰·昆德拉、阿加莎·克里斯蒂、迪伦马特等，还有《李白全集》《宋词选》《红楼梦》《聊斋志异》《三言二拍》，古今中外，蔚为大观。"刚装修不久，有些家具还没来得及摆好。来，你随便坐，千万不要拘束。"青霞热情地招呼我到靠窗的餐桌边坐下。眼前的玻璃窗外，放眼望去是维港美丽、繁华的夜景。

餐桌上，一应餐具、酒杯早已布置整齐，趁着青霞进屋换衣的间隙，一壶香浓的普洱茶已端上餐桌。"都是临时准备的，只有用自己家做的饺子招待了，水果是刚才请人从家里拿来的，招待不周，可不要介意。"谈笑间，青霞扎起头发，换了一件黑色衣服，款款走来。

这一夜，不仅品尝到了青霞家有名的手工水饺，还喝了特意准备的香槟。作为"莫言同款"，青霞家的饺子是典型的山东口味，三鲜馅，皮薄馅大汁多，配以特制的蘸料，令人齿颊生香。大家也从一开始的拘束，到后来逐渐变得越来越轻松。青霞不仅忙前忙后，一应招待总是亲力亲为，更有一双善于观察的眼睛，会照顾到餐桌上每一位客人的喜好与心情，令人如沐春风。对于刚演出完的演员，特别安排温润的热茶招待，生怕影响他们的嗓子。金圣华老师不善饮酒，但面前的白水却总是热的。"我想，你应该想喝一点冰的吧？"见我连连点头，她微微一笑，走进厨房，专门安排人制作了好喝的冰红茶款待。

酒酣耳热之际，青霞忽然问道："要不要喝一点茅台酒？"没想到得到大家一致热情的回应，演员们此刻也不顾嗓子了，反正三天的演出获得巨大成功。于是青霞又亲自取来珍藏的茅台酒，给大家一杯杯斟上，共同庆贺青春版《牡丹亭》又一次在香港引起轰动。

说起自己与青春版《牡丹亭》的缘分，要追溯到整整17年前。当时，林青霞与金圣华冒着严寒赴北京，见到了仰慕已久的学者、作家季羡林先生，并向先生当面讨教写作之道。其时，正逢白先勇先生带着青春版《牡丹亭》在国家大剧院演出，原本打算"只看一场"的林青霞，不仅连着看了三天，还邀请了所有演员吃夜宵。她与苏昆、与青春版《牡丹亭》的缘分也就此结下。

整整17年过去了，当初的年轻演员如今已是昆曲舞台上的台柱子。青霞盛赞演出，面对赞扬，女主演沈丰英坦言："20年来我们从青年演员逐渐成熟，无论经历了什么，原班人马几乎还都在一起，很不容易。有时候我们也很受伤，一些批评的声音很不客气：你们都这岁数了，还叫什么'青春版'？那时候真的很难过，会质疑自己是不是老了，不该再演出了。"

青霞听罢，大抱不平："怎么会？只要还是你们原班人马演出，就依然是'青春版'。'青春版'是一种理念，一种文化精神，也是以白先勇老师为首的一群文化精英，为昆曲传承复兴所探索的道路，只要坚持下去，昆曲永远是年轻的。至于年龄，更不必担心，要知道，鱼尾纹一定比玻尿酸美丽！"

"我在这里阅读、写作、画画，内心很安静"

愉快的夜宴在青霞亲手送上的围巾、书籍与签名照后落下帷幕，整整两个多小时，从饺子、水果到最后奉上的汤团，青霞的招待，热心、周到、细心。她真诚地对我说："对于戏曲艺术家，我始终心怀敬意。我总感到，他们付出的太多而得到的太少，希望今晚他们能感到愉快和满足。"

安排司机送演员们回酒店休息后，一杯清茶，久别重逢的青霞与我聊起了文学与绘画。尽管已是凌晨两点，窗外夜色朦胧，但窗里却依旧谈兴不减。午夜的半山书房，静谧、适意，有书有画，有诗有茶。“我在这里阅读、写作、画画，内心很安静。”望着充满书卷气的自家书房，青霞如是说。

我们从书架上的书说起，青霞特意指了指一本《老妇还乡》，说起了自己的忘年交黄永玉先生。“黄先生与导演杨凡是多年好友，杨凡带我去北京见他时，黄先生已经是九十高龄的老人了。看见我，午睡刚起的他一点也不惊讶，只云淡风轻地说了一句‘哦，你来啦’。我与他虽是初见，一切仿佛却像老友重逢一般，就这么自然而然的，我坐在他身边，听他聊天，整整一天。就在那天，黄先生拿出迪伦马特的《老妇还乡》给我，推荐我好好读一读。回酒店后，我忙于其他事，没能及时阅读这本书，第二天再去看他，黄先生问我读了吗，有何感想，我却只能歉意地笑笑，说自己还没来得及看。很明显，老人家眼里有一丝失望，恐怕对于这本书，他早就准备了很多话想要和我聊，结果却留下了遗憾。”

我笑着说：“黄先生对这部剧本确实很有情结，当年北京人艺排演该剧，黄先生还主动请缨担任美术设计和人物造型呢。或许，他有想法，让您来演这部想象奇特却又辛辣深刻的好戏。”

说到舞台剧，另一个话匣子又打开了。尽管林青霞淡出银幕多年，但喜爱她的观众始终期待她再度绽放华彩，特别是在话剧舞台上。对此，青霞笑称：“确实接到过不少邀约，但我觉得自己还没有准备好。”而在这些邀约中，白先勇无疑是颇具分量的一位。白先勇始终希望林青霞能演一个自己笔下的人物。对此，林青霞中意《永远的尹雪艳》，而白先勇则更喜欢《游园惊梦》里的钱夫人。

“有一次聚会，先勇试探性地跟我提及《游园惊梦》。结果我不假思索地说我不喜欢。白老师一下子愣了好久，说不出话来。当时想法其实很简单，我总感觉钱夫人这个人物身上的戏剧性冲突不够强烈，且都是内心独白，很难在舞台上表现好。”青霞对于自己的直率与冒失，始终怀有一份歉意。前年，恰逢《台北人》出版五十周年，为了表达对白老师的敬意，青霞用了一个晚上认真读完了《游园惊梦》，“而且是立正读完的，算是一种自我惩罚吧”。说到此，青霞自己笑了起来。

我告诉她，《游园惊梦》或许是白先勇最为得意与喜爱的短篇小说，白老师自己就不知几易其稿，方才艰辛写成，自然最为看重。难得的是，这也是他亲自参与改编成舞台剧的小说，台湾版主演是表演艺术家卢燕，上海版主演是昆曲名家华文漪。因此他一定很期待一位香港版的钱夫人，那种铅华洗净、雍容大气的气质，舍林青霞其谁？听罢此语，青霞频频点头，若有所思。

“现在我对绘画的兴趣超过了文学”

闲谈文学的时候，只见青霞从柜中拿出一沓紫色的纸，随即边聊天，边拿起刚才签名的银色笔涂画了起来。正诧异间，不多时，一张我的侧面头像映入眼帘，尽管只是寥寥几笔，却抓住了五官特征，极为传神，令人爱不释手。

画笔是近年来青霞继文笔之后的又一事业。前不久，作家莫言来半山书房做客，也得到了青霞亲笔画像的“待遇”，传为美谈。当青霞把这幅画作传给我们在上海的好友贾安宜女士时，安宜一眼就认出画的是我，连夸有趣。随后，安宜把青霞画她的也发我欣赏。同样是不多的笔墨，却善于捕捉特征，运用线条的交织勾勒，画出人物的神采气质。

说起绘画，青霞喜上眉梢：“我从小喜欢画画，有段时间，我每天临摹五张大师的画。”那阵子，青霞的涉猎很广，蒋兆和、黄胄等人的画册更是翻烂了。“后来，杨凡跟我说，不妨专攻马蒂斯。他的线条不多，看似简单，但却极有质感，既易于上手，又不乏新意。”听了好友的话，青霞特意买了三本马蒂斯的画册，悉心研究，越来越沉浸于马蒂斯的艺术世界。

去年的一天，青霞在半山书房欣赏着马蒂斯的画册，翻到最后一页时，一段文字引起了她的注意："1954年11月3日，亨利·马蒂斯的心脏停止了跳动，享年85岁。"一时间，竟如轰雷掣电般震撼，原来，西方绘画巨匠陨落的那天，正是身处东方的林青霞呱呱坠地之日。"我相信其中一定有某种艺术上的缘分。之后，我就专攻马蒂斯的绘画风格，几乎买全了他的画册研究，特别是他的素描，还有线条独特、色彩强烈的油画，我都悉心临摹过。我第一次为了画展专程飞去日本看，就是因为马蒂斯。"

"这是我首次尝试的两幅油画，临摹自马蒂斯《椅子上的女人》和常玉的《裸女》。"闲谈间，青霞拿出两幅油画习作给我看，笔触间，临摹大师风格惟妙惟肖。不同的是，相比较马蒂斯笔下写意的女性形象，林青霞画里的女性明显漂亮了很多，"你应该可以看出，这眉眼之间有我的影子"。

除了绘画风格的临摹，青霞说自己特别欣赏马蒂斯所说的那句话："我所梦想的艺术，充满着平衡、纯洁、静穆，没有令人不安、引人注目的题材。一种艺术，对每个精神劳动者，像对艺术家一样，是一种平息的手段，一种精神慰藉的手段，熨平他的心灵。对于他，意味着从日常辛劳和工作中求得宁静。"在她看来，无论是绘画还是文字，文学艺术所给予人的，就是纯洁与平静之中的温暖与蕴藉。因此，她愿意拿起画笔，把自己身边的良师、亲人、益友一一画下，用画笔见证彼此的情谊，也为岁月留下笔墨间永恒的美。

"现在我对绘画的兴趣超过了文学。"青霞笑着坦言，自己一直在构思第五本书，与之前写人、记事、游记的内容不同，这本书她想写一写自己的母亲。"我想，到时候所有的插图，都是我亲笔手绘，那样一定会很别致，也是对母亲最好的纪念。"期待过不多久，这本图文并茂、承载着一颗女儿心的好书，会给人带来别样的美好与温情，一如林青霞其人，任千帆过尽，内心依旧温润如昔。

“群山之巅”上的迟子建

孙玉虎

2023-11-05

迟子建的《额尔古纳河右岸》火了。

如果说2022年的直播带货为这本第七届茅盾文学奖获奖作品带来了瞬时的巨大销量，让它有了和更广泛的读者接触的机会，那么2023年图书销量榜上居高不下的排名，则意味着迟子建经受住了市场的洗礼，以文学性真正站到了属于自己的“群山之巅”。

走进北极村

如果迟子建再火一部作品，我希望是《北极村童话》。

“假如没有真纯，就没有童年。假如没有童年，就不会有成熟丰满的今天。这是发生在十多年前，发生在七八岁柳芽般年龄的一个真实的故事。”

这是《北极村童话》开篇的引子，写于迟子建的20岁。它像施了魔法一样，把当年还是高中生的我，一步一步引入迟子建的文字世界。

春天解冻时轰然作响的冰排。夏至前后不会天黑的白夜。独居一隅的俄罗斯老奶奶。打马而过的鄂伦春人。使鹿的鄂温克人。木刻楞。达子香。北极光。

我对迟子建笔下的世界信以为真，以致我填大学志愿时毫不犹豫地选择了黑龙江，总感觉心理距离很近。

上学的时候是穷学生，我第一次北极村之旅反倒是到北京参加工作之后。那是夏至之后的几天，我见识了真正的白夜，也知道了在北极村也许并不能看到北极光。那里所有的事物都以“最北”冠名：最北学校、最北邮局、最北银行、最北哨所……我是去“找北”的。

我找到北了吗？或者说，我找到迟子建笔下的北极村了吗？好像没有。我连迟子建姥姥家在哪里都没找到。但我看着一座座斑驳的木刻楞房子，房前摇曳着金光灿烂的向日葵，好像每一座木刻楞里都住着一个童年的迟子建，还有她的姥姥。

在友人的介绍下，我参观了最北学校，走进了子建文学社。活动教室里陈列着校本教材，全部是用迟子建的作品编写的，《春天是一点一点化开的》《我的世界下雪了》《朋友们来看雪吧》……光默念这些题目就美到无言，忽然就羡慕起这所学校的孩子，他们能读到用堪称典范的汉语创作的属于家乡的文字。

是的，漠河的北极村是迟子建的出生地，她凭笔力“拓展”了北极村的疆域，把世界各地的读者感召来，成为北极村的精神村民。

她就是传奇

迟子建无疑是传奇的。

苏童曾说过：“大约没有一个作家的故乡会比迟子建的故乡更加先声夺人了。”这说的是北极村。

她还有一个传奇的写作习惯，那就是她现在虽然可以用电脑写作，但仍未放弃手写。

文学荣誉方面，她更是传奇到让人“羡慕嫉妒恨”了，她是少有的三次获得鲁迅文学奖的作家，44岁就拿到了茅盾文学奖。

此外，正如我们已经知道的，直播带货的年代，难免“浮躁”，她却以一本端正严肃的纯文学长篇小说《额尔古纳河右岸》创造了销量奇迹，已达300万册。

还有那场人生中的意外。那场意外之后，她在《世界上所有的夜晚》中写到了一个出了车祸的魔术师丈夫，于是人们开始揣测这个情节与她之间的关联。还有人读了《额尔古纳河右岸》之后，说“怎么一场接一场地写死亡啊”。她曾说，“所有的生，其实都是死亡的前奏，只不过时间不同而已”。有人懂，有人不懂，好像没那么重要了；重要的是，既然她可以直面死亡地书写，那她至少在往前走。偶尔回首，提及从前，她是那样平静。

这些年，我发现她的作者简介里不再出现《越过云层的晴朗》，也许是因为在写作这部长篇的过程中，她有他的陪伴。我记得，她说过，写作第一章时，她会念片段给他听的。

“灯迷”眼中的她

在普通读者那里，迟子建就是迟子建；在“灯迷”和朋友们口中，迟子建叫迟子。

迟子生于元宵节，她的小名叫迎灯，所以当年我们混迹在百度迟子建吧的时候，给迟子建的忠实读者起了“灯迷”这个昵称。而我当时是迟子建吧的吧主。

那时候，百度贴吧是个讨论兴趣话题的好地方。我们经常在贴吧里分享阅读迟子小说的感受，勤劳一点儿的“灯迷”还会把迟子在文学期刊上发表的最新小说“搬运”到贴吧里，常是好几万字，全部是在电脑上一个字一个字敲出来的。那时候网友的法律意识淡薄，并没有意识到这是侵权行为。

“灯迷”们总想多爱她一点，有时候甚至显得过于盛大。2010年11月，真正意义上的“头号书迷”梦遥策划了一场手抄《额尔古纳河右岸》的活动，来自全国各地的60多位“灯迷”参与了抄写。为了把每位灯迷抄写的文字无缝衔接起来，梦遥按照书中的“清晨”“正午”“黄昏”“半个月亮”四章，把我们分成四组，组内进行接力，上一个人抄满最后一个字，告诉下一个人从哪个字抄起。

不知从什么时候开始，迟子知道了那个贴吧，经常会在贴吧里潜水。这个情况我大约是从一个在比利时留学的“灯迷”那里得知的，她和我当时都是百度贴吧的吧主。后来我从她那里得到了迟子的电子邮箱，开始跟迟子建立起联系。

说起来，我跟迟子真正的相识有点儿不可思议。

之所以与迟子直接取得联系，是因为2011年春天，我和另外两个“灯迷”要护送330多页的手抄本《额尔古纳河右岸》，把它作为迟到的生日礼物亲手交给迟子。此外还有一本近100页的感言集，里面全是参加手抄书活动的“灯迷”写给作家的“情书”。迟子说，这是她会珍藏一辈子的礼物。

那次是迟子请我们吃的饭，迟子问我们想喝点儿什么，我心里第一时间蹦出来的答案是：红酒！因为迟子在文章里好多次写过，喜欢独自在家喝点儿红酒。但由于是第一次见面，我们都不太敢拿主意。只听迟子说，那就来点儿红酒吧，喝到微醺，待会儿上台好发言。

那次饭后，她还要在单向空间领一个咖啡馆小说奖。于是就留下一张我和迟子举着红酒杯的照片，我们好像在说着什么，那时我还是一副青涩的模样。

那是我跟迟子离得最近的一次。平时我很少给她发短信或者邮件，只是在每年的元宵节问候一下，祝她生日快乐。

这是我所理解的作家和读者的边界感。哪怕我后来责编了六本迟子的书，哪怕她在纪录片里说我们几个“头号书迷”是她的家人般的存在。

我和迟子一共只见过四面，都是在北京的读者见面会或者名家讲座上。有时候她在台上讲着讲着，突然会提到台下的我，我立马正襟危坐，努力面不改色，就好像在课堂上被喜欢的老师表扬了一样。

80岁的约定

比起走近她的生活，我更喜欢从迟子的文字里去感知她的世界。

读近年的《烟火漫卷》等新作时，我隐隐感觉到，也许迟子开始用微信了，于是向她求证。迟子予以否认，我惊叹道：迟子，你处理间接经验的手法太出神入化啦。

三年前，我从新闻上看到迟子升任了更重要的职位，突然担心会分散她的精力。直到陆续在期刊上看到她钩沉东北历史的小说新作《喝汤的声音》《白釉黑花罐与碑桥》《碾压甲骨的车轮》，才知道她在公务之余，一直在向前探索。她在另一个领域的经验反而丰富了她的小说世界。

每当看到有网友评论说“原来迟子建是女作家啊”，我都会哈哈一笑，谁让她时而化身鄂温克族最后一位酋长的女人，时而像史官一样记录伪满时期底层社会的生活图景，时而带我们重返一百多年前哈尔滨东北鼠疫大暴发的现场呢？

当写作时，她就是文字世界里呼风唤雨的王。性别从来没有限制过她。

我想起2017年的一天，迟子给我打来电话，祝贺我获得全国优秀儿童文学奖。当时她用开玩笑的语气埋怨道，怎么不跟我们分享这个喜讯呢？说得我很惭愧，不知道该怎么接她的话。电话那头的迟子仿佛觉察到了我的窘迫，朗声大笑道：“我跟你开玩笑呢！”

迟子就是这样一个可爱的作家朋友，无论她是否处在“群山之巅”。

可爱的她会和我们约定，等她到了80岁，也依然要写小说，哪怕只写一页纸那么长。到时候，我们“灯迷”就围着温暖的炉火，听她用那独具辨识度的声音念她新写的故事。

爸爸肖复兴和作家之间

肖 铁
2024-01-01

爸 爸

上小学时，我家从南城洋桥的平房搬上了北三环外元大都城墙遗址下的楼房。那时，这里还很荒凉，从最近的公共汽车站下来，有很长一段路才到家。刚铺的柏油路，记忆里从没有汽车驶过。我们走在马路中央，从和平里走回樱花园，阳光下黑色的路面光滑得像河流一样闪着亮。

去近的地方，爸爸就骑车带着我和妈妈。我先在黑色永久车的大梁上坐稳，爸爸一边说着“扶好啦”，一边双手推车跑起来，话音未落已经骗腿儿跃上车，然后回头喊妈妈“走啊”，又冲我说“扶好了，妈妈要跳上来了”。我紧张又兴奋地握紧冰凉的电镀车把，屁股使劲贴紧横梁，在左右摇摆中寻找平衡，爸爸的手像脱线的木偶左右晃动，仿佛冷血的车把突然有了生命，变成了公牛的角，愤怒或惊恐地摆。但转瞬间又平静下来，车又变回了车，爸爸也找回了自己的手，妈妈的手已经越过爸爸的身体正摸着我刚刚冒出头皮的头发。风华正茂的爸爸载着我们，黑色永久车温顺地划过黑色的柔软发光的河，从樱花园，穿过和平里，穿过小黄庄、安华里那些灰蒙蒙的居民区，去地坛，去柳荫公园，去和平里有巨大和平鸽雕塑的新华书店。

那时爸爸很严厉，我很怕他。挨说是家常便饭，就是皮肉之苦也不足为奇。挨说的原因有的现在还记得，挨打的原因却一个也想不起来，只是有两次觉得犯的错误“值得”挨打了却没挨，因而印象深刻。

一次有关鸡蛋。很长一段时间，西红柿炒鸡蛋是我的最爱，煮鸡蛋则是我的死敌。爸爸坚信煮鸡蛋对鸡蛋营养的破坏最少，而且一日之计在于晨，要吃煮鸡蛋，且要在早餐吃。爸爸把煮到十成熟的鸡蛋从小铝锅里捞起，自告奋勇为我剥壳。在案板上就着椭圆形的中缝磕一下，那令我无法忍受的浓浓的蛋味，就随着一股白烟从缝隙间冉冉升起，我脑海中想起《西游记》里大小妖怪趁金箍棒还没砸到头顶前屁股一转披风一展消失不见时放出的烟雾，无奈地捂着鼻子看着爸爸手中破壳而出的营养早餐。更让我气愤的是，他剥的鸡蛋，壳是去掉了，但蛋壳和蛋清之间那层透明的薄膜却总也剥不干净，疲沓地粘在蛋白上，进一步降低了我的食欲。我抓起没蜕完皮的蛋，一溜烟儿跑回我和奶奶的房间，独自享用去了。一天放学回家，一楼的叔叔守株待兔，把正吹着口哨的我请进他家，牵我穿过客厅，直奔外面的小院。小院不大，摆满了花，中间露出的空场打扫得很干净，不过我还是一眼就看见犄角簸箕里沾满了土的碎鸡蛋。叔叔把我拉到花树间，抬头指着上面的阳台，说：“你不爱吃鸡蛋，对不对？”然后便拉着我上四楼找家长，妈妈还不行，必须找我爸。由于事发突然，没有心理准备，我不仅对每天早上从阳台（就在我和奶奶那屋的外面）上扔鸡蛋的事实供认不讳，而且还为了争取好态度，痛哭流涕地把在床底下空啤酒瓶里塞碎鸡蛋的事，也不打自招了。有外人登门告状，且牺牲的是爸爸特意耐心剥好的营养破坏最少的煮鸡蛋，这在当时我的生命体验里还是全新的，没有先例可以参照，后果完全无法预测。我做好了最坏的打算。但记忆里，爸爸只是说了些不能浪费食物之类的道理，我暗暗等待的升温高潮一直没有出现。第二天早上也没有出现把失去的鸡蛋补上的可怕情节，煮鸡蛋悄无声息地变成了荷包蛋。

一次有关“抓紧时间”。爸爸最喜欢“抓紧时间”，他自己喜欢抓，也要求我抓。我不是不想抓，只是总抓不好，抓的时机和方法总不符合要求，屡试屡败更增加了“抓紧时间”的紧迫和焦虑。一面是“时间就像海绵里的水”，挤挤就能流出来；一面是“时间是有限的”，不挤就没了；夹在两种时间里，我总是与时间失之交臂。更吊诡的是，这种危险在时间充裕的情况下——而非缺少时间的时候——更容易出现，比如假期，尤其是暑假。在爸爸看来，一年中，暑假是最容易犯没有“抓紧时间”错误的几个月。那天，外面酷日当头，屋内过堂风吹得清爽，暑假作业早已做完，虽然是上午，我已经玩起了刚买不久的任天堂，魂斗罗小队的上等兵已经勇闯22关了。碰巧这天家里只有我和爸爸。我把游戏机的音量调到最小，弄得每次放枪都跟蚊子飞似的，尽量不引起另外那屋里刚刚学会电脑双拼打字把新买的键盘敲得叮咣作响的爸爸的注意。但爸爸还是利用工作的间隙，走到我这屋，观察我和时间的关系。见我正双手紧握操纵杆，半张着嘴，紧盯着电视里穿着蓝色和红色紧身长裤的两个小人上下翻腾时，他不禁勃然大怒，一边大吼着什么一早上起来就玩个没完，不知道好好利用假期抓紧时间学习学习之类的话，一边走向无辜的任天堂。我仿佛已经看见他重重地扯下电源线，生龙活虎的两个小人瞬间消失，我好不容易打下的22关也化为泡影，再说我怎么不抓紧时间了？我不是天天使劲抓着吗？就今天玩会儿，怎么就不行了？说时迟那时快，委屈、愤怒双管齐下，我一跃而起，跑到爸爸的房间，狠狠地按下了电脑的关机键，然后呆在黑屏的电脑前，不知该怎么办。后来等我回到我的房间时，却发现任天堂还开着，小人还跳着，22关都保持完好。

那天，爸爸只是惊诧地大喊了两声“小铁”，然后匆忙地打开电脑，心存侥幸地以为只要重启得够快，一切就能恢复如初似的。可是，那时的电脑没有自动保存文档的功能。那天，爸爸一声不吭地一直在电脑前敲到半夜。

那时，我不知道爸爸是个作家。我知道作家是什么，我已经开始读林汉达的历史故事和列那尔的《胡萝卜须》了，我只是不知道爸爸是作家。他那时经常待在家里，写字，没完没了地写。

没完没了地写就算作家吗？

作　家

我初中就开始有白头发了，而且一发而不可收拾，很长一段时间里爸爸的头发都比我黑。等我自己的孩子懂事了，每次见到爷爷，他们总问怎么爷爷的头发比爸爸的还黑。可能是由于孙子们的质疑，爷爷不再染发，头发一夜间全白了。爷爷不染，奶奶也便不再染了，头发也一下子变白了。这从黑到白之间，我顶着作家之子的标签长大，有方便，也有不便。

方便，比如我从樱花小学转到重点学校光明小学，爸爸的作家好友罗辰生和郑渊洁叔叔都出了力，爸爸还给光明小学的校歌写了歌词。后来我也因为爸爸是作家的原因，当上了班级小报的主编，每次出刊时风光一下，只可惜出刊的频率很低。

不方便是当别人问我，“你爸都写什么呀”“写得怎么样”这类没法回答的问题时。出于某种抵触情绪或青年人的傲慢，我小时候不看爸爸写的东西。“我从来不看他的书！”我自豪地跟别人说。当别人讲起爸爸写有关我的文章时，我则会不等人家说完，便不屑一顾地批判：“他净瞎编！”

很长一段时间里，我知道爸爸是个作家，但又不是“真”的作家。那时，我心目中的作家是卡夫卡，是蒲松龄，他们在颤巍巍的破书桌上挑灯夜战，一生只写一部伟大的杰作，但最后无人问津，寂寥地把稿纸锁在抽屉里，任凭后人去发现或遗忘，自己竖起风衣的领口消失在灰色的人群之中。很长一段时间里，我知道爸爸是个作家，但觉得写作只是他的工作，和很多人不同，他似乎对自己的工作乐此不疲，但那仍然是个工作。有采访的任务，他去，然后回来写篇报道交差；有人约稿，他着急忙慌地赶稿，妈妈常常叫了好几遍“吃饭啦”他还不来，等来到饭桌旁时，还要抱怨“我得把这段写完啦呀”。

我真正意识到爸爸是个真的作家，是等到他不需要“工作”之后，也是在这之后，我才开始真的读爸爸写的文字。这些文字的诞生，特别是一组关于天坛的散记，让我意识到写作对他绝不仅仅是工作，写作也不是突发灵感才思泉涌那般神秘莫测，更不是坚持就是胜利点灯熬油的痛苦勉强。写作对于爸爸是乐儿，是习惯，是家常便饭，是不写就难受。

天气不错，温度合适，匆匆吃过早点（老三样：牛奶、煮鸡蛋、面包），爸爸已经坐不住了，妈妈心领神会地准备好水、画本和坐垫，拿上车钥匙，一会儿，老两口已经到天坛了。爸爸在斋宫或神乐署里找棵大树前坐下，拿出画本旁若无人地画起来。仿佛画是诱饵，总有人上钩。小姑娘不好意思凑近看，远远地瞄，爸爸举起画本给她看，问她觉得如何。老妇人扭过头说：“你画我呢吧？别给画老了！”爸爸又把画本递过去，让人家点评。天儿就聊起来了，在偌大的天坛，尽管只是萍水相逢，交流特别通畅。时间不早了，爸妈收拾东西回家，清淡午饭过后，小睡一会儿酝酿酝酿，爸爸先把上午的画修改好，然后打开电脑，天坛里偶遇的人，他们的希望，他们的惆怅，他们不经意间的一颦一笑，变成爸爸的文字。什么时候写完什么时候算，妈妈喊吃饭，也得等写完眼前这段再说。写一篇容易，您写100篇试试。这是活的天坛，爸爸活在自己让天坛活起来的写作之中。他已经写了120篇，天坛还没写完。

我也意识到，天坛没什么特别，爸爸一直都是这样。写作，不管是用钢笔还是打电脑，对于爸爸，从来不是过去时，从来都是现在进行时。从以前他小时候住过的前门，到以后的洋桥和樱花园，再到双井和潘家园，家搬了好几次，记忆里总是爸爸写作的背影。爸爸一直在写。

作家有不同的定义，但没完没了总是写的人，应该算作家吧。

爸爸老了。常有人关心地问我：“你爸现在还写东西吗？”我说：“写啊，天天都写！”

九旬闻玉梅　卓越而有趣

李泓冰
2024-01-14

走近闻玉梅院士，是这两年最温暖的事之一——就像雪地里烘到一盆炭火，风雨中抱住一棵大树。

看遍繁花，历尽劫波，闻老师从不骄矜自得，也不愤世嫉俗：“去做，就好了！”

——“闻老师，我要写你。”

“别写，不值得。没啥贡献，普通一兵。”

类似的对话，在我们之间多次出现。

不管，去做，就好了。

1月16日，闻玉梅先生九十初度，是为敬。

用一堂科普课，告别2023

2023年12月30日，国定路经世书局。

闻老师款款坐下，米黄色羊毛衫外面套了件黑色休闲西服，刚柔相济，人和病毒的故事，被她讲得悬念迭起，带点上海腔调的普通话，刮辣松脆，好听得来。

“看看这些病毒，核酸外包着蛋白，排列多姿多态。狂犬病毒像不像一粒粒子弹？天花病毒就像砖头一样，艾滋、SARS多漂亮，流感病毒就不好看。美国微生物学会把它们做成了领带，喏，送了我一条‘乙肝’，哎呀，也不大可爱的。”那语气竟有些宠溺，像在讨论一群幼儿园小朋友——在这个“病毒幼儿园”，她浸润了半个世纪。

都知道，她是全球治疗型乙肝疫苗的首创者。有位中学老师提问了：“学生中有乙肝病毒携带者，该如何保护其他健康同学？”闻老师温和作答：“只要别输入他的血，不需要特别对待啊！”

她说，从前我做讲座，有个小年轻站起来问：“我考公务员成绩很好，因为是乙肝病毒携带者被拒了，您敢不敢招我？”我说：“那有什么不敢，只要你考得上！”他真的考上了。“现在他研究做得很棒，还娶了美丽的太太，生了白白胖胖的娃娃！”

这老太太啊，稳若泰山，暖如春风。

用淡淡一句话，道尽挚爱

闻老师是名士，佳话甚多。于我，成为“梅粉”，起于三件事。

一是2020年2月。口罩紧缺，她和团队火速进行“非常研究”：一次性医学口罩电热吹风处理可再用——这极大缓解了“口罩饥渴症”。人民日报客户端上海频道推送的报道和相关短视频，阅读量上千万，加上其他平台，不计其数——望九之年，排众而出，急百姓所急，用科学排忧解难，我敬闻院士。

二是2022年5月。听了她的线上课程“人与病毒，共生又相克”，很解渴。她一字一顿：“奥密克戎绝大部分是轻症，要防，但不要恐惧，恐惧比奥密克戎本身还要可怕。从古到今，没有一种病毒或细菌会打败一个民族或国家。不要用过多人为的、想当然的方法，一定要科学防疫。”拳拳切切，让人鼻酸，我爱闻院士。

三是听恰巧是闻老师芳邻的好友说，非常时期，常常看到闻院士在楼群里说，她又在楼道放了好吃的，欢迎左邻右舍去拿。静默中，她一边赠人“玫瑰”，一边奋笔疾书。彼时，她的老伴、知名儿科专家宁寿葆刚刚远行，关在家里的闻老师，在照片上的他的陪伴下，用两个月克服视网膜萎缩，在半失明状态中，“敲”出10万字——《我的乙肝情结》（复旦大学出版社出版）。开篇第一句，“我是一个步行者……”随后她感谢了恩师余濱、林飞卿、谢少文，都是我国微生物免疫学领域著名科学家；也感谢了丈夫，淡淡一句话，道尽挚爱，“没有他，我走不到今天”。

看到一张会议合照，很多人，中间是她和宁老师，她悄悄牵住他的手，旁若无人……1958年，这对大学同班同学结褵，恩爱了64年。

十余次浅斟深聊，只见她掉过一次泪——家里，宁老师遗像旁，总有怒放的鲜花。“太想念他了！”一语泪奔，“我现在做的事，都是他希望我做的！”

这样的她，家国事业，情义担当，处处让人心仪。

用忠肝义胆，报效祖国

终于，2022年的秋天，粉丝登堂入室，吃到了偶像的家宴。

她说：“哈，我差点和你同行。1951年考大学，第一志愿国立上海医学院；第二志愿复旦新闻系；第三志愿是复旦英文系，我英文好，第三志愿总归接得住。”

“国立”二字，咬得很重，听得出那份骄傲。和上医相依为命70余年，那真是她的命。

这个段子，她说过多次。直到有一天，一位新闻系晚辈略不服气：“第二志愿啊，新闻系录取分数很高的，好吧！”

她言不由衷：“啊呀，真是抱歉了！”

我在旁大乐。

第一次见女神，看她用手机点外卖，“这个樟茶鸭真的好吃，刚送到，你们快吃”。听她刮辣松脆讲故事：“‘文革’后期，工宣队师傅找我，说同意我搞乙肝研究了，真是喜出望外啊！改革开放了，第一次受邀参加病毒学国际会议，手续繁杂，外汇难搞，一直惊动到市领导。那时不懂市委书记是什么官儿，就记得上医党委副书记冯光说，‘我们尽力了，对你是人才投资’。”

这句话，闻玉梅记了一辈子。

第一次越洋飞行，她不敢吃飞机餐，“怕人家要钱”。满座金发碧眼，众目睽睽，她倒敢抢话筒，“心怦怦跳，还不知要问什么，先抢到再说。国家投资我，不是让我光带耳朵的”。她胜在不怵，“我是闻玉梅，来自上海，中华人民共和国”。满场“哗”然，国门初开，这样的中国学者很罕见的。她用地道英语，向著名疫苗学家Hilleman发问：“为什么乙肝疫苗只用表面抗原制造？如果用含核酸的病毒颗粒制备，是不是更有效？”

这一问，开启了她和乙肝疫苗国际学术界的漫长对话。

1980年，她通过世界卫生组织考试，去英国伦敦大学学习。她省吃俭用，回国时“奢侈”地为实验室购买了低温冰箱和幻灯机，光运费就90英镑；当时参观伦敦桥是4英镑……

现在，她仍时不时去办公室，指导学生，追踪海外最新成果。“活着，就要工作，就要报效祖国。毕竟，那么难的时候，国家给我投了资。”

用一路跋涉，成就醒目的路标

步行者闻玉梅，一路跋涉，自己也成了最亮的路标。

20世纪60年代，在贵州乡村，她帮苗族妇女接生，触目惊心的缺医少药，让她下了决心，多为这样的人群服务。

有一年，全国流行红眼病，医生们困惑，致病的是细菌还是病毒呢？她竟把患者的眼泪，经过除菌过滤，滴到自己眼里，证实是病毒感染。后来才知，这是一种肠道病毒，会引起神经系统症状，甚至瘫痪。“病人太多，总要有人试一试，应该冲！”

40岁时，她向乙肝“亮剑”。“‘乙肝大国’这帽子，是我心头大痛”，她和同道，用一个甲子的光阴，追杀乙肝病毒。

1986年，她组建了中国第一个医学分子病毒学重点实验室。

1995年，她在《柳叶刀》发论文，开创性提出“治疗性疫苗”概念，被国际学术界高频引用。之后，她研制的“乙克”逐渐进入临床，疗效明确。“如果最终能让乙肝病人解除病痛，会是我一生最开心的事了！”

1999年，她获评中国工程院院士。

2003年“非典”闹腾，钟南山请闻玉梅南下驰援。年届古稀的她，一头扎进香港、广州的病毒实验室，与病毒肉搏。

2012年，她办杂志，和德国马尔堡病毒研究所教授Hans-Dieter Klenk共同担任《新发病原体与感染》的主编。

2020年，她的团队仅用3天，就分离出新冠病毒毒株。

2024年1月6日，她获得“上海市科创教育特别荣誉”。

——关于这些，她都不响。满心满眼，都是眼下的急难愁盼，她时不时挺身而出，声音嘹亮。

与新冠疫情全面决战之际，她为战友竖起盾牌：“每一位在一线奋战的医务工作者，都是英雄。我诚恳地希望，多一些关爱，多一些理解，不要做无谓之争，更不要无端指责，顾全大局，同心战疫。”

牵挂医学教育改革，她呼吁：“教育要有一定的宽容度和试错空间，才会有层出不穷的人才，才会有创新。”

医疗反腐，她在媒体发文：“清除害群之马，让千里驹蹄疾而步稳……”

她有句口头禅，“我说不可以”！那必是有人触碰了她的原则底线，立即拗断，没得商量。

她还说：“做事，不要太在乎效果，不要在乎有没有用。重要的是敢不敢做，都不做、不说，什么事都成不了。”

虽千万人吾往矣，她就是这么个爽气通透、敢作敢当的大先生。

这样的胆气，并不只有医学撑得起。

10年前，伤医事件频发，医生普遍产生职业焦虑，她和哲学家俞吾金等一起，开讲“人文医学导论”，线上共享，4年间，百余所大学、近5万学生选修。

她不愿意“眼中只有瓶瓶罐罐”，自己弹得一手好钢琴，还是京戏名票程君谋的入室弟子，唱谭派老生。曾被表哥王元化带着，和汪道涵一起听戏、论戏。她也琢磨：“全球化时代，怎么保持和发扬中华优秀传统文化？”

这位“步行者”，气场强大，“卓越而有趣”，妥妥的大女主、大先生啊！

用赤子之心，传科学家精神

大先生其来有自。

她的家族，大师如云，堪称现象级。

她是闻一多的侄女，闻家傲骨书香，而她的娘家，桂家的故事也传奇。

有次闲聊，她说：“我有个表弟，很厉害，研究传染病的，整天往乡下跑。河南某地出了怪病，他疑心是艾滋，把病人的血样亲送北京，找我在CDC的学生检验。确认了，他还把艾滋病人接到家里救治……”

武汉大学中南医院的桂希恩，曾获评央视“感动中国”人物，被誉为“一个教授做的五年工作，可能影响中国五百年”，是她表弟？

“表兄弟中，我和他关系最好，”她翻出两人微信对话，“有一阵没联系了，蛮牵记的。”我找到网上近期桂教授和学生打篮球的小视频，她大开心：“哇，身体不错——看我弟弟，帅吧！大学毕业，他非要去青海，一待十几年，骑着马看病，自己家徒四壁，乐此不疲。”

桂家的“朋友圈”，牛人汹涌。

她的外祖父是位华人牧师，极重视子女教育。舅舅桂质廷，把美国名校扫荡式读了一遍，耶鲁大学、芝加哥大学、康奈尔大学、普林斯顿大学，成为中国地磁与电离层研究领域的奠基人。桂牧师扶助了一位王姓聋哑搬运工，资助其子读大学，待他留学归来，更把大女儿嫁给他，生子王元化——泰斗级学者，人称“北钱（锺书）南王（元化）”。

桂家的儿女，几乎个个不凡。

闻老师从小的偶像，是妈妈——桂质良，也是位大女主。她以第一名考取清华大学的留学基金，赴美国威尔斯利女校求学，和冰心同窗；再读约翰霍普金斯大学，日后频创“第一”：我国第一位女性精神病学研究专家、第一位儿童心理卫生专家、第一位出版精神病专著的学者。父亲闻亦传，从芝加哥大学毕业，任北京协和医院神经解剖副教授，不幸因病早逝。乱世中，桂质良独力培养两个女儿成了才。

翻开80多年前桂质良的论文，放在现在，也不违和——“劝阻望子成龙的父母和教师不加重学生负担，那些竞争负担，是孩子们无论多么努力，都使其自然天资无法承受。”

母女俩声气相通。

生在“山顶”的闻玉梅，“一览众山小”，是她的宿命吧。讨论中，她却说，“所谓家族文化，有两面性，优势和缺陷，兼而有之”。

闻老师总是通透。

不久前，医学分子病毒学重点实验室获评全国科学家精神教育基地，在复旦大学上海医学院揭牌，闻老师致辞，不拿稿子，说得生动圆融，行云流水。

"什么是科学家精神，首先是孜孜不倦揭露事物本质的探索精神，其次是不畏艰难、致力于解决问题的实践精神，第三是大公无私、与人为善、热爱人民的奉献精神。科学家精神是世代相传、永无止境的。"

大道如砥，行者无疆，就是这样。

我的姐姐张抗抗：当一只大雁飞过天空

张婴音
2024-01-20

如水的故乡，丰沛的内心

我的姐姐张抗抗总是用水来形容自己："钱江西湖与北方风雨共同滋养我，汇入同一条生命之河。"

童年时代，每年我和姐姐都去德清外婆家过寒暑假。青年时代她从江南出发去往北大荒，后来定居北京。然而，几十年后，在德清几位文友的努力、县政府的支持下，2023年春天，德清外婆家洛舍小镇美丽的洛舍漾边，建起了一座"洛漾书院"（张抗抗文学艺术馆）。姐姐为此捐赠了自己珍藏几十年的大量书籍、手稿、书信、图片、个人资料，以及历年出版的百余种作品，作为她回馈母亲故乡一份沉甸甸的礼物。"洛漾书院"因此成为德清的一处文化新地标。

对我而言，"北大荒"这样的名词至今依然抽象。我无法想象姐姐在东北的八年时间，如何在冰天雪地、天寒地冻的自然环境中求得生存。而她竟拥有足够的热情和能量，靠写作展现她独立丰富的灵魂。对我而言，姐姐更像一只向往自由的大雁。她的矫健、勇敢、自信都是与生俱来的特质，从少年时代起就注定比我这样的普通姑娘要飞得更高更远。姐姐的早慧与坚韧时常让我感到难以置信。她从22岁开始在《解放日报》发表小说习作，一直到2023年广西师大出版社出版10卷本《张抗抗文集》，发表了800多万字的文学作品。她始终不懈地追寻文学理想，思考世间真理。

她曾在书中写过："我想要有一间自己的屋子，它并不意味着排他、锢己的与世隔绝。它不是一个牢笼，也不是一个封闭的禁地；那间屋有一扇通往外界的门，随时出门走到广阔的田野山川中去；那间屋还有一扇巨大的玻璃窗，阳光可以充分地照射进来，若是站在窗前，视线可以望见云彩、飞鸟以及很远的地方。"

这些感悟可能只有大雁和天鹅才能拥有，因为在北地苦寒的风雪中，娇小的鸟抬不起头。姐姐的文学生涯注定要在那片无垠的广阔山河之中启程。一年又一年，大雁用她宽大强劲的翅膀，为读者驮回了丰厚的文字作品。

火山的裂隙，喷涌的青春

20世纪70年代和80年代是两个截然不同的10年。不过对我的姐姐来说，这两个10年连贯得像是一场蛰伏多年的巨大火山喷发过程——在爆发前极度压抑的噤声中蓄力，随后拥抱无比壮观的岩浆和火山灰。

当大雁飞出无边无际的针叶林，她抛下稚嫩和茫然，踏上艰辛神圣的文学之路。50年弹指而过，在漫长的光阴里，姐姐昼夜伏案挥笔。也许有太多往事已经淡忘，但写作的珍贵时光在记忆中久久封存——苦闷的70年代，是20世纪忧郁沉重的黑暗牢笼，唯有光芒四射的内心才能照亮晦暗的前路。那时候，姐姐给我寄来的书信里，我能读到她的孤独、求索和执着，还有超越常人的信念。她在写作中飞向高空，怀揣着温暖与希望的火种。

姐姐既有父亲血液中的果敢、激情、坚定，也有母亲天性里纯真的浪漫童话。她相信，她努力，她等待。于是当火山爆发，她无所畏惧地飞向火山口，前往上海修改作品，返回农场继续奋斗。睁开黑暗中的双眸，终于飞过四下的高墙，见到了熔岩的火光。

对姐姐来说，80年代是苍茫大地上一道滚烫的裂隙，炙热的岩浆喷涌而出，而她最好的青春年华，也在写作中熊熊燃烧。姐姐的散文自不必说，几乎所有景观和意象都能在她笔下焕发别样的光彩，展现思考的魔力。她的小说创作也进入了更深的层次，她的笔下有专属于70年代的幻灭、茫然、困惑和难以抗拒的虚无，也有来自人生阅历对真理和谎言的认识、反省、人性拷问。故事中带着时代的预言性，语言中埋藏着切肤的感染力，人物在她的笔下逐渐觉醒，卑贱的高贵的，罪恶的疯狂的，呐喊的深爱的，一个个倾注心血的故事，一个个值得反思的形象，都那么澎湃而深邃。写作，让她拥有更丰满的灵魂气质；写作，让她重新获得自我的确立。

疾风席卷的岁月，不变的温情

世纪之交的那些日子像一阵冷暖交替的劲风，我和姐姐所熟知的生活、社会、人际关系、物质世界都在这场摧枯拉朽的飓风中改变了样貌。当我焦头烂额地面对纷繁复杂的新世界之时，姐姐依然像雁群中最强壮敏锐的头雁一样，飞翔在20世纪末社会变迁的前方，对一切新兴事物表现出充分的热情。她是最早用电脑写作的作家之一，她以作家的责任感细腻地观察环境和人物，以睿智的女性视角捕捉明暗之间的日常生活。姐姐用她鲜明的语言风格和独特的审美哲学，不断摸索着时代之风的规律。

我家就姐妹俩，我跟姐姐相差7岁。那时候，一年中最令我激动的事情就是等姐姐回家探亲。她是个细心又重感情的人，只要经过上海，她便停留几天，用自己存起来的工资给家人买礼物，她总能给家人带来最需要的东西。姐姐给我买的东西最多，比如给我买的红裙子、红皮鞋、红雨伞，都是当年最时髦的。80年代初，姐姐在《收获》上发表第一部中篇小说，拿到第一笔稿费，借着到上海的机会，找亲戚要了一些外汇券，亲自为我精心挑选了一块带有夜光、小巧玲珑的瑞士女表。那时我刚参加工作，戴着表出门，吸引了周围多少女孩子艳羡的目光啊。很久以后我才意识到，姐姐自己当时却戴着最一般的“半钢”宝石花表。现在想来，依然为姐姐的温暖关怀和细腻用心所感动。

姐姐身上有着南方人的温婉，也有北方人的豪爽，极富人格魅力。她热爱生活，热爱大自然，关注生活中有意思的事情。她对朋友重情重义，对家人温暖体贴。她是家里的主心骨，无论大事小事，我觉得只有听她的意见，让她拍板，我的心里才踏实。她又是非常孝顺的女儿，每逢春节都要提前安排好和爸爸妈妈一起过节的各种事宜。她特别注重亲情，对家里的亲戚朋友都关怀备至，每次回杭州都要和亲戚聚会，还专门邀请舅舅舅妈、叔叔婶婶去北京家里做客。

日常生活中的姐姐，总是倾听我的烦恼，包容我的幼稚，理解我的忧愁，知道我的坚强和脆弱，也明白我的孤单和伤感。恰恰在那个时候，我逐渐理解，文学和写作对于中国女性的生活和观念来说是包容而超前的。文学可以让我们倾听自己的声音，探索想象力的边界，引导我们拥有更多面的思考，走出生活的桎梏，从而让我学会和崭新的世界相处，不至于被新时代抛在身后。

我们姐妹之间的默契都是因为爱。爱生活、爱自然、爱文学。在过去的几十年里，姐姐和我在充满变数的年代审视自我、探寻内心，唤醒我们脑海里的精灵。写作与生活一起在日常点滴中运转着，生活也在写作中变得丰饶。我的回忆总是能够通往每一个我和姐姐在一起的时刻，现实和过往交错前行，那些逝去的日子是那么真切而忧伤，一去不返。

电闪雷鸣翱翔，雨过天晴归来

21世纪当然更令人神往，但它终究是20世纪的延续。我和姐姐在父母的老去和自我衰退中面对琐碎的日子。当我们一起站在外婆家洛舍漾边的洛漾书院，面对浩渺深远的洛舍漾，我想起了6岁那年一个夏日的午后，珍珠般的水乡，木船和石拱桥，一条飘着鱼虾香味的小街，我坐在外婆家门前的港湾，面前的河水中有一群自在的小鸭子。我傻傻地跳下水，以为自己也是小鸭子，后来，姐姐救起了水中的我。再后来，她却说根本不记得救过我。类似的记忆都是亲情的爱与温暖给我们孤独生命的安慰，正如心中晶莹的光，星火般闪烁。

姐姐的内心依然对新时代的女性充满了寄望和期待，因为20世纪的切肤之痛，那些强烈的痛觉、苦恼和忧思一定不容易挥之即去。她至今自律如年轻时，抓紧每天的分秒时间，对当下的事物充满兴趣，思考的却是往昔和未来。这只翱翔在20世纪旷野之上的大雁，依然用笔为某些触不可及的岁月再一次燃烧生命。竟然用12年时间，创作并反复修改着一部至今尚未出版的三卷本长篇小说。我总是觉得，这里一定有来自我们父母文学精神的传承。

她的身上有着强烈的社会责任感，无论是连续担任三届全国政协委员，还是任国务院参事十余年，她都恪守职责，尽心尽力。始终关注民营实体书店的生存状况，力呼政府扶持，倡导全民阅读。书店人称她为民营书店的点灯人。她在参加全国政协会议期间提交了许多关于文化建设、教育、知识产权保护等问题的具体提案，其中为国企职业学校退休教师争取获得同等教师待遇的一次次努力，最终获得回报。

姐姐说，“为了寻光，我用文字把雾霾拨散；为了迎光，我用语言把黑暗撕开”，“我梦想变成一只萤火虫，让我书中的每一个字，能在暗夜里发光，孤光自照”。

时光的隧道深远又漫长，世间所有美好的事物都与她灵魂相通。我不曾忘记姐姐的两条长辫，她的白衬衣和蓝色背带裙，我和她并肩而立，一起面对历史的变迁。我们聚少离多，却是对方最珍贵的依靠，也是彼此温馨的港湾。

家有“猴母”王晓玉

——田教授家的28件趣事

黄飞珏

2024-03-16

1. 这两天家里又添了一台冰柜。老妈说，家里的肉、速冻食品要备半年，蔬菜要备一个月，柴米油盐要备一年……

我觉得这有一部分是为了满足她疯狂网上购物癖好的借口。

2. 跟我出去组团旅游的中老年上海女性，很多都是单个找搭子的，比如：跳广场舞、拍美照、拍视频、逛街……有一种是购物，不停地买，不停地买各种后来都用不着的东西。不过，老妈还从来都没加入过。

3. 也不是老妈没有搭子。她很挑剔，一定要找志同道合者。她又爱好美食，于是就找舌尖上的美食加同志同好做搭子。沪上文坛有几个都姓王的女作家，人称四王或是五王，她们有时就搭在一起，轮流做东，找个不错的馆子大吃一顿。

4. 别以为这些称得上老上海的女性名作家都喜爱所谓的老传统美食，她们蹄髈、熏鱼、白斩鸡一律不碰，最爱的是时下小青年喜欢的刺身、雪花牛、鹅肝、生蚝啥的。

更让我意外的是，这些人写的小说啊随笔啊剧本啊加起来应该有几米高了，但是在一起几乎不谈文学，偏爱各种八卦。

她们有各自的文学特质，又都一样地密切关注着社会现实。所以她们谈得来，坐在一起让我觉得是一个大家庭里的一众姐妹。

5. 老妈购物生涯的最大壮举发生在十几年前。

星期五去买菜，回来脸色异常。

憋到周日，在大家的再三询问下，坦白了：经不住一个菜场门口一个二手房中介的蛊惑，用刚到期的30万定期存款买了一套老破小。全额付清，手续已经办完。

还记得老爸古怪的表情：你不是去买鸡毛菜的吗?

6. 因为不懂理财的老爸总是念叨，半年后，这套老破旧又匆匆卖掉，涨了几万块。

老妈很得意。

现在知道，此屋若放到现在，可翻十五倍。

老妈从未后悔过，她说，终于懂得了什么叫财产性收入。

我认为，此事再次应验了购物狂人投资时买进时机都会不错，出货时机永远是错的。

7. 老妈除了购物，第二大的爱好是教训儿子。我是她唯一的儿子，所以就教训我。一天不教训，似是缺了一点什么；一周不教训，一般是她身体有恙；一个月不教训，就……算了，从来没出现过一个月不教训的情况。

8. 因为被教训很难受，又不能回嘴，我几十年前就练就了一种承受的方式，一只脚在屋里，一只脚在屋外，实在被骂得吃不消了，转身就跑。比我们家边牧跑得还快。

9. 老妈的价值教育中，比较经典的是这两句话：第一句，家庭价值是人类社会的最高价值，婚外情是不可饶恕的；第二句，男人第一次离婚就是一头牛变成一只羊，再离一次就是一只羊变成一只鸡，三次离婚就只剩一个蛋了。

10. 我在电视台的《新老娘舅》节目中，调解恋爱婚姻案子时常用这些句子。拿到节目稿费时，真的想过是不是要分点给老妈。

11. 从法律和物理上，我是老妈的唯一的儿子。但是，在华东师大传播学院，为创始院长的她举办的80岁学术研讨会上，一群学生发言，都忘了说学术，说的尽是自己在年轻时困难时走投无路时，是怎样因为王老师不求回报的，如同母亲一样的关爱而走了出来，眼泪鼻涕一大堆。

12. 我那时就纳闷了，都是儿子，为什么关爱都给了他们，教训的时候就我一个在承受呢。

13. 那次学术研讨会上，一片哭哭啼啼，气氛有点诡异，还是作协老领导叶辛的发言带来了欢乐。他说，我在作协，最怕就是王晓玉她们那几个女作家，每次开会，风风火火地走进来，然后一拥而上，评点我的穿着打扮，说我像“乡窝宁”。

14. 我至今依然对一个事情的真实性有点怀疑，就是我妈曾经带过吃奶的小囡囡，是我妹妹的女儿。

我总觉得一个像老妈一样喜欢白相而且思维清晰的知识女性，是不可能和尿布奶瓶之类的东西挂起钩来的。

可是，也就是这一年，一整天抱着一放下就会啼哭的奶娃娃。几个月，她居然创作出一部长篇小说《凡尘·赛金花》，40万字。

业界对这部作品评价甚高，甚至超过了她的另一部作品——改编成电视剧创下高收视纪录的《紫藤花园》。

对比当下上海的阿姐们对带第三代小孩这事怨声载道的情况，这段经历有着奇幻的励志色彩。

15. 我老妹在美国，顶级医院的顶级医生。作为极为孝顺的女儿，不仅365天天天早上8点雷打不动与父母视频通话，而且还屡次邀请父母去美国生活，备好的居住环境非常优越。她小时候由家里的外婆带大。她的女儿1岁前由我老妈带大。老妈说，这是还债。

16. 老两口退休后去美国玩玩，不久因为一件事回来了。去一个音乐会，早到了，坐在第二排，结果到音乐会结束，这排只有他们一家。从此，他们再也没踏上过那片土地。总说：上海最好。

17. 老妈也是孝女。外公活到104岁，外婆86岁，最后几年，都接过来供奉照顾，最后都是在我家送的。

18. 因为要照顾好老人，家里总是挤出一笔钱请保姆，前前后后有过二十来个。

19. 那时我还没结婚。有天来了个漂亮保姆，做事很麻利，除了关爱好两位老人，对我的起居餐饮也附带照顾得很好。

有天我回家，刚进门不久，看见她在厨房里面，把扎起来的头发放了下来，长发飘飘，笑意盈盈，更显妩媚。

第二天，我妈把她辞了。

20. 我问为啥把她辞了。妈冷笑了一下："我也看见她把头发放下来了。"

见我窘样，又把我带到书架面前，抽掉几本书，掉出来一包中华烟。"你不是老说丢香烟吗，她拿的，回去给她老公的。"

21. 当晚，我妈就准备写一部小说，关于保姆的。

不能离原型太近，就从我爸的姓"黄"当中拆了一个田字，起名《田教授家的二十八个保姆》。

22. 小说中田教授的儿子最终娶了漂亮保姆为妻，很快有了小孩。田教授老夫妻放下了学术，照顾儿媳，成为自己家的第二十八任保姆。

现实没有发生这样的事。

不过，我一直以为我妈这样写，是在用小说教训警示我。

23. 爸妈有时候会拌嘴，但是很少动真气。

留给我清晰印象的一次是40多年前的一个特别的日子。

那一天，作为新中国第一批公派的留学生，我爸终于完成两年的悉尼大学的硕士学习，回到了上海。而我妈也在两年里还清了家里为数不少的债务。

晚饭，妈炒了一大碗的米粉干，有黄芽菜、笋丝、肉丝、豆腐皮。这在平时不大做。因为比较繁杂，可那是典型浙东乡菜，是绍兴籍的老爸之最爱。

可是那天老爸却说吃不下，飞机上吃过鸡腿饭了。

听到鸡腿饭，妈的脸板了下来，让10岁出头的我和妹妹飞快地把我爸的那碗炒米粉分着吃了。那天晚上，平时很多话的妈，好久不响。

24. 1966年，姆妈和爸爸刚结婚，姆妈就接到了去哈尔滨铁路局报到的命令。

那年头，大学毕业是全国统配的。

于是爸妈两地分居八年。

直到八年后，辗转南昌，姆妈才调回上海。

其间，我出生，跟着姆妈走四方，妹妹出生，在上海由外婆带，唯一的玩具是柴爿。

因为调令邮寄遗失，还拖了一年。第二张调令千辛万苦办好，不敢再走邮局，而他们要上班，只能缝在一件背心上，由5岁的我乘绿皮火车带回上海。

临上火车，姆妈告诉我，这东西是一家团聚的希望，路上不要乱跑，千万不能弄丢。

我不舍得刚刚养了没几天的小鸡崽，妈就用一只篮子装上它们，说是可以陪陪我，一起送上了火车。

下火车，爸爸来接我，照看的列车员向他抱怨。这小孩怪，一路上一动不动，热得满头是汗，还不让人帮他脱了外套，一篮小鸡满地乱跑，都是其他乘客帮忙抓回来的。

而我则抱住爸爸说，那个东西缝在我的背心里面，没丢。

爸爸哭了。

25. 我4岁的时候跟姆妈生活在南昌，因为得了肺结核病，不能去幼儿园，姆妈每周要上二十几节课，所以我一直在操场上孤独地游荡。

有好几次，不知从哪里来的几个大小孩在捉弄我，打脑壳。姆妈说，她在三楼的教室里正在教诗词呢，“山头鼓角相闻”，等等。从窗里眼见儿子被追得满地跑，又不能下楼解救，心里很痛。

曾经有段时间学校学农，姆妈带着一个班，每天大清早乘火车到一个郊区，而我又要打应对肺结核的针，时间很紧。经常赶到火车站时，列车已经缓缓启动。

每次都是我哭喊着，不要跑呀，而姆妈则一把把我抱起，然后跟着火车飞奔。学生则预备好打开车门，接住扔在空中的我，然后姆妈再一跃而上。

见过四岁扒火车的孩子吗？

26. 往事如烟，现实如幻，说起那些很久以前的事，不自主地又变成了很久以前的自己，和爸爸姆妈妹妹……我们一直相信前方有着美好的东西，在这个时代，这些美好的东西基本都到来了，有些都远远超越了我们的期待。也有很多不如意，但凭着紧紧的依靠，我们依然能够有尊严地度过，等待着下一个美好的到来。

27. 老妈到了五六十岁时，一边在她当着院长的学院里，创建了“播音主持”专业，一边在纪实频道的《经典重访》节目，出任了主持人。后来我做了《新老娘舅》。我们俩，都属猴。

28. 她写过《紫藤花园》，里面活动着的是她上一辈的人们，后来写《九九玫瑰》，她的目光聚焦到了当代的青年。《凡尘·赛金花》里，清末民初的生活场景被她描摹了出来。还有一个总称为“上海女性”的系列小说，阿花、阿贞、阿惠，一个主人公一个中篇，分别写了老中青三代女性。

她真是有孙悟空的性格，能上蹿下跳。

家，home，猴母。

爱夜光杯 爱上海

2023

谈艺录

《后浪》里的“前浪”

曹可凡
2023-05-21

平生乃学西医出身，却两次在荧屏与“中医”结缘，并且所饰角色均为“吴”姓。

《老中医》里的“吴雪初”医道高明，却身处乱世，故为人处世，圆融周到，小心翼翼，甚至还有些许世故，但也绝不糊涂，始终保持清醒头脑，面对日寇残暴施压，选择以决绝方式，保护中医秘方。于是，一个凄风冷雨的黄昏，他用一个意味深长的背影，抖落出一位民国中医傲骨的高光时刻。

而《后浪》中的“吴善道”则是改革开放新时代，年富力强的中医栋梁，视传播中医文化为己任，虽看似大大咧咧、能言善道，其实内心敦厚朴实，对“后浪”关心备至。即使发现个别“后浪”荒腔走板，仍以最大热情宽容待之。

在《老中医》中，“吴雪初”与陈宝国之“翁泉海”、冯远征之“赵闵堂”，周旋过招，相爱相杀；而在《后浪》中，“吴善道”则大多与吴刚之“任新正”相扶相持，彼此鼓气。两部中医题材电视剧，能够与最富魅力的表演艺术家合作，何其幸哉？而三位艺术家也都先后来我栏目《可凡倾听》做客，真有所谓不解之缘。

与吴刚兄相识，是在电影《铁人》上映之时。他在戏中演活了“铁人”王进喜，这使得吴刚兄的才气与声名，一改“养在深闺无人知”的局面，“守得云开见月明”。而《铁人》之前，吴刚在电视剧《潜伏》里演的“陆桥山”已令大家刮目相看。不过，我最喜欢的，还是他在陈凯歌执导的电影《梅兰芳》中所饰演的“费二爷”，其一招一式、一颦一笑，均传神到位，尤其和王学圻老师那组戏，演得严丝合缝，不洒汤不漏水。但吴刚兄谦称自己顶多只能算个“泥瓦匠”，主要功能是“泥缝”，既要流畅自如，又要注意分寸把握，不能刻意抢戏，故两人一来一往，犹如相声演员之“逗”与“捧”，看了让人感到身心舒泰。

记得我还向他请教过有关表演问题。吴刚兄并未直接答复，只是引用老艺术家苏民老师一句话“痛饮生活的满杯”，也就是说，演员要以极大的热情去拥抱生活，并将生活的点滴积累，投射于角色之中。时隔多年，吴刚兄的那句话依然记忆犹新。

《后浪》中，吴刚兄之“任新正”，与我之“吴善道”为同门师兄弟，共同拜一代国医大师“宋亦仁”，但两人个性截然不同。

“任新正”正直内敛，自律自省，只是略显刻板，但心存慈悲之心，愿意身先士卒，为中医事业冲锋陷阵，在所不辞；“吴善道”则生性散漫，幽默风趣。而且，“吴善道”当年对“任新正”夫人“宋灵兰”曾表达爱慕之意，但“宋灵兰”最终选择了“任新正”。“吴善道”心胸开阔，与“任新正”并未产生隔阂，只是有时候也会借此与老同学“抬杠”。然而，有关中医传承的大是大非问题，两位师兄弟保持高度一致。

在拍摄现场，和陈宝国、冯远征那些“前浪”一样，吴刚兄也从来不拿剧本。走戏时，他已将台词背得滚瓜烂熟，并且已经将每一句话与人物个性、规定情景融会贯通，没有丝毫生涩之感。有时候，台词过于冗长，为增加节奏感，他会设计一些辅助动作，用以衬托语境。譬如，有一场戏，“吴善道”与“任新正”为申请中医师承班执照遭遇挫折，心情沮丧，大吐苦水。那场戏场景是在办公室，空间调度受限，如果两人相对而坐，就显得有些单调。

经导演韩晓军启发，吴刚兄在交谈中，慢慢站起来，顺手拿起一件白大衣，然后做了一个类似京剧程式化动作，只见那件白大衣飘拂于空中，瞬间便穿到身上，并且以类似戏曲演员的夸张口吻说道："诸葛亮从来不问刘备为什么箭那么少，关羽从来不问刘备为什么士兵那么少，张飞从来不问刘备兵临城下怎么办？于是，才有草船借箭，有过五关斩六将，有据水断桥以退曹兵。"这一长串台词说来字字铿锵，快而不乱，富有韵律。随后，他又迅速从"表演"回到生活状态，语重心长地说道："但得凡情尽，一切总现成。想去做什么就去做，初心纯正，就是始之以正。你放心，最终一定会终之以正。面包会有的，一切都会有的。"这一收一放，张弛有度，几乎令我沉醉其间，忘了是在演戏，差点把自己的台词遗忘殆尽。

有人说，所谓好的表演，其实就是感受，而非刻意展现，从和吴刚兄的合作中，便可充分感受到这一点。

《后浪》一剧，既有赵露思、罗一舟那样的"后浪"翘楚，光彩照人，魅力四射，更云集了像吴刚、奚美娟、李光复、江珊那样的"前浪"大家，他们呈现的教科书级别的表演，以及兢兢业业的工作态度，令人折服。作为《后浪》里"前浪"的一员，有幸参与其间，备感荣幸，尤其珍惜与导演，以及所有演员之间合作的机会。我们走到一起的目的只有一个，那就是将中医这门有关人的哲学，通过一代又一代"后浪"，接续传承，发扬光大。

那个悠然独坐的人在想什么

潘向黎
2023-06-08

《独坐》是表演艺术家奚美娟女士的第一部散文集。我有点惊讶她到现在才出第一本书，但也觉得这样很好。这位平素静谧悠然的人，几十年的成长经历和演艺生涯，几十年的阅读、阅人、阅世；观影、观剧、游历和沉思，或显或隐，都在这本书里。这样的书，自然有分量。

因为经常读到奚美娟老师落落大方的文字，也有机会当面听她谈表演和文学，所以我对她文字的火候毫不惊讶，但依然被她信手拈来的那些带专业特点的表达所吸引：台词状态，收放自如，心理逻辑，滋养物，触发点，老派的职业精神和规矩，电影的世界性，“戏保人”，没有浪费的镜头，眼神能接住，等等。

我注意到，在她的笔下，有些字眼的出现特别高频。出现最多的是“专业”，其次是“职业演员”。

“我认为王（玉梅）老师塑造艺术人物的标准只有一个，那就是专业标准。”

“……这是一位职业演员的专业精神。我所说的专业精神，实际上就是一种专业素养。”

“但这男中音磁性响亮的声音那么专业且具有美感，一下子把我们惊醒了。……这个家庭剧团不是草台班子，而会呈现一场极为专业的演出。”

“我们的剧组是一支很专业的团队。”

“这其中，职业演员的专业精神是贯穿在整个创作过程中的。”

“对于培养职业演员，如果不谈专业性，就等于在心中不设高度。”

她不断地强调着表演的专业性，说明在她心中，演员这个职业，是多么神圣；艺术创作者的专业精神和创作本身的专业规律，是多么重要。由此我明白了，这么多年，她能够坚持探索、精进不已，是有源头的；她的艺术生命如同被时间祝福的花一样始终绽放，是有道理的。

她的笔下还经常出现“我想”“我常常想”:“我想，在国外游历，有时候面对大自然，会觉得人很渺小，但有时候，面对一个个体的人，在他身上折射传递出的信息，又会觉得人强大有力。”“我想，这其中，只有一个硬道理，就是：继承发展与创新的关系。”“我常常想，世界上最难的事情之一，就是人与人之间的相知……”“我想，这样的艺术创作关注点的分布，正反映了一个成熟的文化环境，也是市场化经济的需要和人文价值坚守之间长期博弈后取得的平衡结构。”

不禁感慨：她真是一直在思考。尤其对表演艺术、对文化传承、对人文环境，她几乎是随时随地在省察，在深思，在参悟。如同她很早就有的阅读习惯，思考也是她的重要习惯。阅读和思考，正是她“独坐”的内容，安静而丰饶的“独坐”，造就了一个饱满的内心小宇宙，造就了这样一位表演艺术家。

对一本书，大家通常会注意它写得怎么样，但其实，在下笔之初，写什么，不写什么，也是很重要的。《独坐》写意而自如地写了那么多艺术家、作家：黄佐临、周小燕、吴贻弓、张瑞芳、秦怡、张洁、李敖，甚至写到了小津安二郎与是枝裕和……这足够吸引读者的目光。而我，作为写作者，却注意到了作者的“不写之写”，或者说，我在《独坐》的空白处有了一些发现。比如，作者一点都没有沾染演艺界“事故多发”的自得和自恋，相反，可以说在行文中她完美避过了所有可以“秀”自己的地方。在整本书里，既看不到观众对她的热烈赞美，也看不到她各种获奖、领奖的高光亮相。甚至她写到参加“花样姐姐”拍摄到了西西里，要在意大利贵族府邸拍摄一场舞会，大家在服装租赁公司挑选欧洲宫廷礼服，而她最终还是穿了自己从上海带去的大红对襟中装，为什么？因为所有礼服，“没有合适我的体形的”。我想了一下，应该是她的身材太纤瘦了，欧洲人常见的尺寸对她而言都太宽大了。作为一个演员，长期保持身材可以说是一项成就，而她，还是连一个字都不肯夸一下自己。

如果你和我一样安静地、仔细地读完《独坐》，想必你也会在书里看到这样一个“大女主”形象：她温婉、谦逊，轻声细语，分寸感极强，她是雅致脱俗的；但在内里，她有自己的主见和定力，因专业水准而自信，她有一种行业高手的强大和从容。更难得的是，她微笑着与时间成了好朋友，始终有足够的好奇心和探究自觉，始终追寻着艺术的理想境界，她步履不停而身姿轻盈，像一阵五月里的微风。

《长安三万里》也有的几处“硬伤”

胡中行
2023-07-23

动画电影《长安三万里》最近很火，特地去影院感受了一下，将近三个小时坐下来，虽觉剧情稍嫌冗长，却并无倦意。我曾专门为此写了一首绝句：“脱却闲装着正装，久违影院足徜徉。剧情跌宕随诗咏，故事超长不觉长。”

长而不倦的原因

这部电影的看点较多。这些看点，有的杜撰，比如李白与高适的初见场面、李白为入赘事请教孟浩然等；有的有据，比如李白养鸟之绝招、王维为科举见玉真公主等。但不管是真是假，这些情节的设计安排，的确做到了老少咸宜，很有看头。此外，还有一个更为重要的原因，那就是该片弘扬传统文化的立意甚明，比如有多达48首唐诗穿插在剧情之中，让大家边看边学，与片中人一起领略中华国粹的美妙，这也是前所未有的创举。再如片终前高适所说的那句“只要诗在、书在，长安就会在”。换言之，便是只要中国传统文化在，中国便永远不会消亡。这就是整部电影想要告诉观众的一个正能量的主题。

这部电影有一个显著特点，就是片中有名有姓的人物没有一个是虚构的：高适、李白、杜甫、贺知章、王维、王昌龄、岑参、崔宗之、孟浩然、严武、张旭、李龟年、岐王、玉真公主、郭子仪、程公公（元振）……这些人物不仅不是虚构，而且在历史上赫赫有名。

但是从本质上说，该片毕竟只是一部娱乐片，我们不能用历史正剧的标准去衡量它。从故事情节看，其中有合理的演绎，也有离谱的编造。比如李白与高适的相扑比武，看似荒唐，却是符合唐代知识分子普遍的尚武精神的；而把郭子仪这位平定安史之乱的统帅描绘成粗俗武夫，就显得有点离谱了。其实，文史本来就是一对欢喜冤家，天天吵着分家却又相依为命。要言之，文离史则无稽，史离文则无趣。

有鉴于上述观点，我认为《长安三万里》在历史与文学的把握上，做得还是不错的。比如电影中有李白养鸟的情节，这是出自李白自己写的文章："白巢居（住在树洞）数年，不迹（涉足）城市。养奇禽千计，呼皆就掌取食，了无惊猜。"（《上安州裴长史书》）电影说成这是李白专门从一位仙道那里学来的驯鸟绝技，这样的处理既无伤大雅，又比较有戏。

再如电影中王维见玉真公主那一段，也是事有所本："维（王维）将应举（参加科举），岐王谓曰：'子诗清越者，可录数篇，琵琶新声，能度一曲，同诣九公主（玉真公主）第。'维如其言。是日，诸伶（演员）拥维独奏，主（公主）问何名，曰：'《郁轮袍》。'因出诗卷，主曰：'皆我习讽，谓是古作，乃子之佳制乎！'延（请）于上座曰：'京兆（京都）得此生为解头（第一名），荣哉！'力荐之。开元十九年状元及第。"（《唐才子传》）片中让高适、李白、杜甫作为旁观者参与其间，也算是"莫须有"的合理存在吧。

不该出现的"硬伤"

当然，与所有的涉及历史的作品一样，这部电影的"硬伤"也是在所难免。兹举几例不该发生的：

其一，"直呼其名"的问题。此片中的人物称对方时一律都是"高适""李白”“杜甫”那样的连名带姓，这是严重违反古代礼仪的。古代同辈之间应该称字而不称名，只有上对下、长对少或者自称，才能直呼其名。所以高适称李白应该是“太白”，而李白称高适应该是“达夫”。

杜甫的情况复杂一点，因为他比高李小了十多岁，处于称字称名两可之间。唐代还有一个特殊的习俗，就是称对方在家族中的排行，有时还可以在后面加一个“郎”字。所以，他们三人之间还可以互称李十二、高三十五、杜二。

如前所说，唐代的排行不是以单个家庭计算的，而是整个家族排在一起，所以才会出现“三十五”那样的数字。当然，同辈之间称名的情况也不是绝对没有，比如吵架啦，醉酒啦，但绝不可能是常态。

其二，“行卷”问题。片中有段描述，说是李白因为是商人之子，所以科举无望，只能通过行卷向权贵走后门才能入仕途。这里所说的行卷又叫温卷，科举前考生把自己的作品投谒给当时的学界名流，如果得到首肯，并向考官推荐，便大大增加了录取的概率。在唐代，这是科举过程中的一个惯例，而不是如片中所说的那样，是科举无望才去行卷的。

这里试举一成一败两个例子来加以说明。成功的是白居易，这个故事很有名：“尚书（刑部尚书）白居易应举，初至京，以诗谒（求见）著作（著作郎）顾况。况睹姓名，熟视白公曰：‘米价方贵，居亦弗易。’乃披（翻开）卷，首篇曰：‘离离原上草，一岁一枯荣。野火烧不尽，春风吹又生。’却（改口）嗟赏曰：‘道得个（这）语，居即易矣。’因为之延誉（推荐），声名大振。”（《幽闲鼓吹》）失败的是崔颢：“初，李邕闻其名，虚舍（整理住舍）邀之。颢至献诗，首章曰：‘十五嫁王昌。’邕叱曰：‘小儿无礼！’不与接（不接待）而去。”（《旧唐书》）

关于片中众诗人相

如前所说，这部电影中出现的盛唐诗人的人数是创纪录的。唐代最伟大的诗人李白与杜甫，田园派的代表王维、孟浩然，边塞派的代表高适、岑参，还有“七绝圣手”王昌龄，都在片中一展风姿。就这部电影而言，对这些诗人的描述还是比较对头的，当然这是说“大体上”。至于夸张失真之处，那是难免的。这可以说是所有历史演义小说的一个通病，历史类的影视剧也不能幸免。此片中把高适写得武艺太过高强，把李白写得浪漫有点过头，把王维写得矜持略带娘腔，更把杜甫写得毫无诗人气质。这些还是都在“七分是真，三分是假”的可允许范围之内。可是因为这些诗人实在太有名了，所以对片中的他们做些补充纠正还是应该的。

先讲高适。他应该是本剧的第一主角。片中说他出身贫寒，生性木讷，后居高位，成为“诗人之达者”，这些都是有案可查或者经过合理推想的。比如出身贫寒，《旧唐书》说他“少家贫，客于梁、宋，以求丐自给”。曾经要过饭，可谓贫到家了。又如后居高位，书上说道：“用为刑部侍郎，转散骑常侍，加银青光禄大夫，进封渤海县侯，食邑七百户。”比起唐代其他诗人来，他的确是位“达者”，即位高权重之人。至于说他木讷，甚至口吃，尽管于史无征，但从他“年五十始为诗”，在文学上是个大器晚成型的人物，做这样的敷衍也算有一定的合理性吧？

再有，片中多次反映出他的正直和谋略，这些例子虽都不见于史，但从下列这些描述来看，还是可以“信其有”的。《旧唐书》说：“适（高适）因陈（陈述）江东利害，永王必败。上（肃宗）奇其对，以适兼御史大夫、扬州大都督府长史、淮南节度使平江淮之乱。”《新唐书》说他：“后擢谏议大夫。负气敢言，权近（权贵和近臣）侧目。”凡此种种，都成为片中故事演绎的依据。

其实，仅凭他在《燕歌行》里的两句诗：“战士军前半死生，美人帐下犹歌舞。”作为一个高级军官，能够站在战士的立场上，仗义执言，他的为人正直就不必多说了。至于说到他武功盖世，一条“高家枪”使得出神入化，除了历史学家看了有点胸闷，普通观众还是喜闻乐见的。

再说李白。李白大家太熟悉了，所以一千个人心中就会有一千个李白，也正因为如此，银幕上的李白形象不为部分观众接受，那就是很正常的事了。不过，此片中的李白的确存在飘逸潇洒不足、捣蛋恶搞有余的问题。其实，真实的李白应该是个很可爱的人。

首先，他是一个美男子，或许具有些许中亚的血统。那是因为李白的祖先在隋末因罪流放碎叶城（今吉尔吉斯斯坦的托克马克市），经历百年，直到唐中宗神龙初年，李白的父亲才携全家回到四川。中间经过了四五代，当时实行的又是一夫多妻制，所以李白混杂有中亚血统虽是臆测，却也不无可能。著名史家陈寅恪就直指李白是个“西域胡人”。李白究竟长得如何，无从考证，但他是个美男子则是确定无疑的。《酉阳杂俎》里有这么一段记载：“李白名播海内，玄宗于便殿召见，神气高朗，轩轩然若霞举。上（玄宗）不觉亡（忘）万乘之尊。”所以说，李白是个男人见了也动心的美男子。

他除了“美”，还有“真”，完全是个了无心机的性情中人。在残酷的政治面前，他就像个永远长不大的孩子，显得十分幼稚。当接到皇帝召他进京的诏书时，他欣喜若狂地唱道：“仰天大笑出门去，我辈岂是蓬蒿人！”到得京城，玄宗见了他还是很满意的，当即赐了他一双鞋，李白却不识相了，“白遂展足与高力士曰：‘去靴。’力士失势（狼狈），遽（很快）为脱之。及出，上（玄宗）指白谓力士曰：‘此人固穷相（没出息）。’”（《酉阳杂俎》）因为这件事，李白在玄宗心里的地位一落千丈，这不能不说是李白咎由自取。一个人初到朝廷，竟有如此不知深浅的狂妄，等着他的命运便可想而知了。

这里要说明的是，高力士绝不是“贵妃醉酒”戏文里那个鼻子上抹粉的小丑。他是唐代的著名宦官，幼年时入宫，受到武则天的赏识。唐玄宗时，曾帮助平定韦皇后和太平公主之乱，立了大功，累官至骠骑大将军、进开府仪同三司，被史书誉为“千古贤宦第一人”。所以说，李白是毫无必要地得罪了一个不该得罪的人。从中可以看出，他其实只是个写诗天才，在政治上则是绝对的无能和无知。

另一件事更印证了李白身上的这个缺点，据《旧唐书》:“禄山之乱，玄宗幸（逃往）蜀，在途以永王璘为江淮兵马都督、扬州节度大使。白在宣州谒见，遂辟（任命为）从事。永王谋乱，兵败。白坐（受牵连），长流夜郎。”片中说李白是受永王之请出山的，而史书则说是李白主动谒见，这个改动为李白开脱罪责的意图甚明。

同样是对待永王拥兵事，高适的态度便与之大相径庭了:“永王璘起兵于江东，欲据扬州。初，上皇（玄宗）以诸王分镇，适（高适）切谏不可。及是永王叛，肃宗闻其论谏有素（有理），召而谋之。”两人的政治识见高下立判。但是话说回来，李白政治上的幼稚并不能掩盖他诗歌创作上的伟大。片中把李白的《将进酒》放在最重要的位置上加以展示，使之成为绝唱，这是全片最大的亮点之一。

第三说杜甫。应该说，对杜甫的形象塑造是该片最大的败笔。如果可以再版，他的形象应当重塑。因为照这副腔调，那是绝对写不出“大庇天下寒士俱欢颜”“吾庐独破受冻死亦足”这样伟大的诗句来的。片中杜甫一出场就显得既突兀又丑陋，毫无一星半点的诗人气质。诚然，历史上的杜甫形象上是不如李白，但在诗歌成就上却绝不亚于李白。他们俩在中国文学史上双峰并峙，都具有“一览众山小”的气势。

杜甫虽然只比李白小了11岁，但却开创了一个由盛唐入中唐的新时代。有专家说，李杜的关系是背靠背的关系。也就是说，李白是对诗经以来诗歌成就的总结，是一位集大成者；而杜甫则是对后来的诗歌风格的开创。从这个意义上说，杜甫才是真正的改革者。李白的诗歌风格还是比较传统的，尽管他的《蜀道难》等名篇佳作写得上天入地、呼风唤雨，但总体风格仍不出“秀美挺拔”四个字。而杜甫则不然，他改变了诗歌的审美形象，形成了沉郁的总体风格，增强了反映生活的深度与广度，尤其是通过追求硬度与力度的努力，使杜诗产生了全新的“惊心动魄”的效果。

有一则故事很有意思,《唐诗纪事》说:“有病疟(患疟疾)者,子美曰:‘吾诗可以疗之。’病者曰:‘云何?’曰:‘夜阑更秉烛,相对如梦寐。’其人诵之,疟犹是(未愈)也。杜曰:‘更诵吾诗‘子璋髑髅血模糊,手提掷还崔大夫’。诵之,果愈。”杜诗治病是真是假姑且不论,但以“髑髅血模糊”的恐怖场面入诗,的确是前所未有的壮举。关于杜甫的性格,《新唐书》用了“褊躁傲诞”四个字加以概括,翻译一下,就是偏执、狂躁、高傲、怪诞。与李白相比,可能是不大讨人喜欢的。所以他在长安待了十年,到处投谒,却一事无成,大概与他的性格有关,不能全怪别人的。

最后简单地说一说王维。在片中,王维似乎只是个配角。其实在当时,王维的地位是远高于李杜的。他不仅仅是诗人,还是画家和音乐家。用现在的话说,是一位少有的复合型人才。就这点而言,的确是李杜所不及的。所以,现在不少人把李杜白说成是唐代三大诗人,是完全错误的。因为白居易和李杜并不在一个档次上。而真正的三大诗人,便是李杜王。王维的诗歌,有时大气,如“九天阊阖开宫殿,万国衣冠拜冕旒”,这是我最喜欢的诗句之一;有时深邃,如“空山不见人,但闻人语响”,用寥寥数语就阐释了佛教的基本原理;再加上“诗中有画,画中有诗”的独特艺术风格,使他在中国文学史上具有不可替代的崇高地位。

不管怎么说,《长安三万里》向观众描绘了盛唐时代的壮丽画卷,展示了盛唐诗人的丰富生活,推介了盛唐诗坛的精美作品,用实际行动传承弘扬了优秀的传统文化。光凭这一点,就是应该大大点赞的。

在水一方

王安忆

2023-08-12

我下乡落户的地方叫作五河，那里流传一句话：五河五条河，淮浍中通沱，吃水要人驮。“浍”是“浍水”，“沱”是“沱河”;“中”和“通”至今没有明白是哪两个字，又是哪两条河，但无疑都是从淮河分叉出来的支流；第三句“吃水要人驮”却是直观的一幕。也不知道何种原因，沟渠交集汇流，地下水却不能饮用，坊间的说法，洗衣不下灰，煮米煮不烂，和面和不开。我们几百户的村庄，只有一口甜水井，可以生饮。到了城里，乡人称作街上，食用则全由淮河供给，所以，河滩上就有了一幅图画：汽油桶汲满水，安置在平板车，拉车人弯着腰，绷直肩上的绳系，压瘪了车轱辘，一步步上岸，走过石板路，送去各家各院。记得每桶水的价格是五角钱，按20世纪70年代的币值，相当可观，清贫人户还是要拜以自己的劳力。驮水的营生集中在渡轮码头，上船和下船即可目睹。这情景有一种古意，尤其逆光中的剪影，地老天荒，让人心生苍凉。

后来，看《清史稿》，方才知道“五河”是有名籍的，清代起就是著名的产酒地。这一项在记忆中得到印证——县城的街巷空场，铺满了热腾腾的酒糟，船还未驶进码头，空气里就壅塞了醋酸，这气味也是哀伤。那时候，心情被忧虑占据，青春本就是惆怅，加上遭际，人在孤旅，前途未卜；或者，酵素自身就有戚容，它催化了天地悠远死生契阔，氤氲弥漫情何以堪。无论以物质论，还是考工记，本可视作人类进化，可惜困顿在局部里，完全注意不到个体外的存在。于是，擦肩而过。

从上海去往五河的路途，颇为曲折。县城的陆路，唯有联通地区公署宿县的长途车，一日一来去，水路从淮河而行，也是一日一来去。清早，大柳巷始发，五河排第二站，经无数停靠，最终到蚌埠。其中明光和临淮关沿铁路线，通火车，后者地名里有“关”字样，像是官渡。但我从来没在那里登岸，因火车只是过路，班次有限还都是慢车，蚌埠则是水陆枢纽，车次多，时间上就有余裕。倘若顺风顺水，下午三四点即入港，从容往火车站去，看一路风景，吃些闲嘴，仿佛进上海之前的热身。

在乡人心目中，蚌埠就是个大码头，即便我们，田垅茅屋待久了，陡然来到，也是目眩。汽车的鸣笛，街头的相骂，消火栓撞开龙头，水漫金山，电线杆子上短路的火花，都闪烁着城市之光。返回的路程，却是沉郁的。必须黎明时分在蚌埠下车，赶上客轮，才不至于滞留中途。这城市远不如来时的可爱，漆黑的水泥壁垒，嵌着路灯，投下人影，梦魇似的。码头更显得凄凉，货船、驳船、拖斗，还有水上人家的水泥船和木船，星星点点的亮，其实那就是渔火，文人墨客的化境。可是，谁顾得上呢？诗词歌赋于当时的我们，实在太奢侈了。秋冬季节，船就是在晨曦中起锚。我常在甲板上站完一整个航程，即便满脑子愁烦，可也不能不注意日头跃出河面，染一川金水，然后在柳行后面跃跃地走，如歌行板的节奏。这情景是辉煌的，世事却是一味地辜负，于是更生凄楚。太阳活泼泼地跟随船走，渐渐上了柳梢，再一跃而出，到了中天。光色平铺开来，晴空万里，这一艘轮渡的投影，豆荚似的，且薄如蝉翼，很奇怪，仿佛一个自己看着另一个自己。晨雾散去，景色并不因此变得鲜丽，反而是苍茫。十多年后，在美国，第一次看密西西比河，惊艳于它的丰饶。有人将它比作长江，实在是看走眼了，它更像亚马孙河，仿佛人类的婴儿期，膏腴肥沃，安然沉睡。而我们的河流，印刻着五千年文明的代价，看了要叫人落泪的。对岸传来砰砰的捶击，直到那时候，我们还用木杵捣衣。照理也是古风，可谁想得起来，我们又一次和历史错过。

从县城到我们村庄，要翻过一道一道的“圩”，乡人们叫作“反”，可能是动词“翻”的谐音；地名上则保留书面语，“小圩”“大圩”，流露斯文的传统。按《辞海》解，“圩”即“低洼地区防水护田的土堤”，堤坝层层围绕中的我们村，叫作“大刘庄”。无论村落还是所属的耕地，都不临近任何水道，让人有一种旱地平原的错觉。事实上，每到农历六七月，大水涨出河床，漫过圩子，将刚出苗的豆地淹没，顿成汪洋。所以，我们那里称农田为“湖”，下田即“下湖”。和风景中的“湖”不同概念，它更可能包含人文和自然的秘辛。我们村就是这样和淮河遥相呼应，并存于一条生命线。

写作《五湖四海》并不起因于它，而是反过来，从梢上开端，那就是拆船。在宝岛台湾高雄中山大学，进出的隧道正对渡口，没事就搭乘轮渡，从这岸到那岸。二次大战结束，日军撤离，炸毁船舰沉入海底。于是，拆船业勃兴，带动这城市的大小经济体。其时，沉渣滤尽，海面平静，取而代之以渔业和餐饮。拆船这行当有一种隐喻，近指生产活动从水域到陆地，远的看，则可视作人类解体上一期文明，进化到下一期。建设和颓圮的周期在缩短，更替不断加速，新和旧推挤着，废墟的裥皱里顶出楼宇。

我还想写一个类似挪威作家汉姆生《垦荒记》，原始出发的故事，但二次文明已经没有足够的时间。此时此刻，曾经生活过的地方，忽然来到眼前，如手卷般徐徐展开。为安置拆船的作业场，又将它往东南方向迁徙，直至芜湖，这就到了长江边上。我从来没去过著名的芜湖，但长江贯通上下，纵横交错，跑到哪里都跑不脱似的。不曾涉足的地方、不曾经历的事故、不曾认识的人……都在它的手掌心中，你就不敢说没去过！现在，全都集合起来，追根溯源似的，来到淮河流域那个小小的村庄。仿佛又是六七月的涨水期，秋作物全到了湖底，乡人们站在台子上。我们那里，村落都是建在土垒的高地，叫作“台子”，鸡犬声声，炊烟袅袅，湖面上映出青苗的影。多么像大洪水中的方舟，我们都是方舟的遗民。

从我们的时代看屈原

骆玉明

2023-09-24

当我到达汨罗，我曾经和当地的朋友说，中国的读书人，特别是中国搞古代文学的读书人，他们一定要有一次在汨罗的朝圣之旅。从我们的时代看屈原，从什么地方开始说呢？从《史记》屈原传的描写开始。《史记》用充满感情的笔调描述了2300多年以前那个夏天："屈原至于江滨，被发行吟泽畔，颜色憔悴，形容枯槁。"他和一位渔父谈话，他拒绝妥协，拒绝圆滑，拒绝与世沉浮，最后他跃入汨罗江，那个声音从此成为中国人永恒的记忆。

后世经过汨罗江畔的人，或者仅仅是读过屈原作品的人，都会像司马迁一样，"未尝不垂涕，想见其为人"。但是，泛览凭吊和评说屈原的诗文，你会发现，人们对屈原的怀念、关注和取舍是有所不同的。比如魏晋名士说到《离骚》，说"痛饮酒，熟读《离骚》，便可称名士"；闻一多先生在西南联大教书的时候，也跟学生说这句话，"熟读《离骚》，痛饮酒，便可成名士"。读《离骚》是成为名士的一个方法，这不是我们特别关注的。我们看这种问题的差异主要是跟时代特点相关，跟时代价值观有关。

我们这个时代是一个什么样的时代呢？中国人正在从事一个前所未有的创造，正在以宏大的力量实现中华民族的伟大复兴，这是一个历史的进程。习近平总书记在文化传承发展座谈会上的讲话中强调：只有全面深入了解中华文明的历史，才能更有效地推动中华优秀传统文化的创造性转化、创新性发展，更有力地推进中国特色社会主义文化建设，建设中华民族现代文明。

那么，现在纪念屈原，我们格外关注的是什么呢？在屈原的生平活动和创作当中有哪些东西最值得加以继承和发扬，加以创造性转化和创新性发展呢？我从四个要点来说，我的说法未必正确，或者也不是很新鲜的见解，但是我想把我所想到的一些事情着重地做一些说明，供大家探讨、批评，抛砖引玉。

永远的求索

人们讲到中国古代诗歌的名句，不假思索就能够背《离骚》中的“路漫漫其修远兮，吾将上下而求索”。这是大家最熟悉的，不能够背这句诗的人很少。通过这句诗，我们能够从屈原身上看到一种不愿意被蒙昧无知所遮蔽、不愿被晦暗的力量所束缚的精神。我们引用这句诗的时候，是作为对自己的一种勉励，这就是永远的求索。这是我说的第一个话题。

在这个话题中特别想讲的，是屈原对于无知的敏感。我们这样来理解：人类无论在何种条件下，总是能够给世界做出完整的解释。比如盘古开天地、女娲造人这样的神话，在今天看起来也许是荒诞不经的，但是在古人那里就是严肃的知识。人类对世界的认识受条件的限制。事实上，一些杰出科学家也告诉我们，我们今天普遍认同的许多重大的科学原理，大多数在将来会被否定；虽然在今天它是我们认识世界的方法，但是在将来，很大的可能，人们会认识到其中有大的错误。这样会产生两种不同的情况：一种是满足于已有的对世界的阐释、对世界的设定，这样你就会认为我们是聪明的，我们是清楚的，我们是明白的，我们所理解的世界和世界的秩序是无疑的；但是还有另外一种理解方法，如果我们在中国历史上寻找一个运用这种理解方法的代表性人物，就是屈原：我们是无知的，我们被巨大的无知所包围，我们对世界所有的阐释、所有的设定都是可疑的。为什么？因为人的生命是有限的，人的认知能力是有限的，而世界过于宏大、复杂和深邃。这是人所面对的最基本的事实。屈原对此有清醒的认识，《远游》中有一句诗，非常清楚地概括了他的这种认识："惟天地之无穷兮，哀人生之长勤。"天地是一个无穷尽的存在，而短暂的人生坎坷苦辛。"往者余弗及兮，来者吾不闻。"过去的我没有赶上，将来的我无法知道，人是有限的。按庄子的说法，就是以有涯追逐无涯，那是很危险的。这样一种认知，对世界的无穷和对人生有限的认知有可能导致什么？它会导致一种对求索的放弃。

但是在屈原那里，它不是放弃的理由，而是催促求索的动力。在屈原看来，就是因为人的生命是有限的，所以人们对宇宙、自然、历史、社会所做出的已有的认知、已有的解释、已有的设定，无可避免地包含着缺陷、错谬、不充分。所以人是被巨大的无知所包围的。这种无知的包围给人带来一种紧张，人需要冲破这种包围。

从这个角度去理解屈原，是非常重要的。我们看到《天问》，他追问一切，视野无比广阔，一口气提出了170多个问题，这些问题包含的范围非常大。假如我们用最简单的方法，引用明末李陈玉《楚辞笺注》的分法，他把它分成三大段。上段是问什么？"问天上事许多不可解处"；中段问什么？"问地上事许多不可解处"；末段问什么？"问人间事许多不可解处"。天上、地下、人间有那么多的不可解处。鲁迅也赞美他，说："怀疑自遂古之初，直至百物之琐末，放言无惮，为前人所不敢言。"这是一种伟大的精神，这是一种创造的精神。疑问就是创新的开始，疑问本身就是一种创造的力量。屈原的求索，首先是我们对无知的敏感，我们是无知的，我们被巨大的无知所包围，所以需要求索。屈原的这种精神非常好地证明了习近平总书记所说的中华文明具有突出的创新性。

就今天而言，把中华文明的求索精神和创新精神发扬光大，正是我们今天重要的使命。不仅将促进科学和各种文明的发展，也将改造人们的精神生活，使人们摆脱蒙昧，使人们从知识的增长中感受生命的力量和生命的快乐。生命真正的快乐，就是来自从无知的包围当中去突破，去寻求我们对世界的不断更新的认识和不断深化的理解。

不灭的忠诚

这里牵涉到一个讨论了很久的问题，关于屈原爱国主义精神的问题。我们把屈原称为爱国主义者，这当然是不错的。当时的中国分为若干个诸侯国，彼此攻战不休，不过这些诸侯国在文化上不仅是相通的，而且是趋向于融合的。举个例子，《离骚》中有很多对圣贤人物的赞美，比如说尧舜汤武，这也是其他诸侯国所赞美的对象，并且这些圣贤人物本身来自中原文化系统。我为什么特别说明这一点呢？我们如果不理解这一点，就不能很好地理解屈原曾经确实考虑过，并且认真考虑过离开楚国，在好几首诗里面都有表现。大家最熟悉的是《离骚》中的最后一部分，他描写自己采纳了灵氛的意见，决定离开楚国。这时候他忽然感觉到有一种解脱，他在一片神话的气氛当中驾飞龙、乘瑶车、扬云霓、鸣玉鸾，神志飞扬，自由遨游，他遨游在一片广大而明丽的天空中。这表明什么？表明屈原认识到离开楚国是一条摆脱困境的道路。但是《离骚》最激动人心，最让我们感动的地方是在这后面，大家都很熟悉的。正当他"高驰邈邈"之时，"忽临睨夫旧乡。仆夫悲余马怀兮，蜷局顾而不行"。他发现自己根本没有办法离开故土，于是《离骚》在这里发生了一个巨大的感情波折，最后他选择自沉。

那么，是什么原因阻止他离开楚国呢？那就是一种不灭的忠诚。我们可以列举，比如说这是对人民的忠诚。"长太息以掩涕兮，哀民生之多艰。""民离散而相失兮，方仲春而东迁。"这是我们都很熟悉的诗句。同时这也是对乡土的忠诚，我们只要读屈原的作品就能够感受到，屈原对这片乡土是多么熟悉、多么热爱。如果说各种各样的土地都有它可爱的理由，对屈原来说，故国的土地跟所有的地方是不一样的，是他情感所牢牢牵记的土地。当然，还有对君主的忠诚，因为君主在那个时代是国家的象征。我们看《史记》的表述，司马迁很清楚地指出来，屈原对君主的忠诚，包含着通过君主来改变政治的希望，“存君兴国”。这些我们都很熟悉。

还有一点说得不是太多，就是政治人物对自己的政治责任的忠诚。关于屈原的家族、关于屈原的地位、关于屈原的身份，在学术界当然有很多讨论，如果我们相信司马迁《屈原列传》的记载，相信他“入则与王图议国事，以出号令；出则接遇宾客，应对诸侯”，我们可以理解，可以相信他曾经是楚国政治的核心人物。当然他遭遇失败了。这种失败是因为怀王的昏聩，政敌的侵害。当时屈原的政治理想不能够得到实现，但是这能不能成为一种放弃责任的理由呢？也许换一个人，可以这样认为。我们现在回头读《离骚》的最后一段，当他决定要离开楚国的时候，为什么会感觉到那么轻松、那么欢乐？他会感到快乐，是因为一切都可以放下；一切挫折、一切失败、一切诬陷、一切小人的毁碍、他们令人厌恶的贪婪，统统可以放下。放下就轻松了。

但是，统统放下以后，还有什么东西也跟着被放下了？他在楚国做过的一切，也会放下，他的一切努力，一切期待都会放下，他只有真正把这个也放下，才是真正轻松地离开的，但是这个的确放不下。这就是屈原，当他最后不能摆脱的时候，有一个东西至关重要，或者说是致命的，就是对责任的忠诚。我们来看屈原的诗，《怀沙》最后的几句话，“知死不可让，愿勿爱兮”。既然死是不能推托的，我们就不能贪生。“明告君子，吾将以为类兮”。告诉天下的君子，我可以做出一个榜样。“类”可以解释为今天“榜样”的意思，死并不是为了他自己的解脱，死是责任的完成。因为他以他的死，告诉对楚国有能力也应该承担责任的那些人，他们应该做什么。同时我认为“吾将以为类兮”，可以延伸到很远，因为他是中国文化的一个象征。我们可以把屈原看成中国文化象征性的一个人物，一个典范性的人物，他给后人做出了榜样，文天祥、谭嗣同，我们都可以看成是这样一种精神的继承者和发扬者。

不屈的意志

我们谈论屈原的忠诚时，有时候会误认为忠诚这种品格会带来性格上的缺陷，性格柔弱，甚至一味地顺从，扭曲自己。但是在屈原那里完全不是如此。《离骚》是非常骄傲的自我赞美。屈原虽然忠于君主，但是在君臣关系上，他并不是把自己描写成一个唯唯诺诺的仆从，他是把自己放在类似导师的位置上："乘骐骥以驰骋兮，来吾道夫先路！"就是我们非常熟悉的。

屈原后来遭遇到政治失败，屈原被他所处的世界，也就是楚国的政治上层社会所否定，他被取消被抹杀，这是一种很严重的压力。对于这种压力如何才能应对呢？当然有一种方法也是可能的，就是屈服，屈服于这种压力，从而获得苟且偷生的机会，我们知道世界上有很多人做这种选择。但是屈原不能够如此，他的态度就是否定那个试图否定他的世界，他用那个时代最强有力的、最华丽的、最富有激情的、最充满想象的语言去描述自己，描述自己的正义、高贵和美好，以此宣布事实上不是他的失败，是他所存在的那个世界的失败，他宣布他和这个世界对立。

当他受到攻击、迫害的时候毫不畏缩，投以甚深的憎恶和鄙视："惟夫党人之偷乐兮，路幽昧以险隘。""众皆竞进以贪婪兮，凭不厌乎求索！"甚至说："鸷鸟之不群兮，自前世而固然！"他把那些反对他的人称为小鸟，不足道的东西。这种不妥协的态度，当然给他带来灾难，但屈原无惧无畏："虽体解吾犹未变兮，岂余心之可惩？""亦余心之所善兮，虽九死其犹未悔！"因为他是无所欲求的，所以他是不可屈服的。对于屈原的这种性格，我们知道在传统社会中曾经受到过指责，班固说他露才扬己，现在可能也有人对他有所不满，或者觉得他有夸张之处。但是这些我觉得都不重要，真正重要的是在屈原身上体现出一种刚直严峻、不屈不挠的品格。

社会很复杂，正派的人不一定总是受到尊重，不一定会成功。而邪恶小人结党营私，有可能一时成了气势，甚嚣尘上。怎么办呢？退让认输、苟且偷生是一种方法，还有就是屈原选择的路，这也是我们现在所要继承的路，也是林则徐的诗中所表达过的："苟利国家生死以，岂因祸福避趋之"。人格的高洁是更重要的，利益的成败有时候没有那么重要。

崇高的美感

屈原是一位政治人物，同时他是中国文学史上第一位伟大的诗人。

屈原是一个心胸豁达的人，他对各种艺术的美都不以狭隘的功利观加以否定。他能够在楚地文化的基础上创造一种新的诗体：楚辞。我们把"楚辞"跟《诗经》做比较的时候，《诗经》中的诗篇都是朴素的短小的，而屈原需要倾诉热烈激荡的情感，《诗经》那种短小、朴素、安静的诗体对于他来说不够用，他需要更加宏大、热烈、华丽的诗体，而《楚辞》就是这样诞生的，他有他特殊的情感表达的需要。中国古代文学中讲究文采、注重华美的流派，最终都可以溯源于屈原。屈原的诗具有崇高的美感，他用幻想的方式描写自己遨游在天界，他写祭神的诗，写神灵之间伤感的恋爱，写祖国的战士奋勇杀敌，悲壮地捐躯疆场。屈原的诗那么壮大，那么华丽，那么迷人，他的创作成为中国文化最为珍贵的财富。

我们需要这样来理解：人类生活的美好依赖于各种创造，依赖于物质的创造，同时也依赖于精神的创造，文学艺术是其中重要的组成部分。从根本上说，文学艺术就是自由的生命意志以美的形式在很多层面得到了实现。从我们的时代看屈原，在中华民族追求伟大复兴的历史进程当中，我们必将以自由奔放的感情，创造跟这一历史进程相称的文学和艺术，我们以此纪念屈原。

“我是为舞台生的”

胡雪桦

2023-09-30

上个月妹妹雪莲带她儿子回国，她提出一定要去看望“焦晃叔叔”。在她心目中，焦晃是中国最伟大的演员之一。

焦晃说，困在这九尺空间，我还是焦晃吗？他一天两包烟，脸上却没有任何瘢痕。我说，等你身体好了，仍然是那个“身轻如燕，快如闪电”的焦晃，他纠正道，“快似闪电”。

焦先生就是焦先生，一丝不苟。

“你不懂，我在接地气呢！”

一个阴雨绵绵的秋日下午，我们一行到了焦先生的住所。他刚做了一个腰部的手术，正卧床静养。一头银发，穿着一件绛红色的T恤，仍然目光炯炯。

在上海滩，有两位前辈我称为“先生”。一位是已经离世的戏剧大师黄佐临，另一位是在世的大演员焦晃。当年，我进上海人艺时，黄先生已经离任，但大家还是尊称他为“黄院长”，我同他合作导演《中国梦》时，却一直叫他“黄先生”。因为，这是一个在我心目中最神圣的称呼，老人家也欣然接受。小时候在青话的院子里，见到英俊的焦先生，我和弟弟妹妹则都叫他“焦晃叔叔”。后来我从美国回国，就开始改口叫他“焦先生”。当然，也混杂着“焦大叔”“焦叔”“焦晃叔叔”。反正不管叫他什么，他都一一答应。这位中国戏剧舞台上最伟大的话剧王子，曾与我父亲胡伟民创造出了20世纪80年代戏剧史上一出出令人难忘的演出:《秦王李世民》《安东尼和克里奥佩特拉》《欧洲纪事》《红房间·白房间·黑房间》等。1989年的夏天，56岁的父亲突然撒手人寰，焦晃坐在华山医院外面的人行道边，伸出一只手在空中，“孤掌难鸣了”，他说。这些年每次我去看他，他几乎都会说同一句话：胡伟民，你为什么走得这么早？这次见面也同样如此，88岁的焦先生眼里闪着泪光……

他见我们到了，坚持要坐在沙发上。“雪莲啊，我都快认不出了，大姑娘了”，这对老少紧紧抱在一起。此刻，我眼前出现在安福路201号青话院子里一道风景，也是这一老一少穿着同样款式的红色羽绒夹克衫，焦先生把雪莲抱起，嘴里嘟囔着:“再大点，叔叔就不能抱你了！”这件红色的羽绒服是我在淮海路旁一间出口转内销的时髦小店里给雪莲“淘”到的。被“焦先生”看到，他问了地址，踩着脚踏车“飞”去那里，买了一件红色同款大号的。那几天，青话的院子就看见这两团红色像蝴蝶一样飞来飞去，我爸笑着说，这个“疯子”。

其实，焦晃就是一个“戏疯子”，每次排新戏，他都扛着“铺盖卷”住在团里的办公室。我们全家那时住在团里，晚上排练场的灯光常常亮到深夜，一个“疯子”在里面“孤奋磨砺”。第二天早上，他会把刚刚起床的父亲强行“请”到排练室，看他的戏。这两人常常是一个眼神就知道彼此要什么。中午，我看到他在主楼前的草坪上光脚漫步。我试着问:“焦大叔，您在干什么呀?”他看我一眼，脚不停步:“你不懂，我接地气呢。”有时遇到问题，他也会拉着在院子里的雪莲说，雪莲啊，你说怎么办呢？雪莲双手一摊，我也不知道。我妈在边上看得大笑。他们都是上戏的同学，是莫逆之交。当年，我妈随我父亲去东北，焦先生是第一个反对的。“文革”中焦晃隔离释放后，我妈一到上海就去探望。他说，你妈在学校时，与一般同学都不一样，就像是19世纪里的人。我说，是啊，我妈也随我父亲去了东北漠河。那天，说到我妈，他叹了一口气说，顾孟华也是个了不起的女人。

“一个伟大的人也会被蚊子咬”

我幸运地经历了《红房间·白房间·黑房间》全程的排练，对我日后从事导演工作影响不小。这个戏可以说是中国戏剧史上的经典之作，焦晃饰演的马路工从开幕时在舞台正中拧开水龙头刷牙，到最后“婚礼”那场空空的舞台上，仪式感十足地具有舞蹈、雕塑感的戏剧处理，他与李青青饰演的少妇挽手横跨舞台的大调度令人至今难忘。

这次，雪莲提到了这场戏，焦先生竟然一字不落地念了这段精彩的台词，说完这段台词，他还沉静在其中，就如同舞台上的停顿，台灯的光正好照在他的侧脸，一下子把我们带到了那个年代。焦先生深深地吸了一口烟：“每天这个时候，剧场里一根针掉下来都能听到……一个礼拜六场戏，外部形态一样，可是内部感受没有一天相同。有两场特别好，有两场一般，有两场惭愧，每天都不一样。所以人家说焦晃我看过戏了，我马上问是礼拜几看的？几号我不记得，礼拜几我记得，记得戏的好坏。”

雨还在稀稀落落地下着，焦先生已抽了第五支烟。

记得我在读书的时候，他来北京，我去看他。那天，也是一个雨天，我们被困在宾馆里。他问我是否看了《安东尼和克里奥佩特拉》，我说，我在北京回不去。他认真地说，你还是学艺术的？这么好的戏，买一张机票就回上海看了。他说得如此轻巧，那时，我一个穷学生哪能买得起机票，说走就走。他看我在发愣，说，好吧！我给你演一段。他真的就在床上开始演安东尼的最后一段独白：成就的事业付诸东流，纵然有盖世的威力，免不了英雄模糊的背叛。如果我死了，你不要悲伤，当你思念我的时候，请想起我往日的光荣……

“说完，轰然倒下。”焦先生声情并茂地演完，“这个时候我重重倒下，一定要有两个大个儿才能把我接住。”虽然没有化装、服装，不在舞台上，但“安东尼”临死前那复杂的情感让我一下子进入了莎士比亚的世界。我发现他在念那句“我曾经是世界上最伟大最高贵的君王”的时候，还在自己的脚踝上挠痒痒。这几乎是电影中才可能用的细节表演方式。我问他为什么？他说，一个伟大的人，也会被蚊子咬。一个临终的人，感官是最敏感的，也怕痒。——让我受益匪浅。

1999年初回国，约他吃饭，他说晚上他要看一部电视剧，“《雍正王朝》，我演康熙”。那时他住在田林新村，我摸到了他家。不大的客厅里，有一个醒目的酒柜，沙发前是一台19英寸的电视，频道已经调到了中央一台。焦先生给我泡了一杯绿茶，茶桌上还有一本笔记本和一支黑色老式钢笔。电视剧准时开始，我一下子被剧情吸引，也被“老皇帝”康熙折服。在看剧的过程里，焦先生不时翻开他面前的笔记本，对照着荧屏上的戏剧场景，不断写写画画，不时喃喃自语：“这个地方不对了……”我心中突然升起了一阵感动，钢铁就是这样炼成的，大演员对待艺术就是这样虔诚，这也因此决定了他事业的高度。焦先生塑造的“康熙”是如此深入人心、无人可及，他对这个角色也是念念不忘。这次，焦先生还一字一句、身临其境地演绎了康熙临终时一段数分钟的独白。我们惊叹他的记忆力，对艺术、对表演的挚爱，可是谁能想象，五分钟前，他还连问了我和雪莲两次，你妈怎么样了？可我妈已经走了八年了。也许是我妈在他心里一直活着吧……

焦先生看着雪莲的儿子，说：“有点像舅舅。”接着对孩子说：“耸肩，垂肘，立腰。男人要挺拔。”看着我的裤子，又给了意见，直筒裤一穿上裤口显小，因为，大腿粗。要穿裤口大的裤子。我说，那就是喇叭裤了。他笑了，笑得像小孩。这不由得让我想起，几年前我接到他的一个电话，声音虚弱：“雪桦，我不行了……”我马上约了曹可凡和史依弘赶到第六人民医院看他。看到我们仨，他像是病情立刻好转，与我们谈笑风生，还对戴着巴拿马草帽的可凡说，这帽子要压着戴，说着，把帽子拿到手里，把帽檐折了起来……

“我就是一棵路边的小树”

坐了一下午，雨却越下越大。焦晃的太太晓黎回来了，她看见雪莲十分亲热，马上问道，你还记得我们上次在哪里见的吗？雪莲说，当然记得。有20年了吧，在上影厂对面的白桦餐厅。焦晃叔叔走到我面前问，你是雪莲小姐吗？晓黎说，那天，他看你坐在我们后面那桌，看了半天，终于，憋不住了，走去问你。雪莲看着坐在沙发上的焦晃说：“叔叔太可爱了！”

焦先生是个性情中人，爱憎分明、刚正不阿、善良纯真，在我接触的演员里也是文化根底最深的一位。他说，17世纪的文化是个高峰，18世纪是另一个高峰，19世纪是一个不可逾越的高峰，中国的20世纪80年代也是一个文化的高峰。他对老子、庄子、佛学、《易经》都有研究，客厅里，挂着一幅画，上面写着“视而不见，听而不闻”。他说，自己一生都在研究其中的哲学，感受其中的意味。他还同我讨论《易经》，说“易”者，“日月为易”，象征阴阳。一生二,二生三,三生万物。一是“变易”，二是“简易”，三是“不易”。简变、变化、不变三层含义里面不变的东西是“元亨，利贞”，可理解为：坚持正道，通达顺利。他说，人间没有永远不变的东西，真正不变的只有变化。应该说，人到了这个境界，就进入了另一个维度。他把自己比喻为一棵路边的小树：

街边上孤零零长着一棵树。它很不起眼，嗯，但它是一棵树，春夏秋冬以各种长相站在那里活了下来。后来在它身边出现了很多时装店、海鲜馆。灯红酒绿，那棵树在月下显得黯然失色，它虽然也不曾想过要去争什么风光，可有人偏觉得它不顺眼。它不会自己倒下来，但是如果一定让它躺倒，当然也无可奈何，它只是感到很悲凉。无须紊乱稳重，无意要尊严和优雅，它朦胧地感觉到荣与辱、强与弱、进与退、有与无的真实意义，是天底下不大容易说得清的问题。眼前来来往往的人都很忙碌，对这也未必就明白。一天，过去在树上栖息的小鸟飞回来了。小鸟来自一个新天地，很精致，很美丽，这次是与它告别的小鸟在树上扑腾了起来，又飞走了。那棵树虽然不习惯过分的伤感，可是树心里渗出了一阵颤抖，它依然本分地待在了那里。

焦先生用富有磁性的声音背诵了这段他写的人物构思，我听着也像是他对自己的写实。

焦先生说："我就是为舞台生的。"

何来中国

陈保平
2023-10-15

不久前，从友人处借得吕思勉先生《中国大历史》上、下两册（湖南文艺版）。花了近三个月时间断断续续读完。翻到末页，才知这是中国第一部用白话文写成的通史，出版于1923年9月，距今正好100年。久闻吕先生与陈垣先生、陈寅恪先生、钱穆先生为前辈史学四大家。20世纪50年代他还曾在母校华东师大历史系任教授。我在校时一直未读过吕先生的这部经典传世之作，很是遗憾。作为一个文科学生，也是很不应该的。

吕先生的这部宏富史书，从汉族的由来写起，一直写到1922年民国的关税条约。65万字，概括了中国上下五千年。且史出有据可查，事讲因果关系，叙述之绵密，如溪流入海，文字之简练，无一句赘言。不是真的大师真是做不到。读吕先生的书，最佩服他的史观和史识。他在绪论中就写道：研究历史，最紧要的就是“正确的事实”。事实不正确，根据此事实而下的断案，自然是不正确的了。然而历史上一大部分的事实，非加一番考据，断不能算作精密正确的。所以在他的书中，常可以看到他广征博引、深入考证后否定了前人的论断。如他认为《宋史》对王安石变法的评价，不少是反对派的观点，没有什么证据。而当时社会并无变法前民愁盗起的现象。吕先生一再强调要用科学的眼光对待史存的材料。特别是要用经济学的眼光去研究。所以，他在对朝代兴衰的总结中，总是把土地租赁制度、赋税制度、钞法、币制放在与官制、兵制一样重要的地位。

中国几千年的历史兴衰更替，吕先生的评价虽有侧重，但他的睿智总能在历史经验的平实指点中得到体现。如他在“汉初的休养生息”一章中，引用《汉书·孝文帝本纪赞》，说下面有人觉得孝文帝即位多年，宫室、苑囿等过于简单，建议造一露台，需百金。“上曰：百金，中人十家之产也，吾奉先帝宫室，常恐羞之，何以台为？身衣弋绨，所幸慎夫人，衣不曳地。帷帐无文绣，以示敦朴，为天下先，治霸陵，皆瓦器，不得以金银铜锡为饰。因其山，不起坟。”吕先生即评：孝文帝这种恭俭的君主，在历史上却也难得。吕先生认为“汉兴”的原因还有就是减轻人民的负担。“汉高祖初定天下，‘轻田租十五而税一’。文帝十三年（公元前167年），‘除民之田税’。到景帝三年（公元前156年），才令民半出租，其间共有一十三年，没有收过一分的田税。这是中国历史上仅有过一次的事。（从此以后，田租三十而税一。）”在谈到东汉的学术和文化时，吕先生认为：中国的学问，是偏于致用的，《老》《易》虽说是高深的哲学，但要满足纯正哲学的要求，究竟还不够，于是佛学乘之而兴。东汉到梁陈，文学日趋于绮靡，这是人人知道的。吕先生说：“这种风气，走到极端，就又起了反动。隋文帝已经禁臣下的奏章，不得多用浮词；唐兴以后，就有一班人，务为古文，至韩、柳而大盛。就开了北宋到明的一派文学。”类似的述评，书中比比皆是。所以顾颉刚先生评价这本书说：“编著中国通史的人，最易犯的毛病，是条列史实，缺乏见解……及吕思勉先生出，有鉴于此，乃以丰富的史识与流畅的笔调来写通史，方为通史写作开一个新的纪元。”

吕思勉先生生于江苏常州。12岁后在父母师友的指导下读史书。16岁自学古史典籍成才。他未曾在外国留过学，但坚持研究中国历史最要紧的两件事，第一是上面说的考证；第二就是要参考外国的书：“世界大同，各国的历史，都可以参稽互证。”他还说：就是中国的事情，也有要借外国史参考，方才得明白的。他举例：元朝在西域一方面的事实，就需参考西史（《元史译文证补》)。其阅读之广、之深，视野和心胸之开阔可见一斑。吕先生出版这部《中国大历史》时年仅39岁。那时中国正处于茫昧和觉醒交织的年代。

100年过去了，以吕思勉先生社会进化的史观看，说中国现在是三千年之变革并不言过其实。许多人开始探讨“何以中国”？这当然是个好题目。但我想要搞清楚这个问题，先应知道“何来中国”？中国从哪里来的？中华民族是怎样走到今天的？这是我读吕思勉先生这本《中国大历史》的一点心得。谨以此纪念前辈先师。

从一声“不响”到不得不响

毛时安
2023-12-29

王家卫导演的电视剧处女作《繁花》经历了10年“犹抱琵琶半遮面”的漫长等待，终于到了“千呼万唤始出来”的时刻。

王家卫的剧集《繁花》改编自金宇澄的小说《繁花》。小说《繁花》出版不久，我曾先后在长宁图书馆举办的星期广播阅读会的《繁花》分享会、中国作协的研讨会上，与作家对话。我喜欢小说中，那种来自芸芸众生的底层市民在大时代洪流中，繁华似锦的亢奋、狂欢和落英缤纷的忧伤悲凉，艺术上竭尽文学叙事，特别是江南文化、沪语叙事摇曳多姿的魅力。它开启了上海城市文学书写新时代之门。其后，它戴上了诸多文学的桂冠。它的被改编，是必然的。

文学原著的改编有两种：一是忠实型改编，如话剧《繁花》。这种改编完全忠实于原作风格，保留原著人物关系、情节走向，犹如足球防守中人盯人形影不离的贴身紧逼。与原著相较，呈现出一种轴对称的美感。二是创造性改编，这是一种充满挑战和不可预知的艺术的风险投资。显然，作为驰骋世界影坛的一代名导，王家卫不甘于亦步亦趋被动改编。我是喜欢、欣赏这种自我挑战意味极强的想象型改编的。难得的是，剧集的改编是作家与导演的“共谋”。作家说，原著交给导演，剧集就是一个新的生命，“不可能去复制这个原著的”。导演自信满满却“凡尔赛”地谦虚——没有能力还原足本《繁花》。这也是剧集《繁花》创作的一段艺术家彼此默契信任的佳话。

现在的剧集《繁花》和说部的《繁花》是平行世界，是彼此呼应的复调，而不是你唱我和的和声，是一种从他的《花样年华》出发的对说部《繁花》的解读。那种陈逸飞油画般精致的画面，光影色彩的华丽对比，一反小说白描的市井画风格。第一集开始不久，西装笔挺器宇轩昂的由胡歌出演的阿宝，带着鲜明的王家卫记号。

我们似乎可以说，王家卫是在解构说部《繁花》的同时建构剧集《繁花》，从而使小说《繁花》的荧屏呈现产生了剧集独有的那些让读者熟悉的人物、故事人物“陌生化”的惊讶与喜悦。

几乎所有沉浸在说部《繁花》的读者，都会被小说中的1000多个“不响”迷得神魂颠倒。“不响”使小说像个神秘客，他们来自上海各个角落、各个阶层的平头百姓，在一个风起云涌的大时代不约而同做着“闷声不响大发财”的上海梦。也让小说作为语言艺术，充满想象地尽显语言揭示人物心理的巨大能量。但剧集不是当年游本昌演的“哑剧”，30集“不响”是不可能的，试问，有哪一个观众能有性子看完30集的哑剧？也正是小说无处不在的1000多个“不响”赋能导演，给了他填满“不响”空白的灵感和自由发挥的空间，站在时代的大潮中大开大合地完成《繁花》“不响”的填充题。

从小说的不响到剧集的不得不响，剧集黄钟大吕地“响”起来。

剧集响在时代的加持。小说中的“时代”是藏而不露的潜流，不显山不露水地浸泡着生活和人物。剧集中的“时代”按捺不住地破门而出。认购证、股票、股市开锣，黄河路美食街上的霓虹闪烁……20世纪90年代，上海开始经济腾飞的画面让人血脉偾张。充满雄心壮志的上海梦，让阿宝以最快的变形金刚的速度摇身变为万众瞩目的宝总。王家卫一门心思想的是“一无所有的阿宝，如何在短短的10年，变成叱咤风云的宝总，除了个人奋斗，他需要时代加持”。

王家卫懂艺术辩证法。为了“响”起来，他先做减法，把小说中阿宝、沪生、小毛的三驾马车，变成了阿宝的独角戏。减掉了许多童年交往的故事，集中到20世纪90年代。然后做加法，让阿宝轰轰烈烈地“响”起来。历尽人间沧桑、老谋深算的老爷叔，以老法师的身份空降到阿宝的生活中，点铁成金，让阿宝举债住进和平饭店自己当年享用过的辉煌的豪华套房。老爷叔的出现，使阿宝的故事有了历史的纵深感，勾连了90年代现在时的上海人与三四十年代过去时的上海人。上海之所以是上海，就是有着不同于其他的地方的前世今生。精心选择的黄河路美食街聚集了来上海的三教九流，进贤路貌不惊人的“夜东京”餐馆集中了上海市井的世态人情。时代加持的涟漪在这里泛起。

剧集《繁花》“响”在集中了一批影视界最活跃的上海儿女。从文字到声音，胡歌、马伊琍、唐嫣、陈龙、游本昌……叽叽喳喳，大开沪语，让荧屏响彻了上海声音，也让这群上海宝贝痛痛快快在表演中过足了讲上海话的瘾。讲上海话，让他们演起来生龙活虎，几乎以生活本色演活了自己承担的角色。看看马伊琍那个夜东京老板娘，眉飞色舞，就可以感受到，她是多么享受角色给予的审美快感！

当然剧集《繁花》并不是《了不起的盖茨比》的摹本和复刻。全剧洋溢着一股暖暖的现实主义温情。阿宝被撞，明知肇事者，却为人情，装作不知。开始不久的这一桥段，预示了上海底层市民在时代大潮的跌宕起伏中相濡以沫的担当和宽容。同样，阿宝有难，玲子也挺身而出。诚如大家所言，旧人换了新人，老街多了新楼，上海的生活更替有序，人心却越磨越软，这就是上海人家的善与美。

剧集《繁花》预告的最后结束语是：“好戏，全在后头！”我们拭目以待……

绽放上海的气质与品相

简　平

2023-12-29

说到上海人，到东到西，都可听到对上海人这样的评价："精明，会算，斤斤计较……" 这或许是一种感觉或感受，而不是一种认识，认识是形而上的，而艺术的层面正是基于形而上的，通过故事，通过对主人公的塑造达到深刻的认识。《繁花》在讲述主人公阿宝的故事时，正是以丰富的细节来揭示并阐释上海人的性格和品质。

阿宝当然是精明的，作为一个底层小青年，他脑子活络，眼光敏锐，对新形势、新事物乃至新政策都相当敏感，非但有"审时度势"的心智，而且还有跃跃欲试的勇气，所以，面对时代机遇，他可以当机立断，汇入澎湃大潮。这就是上海人的精明所在，这种精明是由历史底蕴作依托的。事实上，上海是一座移民城市，上海人是由来自四面八方的人汇聚而成的，换句话说，上海人的面孔上嵌入的是东南西北人的五官，既然如此，这种精明就是在上海这块地方生存者集体积聚的智慧。电视剧《繁花》很好地表现了这一点，那么多来自不同地域、不同背景的人，在上海谁个不聪明过人，但是，要是目光短浅，为一时之利而挖空心思的，只能昙花一现，那也就不叫精明了。

阿宝会算，做到宝总更会算，有意思的是，他并不是一开始就能算的，是爷叔才真正教会了阿宝怎么算、算什么。明面上是算经济账，算投资款，算利润，算得益，算回报，但《繁花》真正揭示的是算底线之账，算道德之账，算良知之账，算感恩之账。阿宝在414股票这件事上，充分展现了上海人所具有的道德和良知水准。面对如此巨大的经济收益，但因有承诺，所以阿宝任凭开盘价再高也不为所动，静如止水，只为了一份兑现承诺的诚信，在他心中，诚信是人品，而高尚的人品比任何东西都重要，人品才决定了一个人的格局，包括事业，也包括生意。看上去，他这回不会算，没算好，有钱不赚，犹如傻子，但他守住了做人的底线。发根的哑巴儿子以为父亲股市失利而自杀是受了阿宝的误导，因而故意制造车祸，将阿宝撞倒在地，阿宝差点性命不保。可哑巴儿子没想到的是，阿宝此时正在去往他家的路上，手里提着30万元是准备送给他家解燃眉之急的。肇事者哑巴儿子被查到后，阿宝却选择了原谅，这是因为他心怀善良和怜悯——他不愿意看到家破人亡的人间悲剧。这就是上海人的“会算”，算得有情有义，算得真诚坦荡，算得令人信服。

“斤斤计较”是上海人常被诟病的，说是一分一厘都计较个没完，显得很是小气，没有一点气概，但这种诟病实质上源于落后的观念。电视剧《繁花》用艺术为上海人正了名。生意场上追逐利益无可厚非，可是必须基于现代文明的观念和规则，那就是契约精神。阿宝同样跟人讨价还价，同样也会加一块减五毛的，说起来可谓斤斤计较。但是，一旦谈定，便一言九鼎，绝不食言，不会弄出什么幺蛾子，担得起肩膀来，因为信用是头等大事，若是谈判时大拍胸脯说没问题，执行起来什么都是问题，对上海人来说，那是不作兴的，是下三烂、不靠谱。阿宝之所以能越做越大，其宝总的名声不是身价有多少，而是可靠，是讲信用，是被信任。

《繁花》遵循电视剧创作规律，故事线索更清晰、紧凑，这就有可能将阿宝这个时代弄潮儿的成长经历呈现得更为完整、丰满，从阿宝的身上，我们也可以看到上海人特有的品质，他们追求理想，目光长远，眼界开阔，从容不迫，重信守诺，深情厚道，而这正是上海这座城市的气质与品相，也使上海这座城市有了更多人性的温暖和光辉。

如何设计一套“繁花食谱”

李 舒
2024-01-04

2017年的10月，已经记不起来是因为什么，和一直住在巴黎的上海阿姐建平去了一趟里昂。秋日，我们散步去了卢米埃博物馆（Institut Lumière）。在过街的地下通道里，一张巨大海报映入眼帘，是《爱神之手》，我最爱的电影，没有之一。

院子里铺着红地毯，三天之后，这里即将举行里昂卢米埃尔电影节，“卢米埃大奖”（Lumières Awards）将颁发给王家卫导演。彼时的我手里拿着一本有关电影节的小册子，记得上面写着“After all，dark glasses are undeniably classy”，完全预料不到，一个月之后，我正在办公室一边吃萨其马一边嘎讪胡，金宇澄老师给我打电话。他寒暄了几句就问我：“你有兴趣来写《繁花》的电影吗？”我几乎愣住，说不出话来。金老师见我犹豫，沉默两秒，又说：“要么，你先来和导演见见面？”

没过多久，在上海某酒店公寓的餐厅里，我第一次见到了导演王家卫，他没有戴墨镜。他一见面就聊起我写的几篇文章，我当然受宠若惊，没想到，导演也看过我写的文字。更没想到，他还知道我喜欢美食。我将这次见面的情形打电话告诉建平。她说，啊，王家卫怎么可能没有戴墨镜呢？会不会是骗子？就这样，我开始了一段长达7年的“繁花”之旅。

导演一开始让我找一百条《繁花》金句，后来又布置作业，要写十个《繁花》中的美食故事。2020年电视剧开拍，导演让我设计一套“繁花食谱”。爱以闲谈消永昼，中国人的闲谈，嘴巴永远停不下来，需要有美食陪伴，更何况，《繁花》中的两处主要场景，一处黄河路至真园，一处进贤路夜东京，都是饭店。

关于黄河路，我们前期的资料调研小组同学做了非常多的功课，从饭店照片到当事人采访，我见识了不少那时的故事，听起来传奇，但最终结局大多都是黯淡的：积累了第一桶金的厨师因为滥赌而黯然回乡，攒下无数小费的啤酒妹以为可以在饭局里找到如意郎君，谁知却是“放白鸽”的小白脸，眼看他起高楼，眼看他宴宾客，眼看他楼塌了，黄河路的霓虹灯那样璀璨，终究有一日昏暗。

作为一个80后，我对于黄河路的全部印象，就是两样菜，一样椒盐大王蛇，一样龙虾三吃。我儿时对玩伴许愿，苟富贵勿相忘，到时候天天请你吃龙虾船，我吃龙虾泡饭。话说得豪情万丈，然而，苔圣园总经理祁文女士为我们从仓库里找出当年的餐具，复刻出一套当年的“黄河路豪华套餐”时，那个瞬间，我却是有点失望的。小时候心心念念的顶级豪华食物龙虾船，在今天看来是那样平平无奇，我忽然意识到，不是黄河路变了，而是时代变了，大家对于食物的见识，早已不是30年前的懵懂，在经风雨见世面之后，我们对于美食的要求也变了。

我们讨论了很久，究竟是要完全照搬20世纪90年代的菜式，还是在此基础上进行一些“滤镜美化”。最终，我们选择了后者，所以菜式摆盘并不完全遵照时代，但我们始终遵循的是梅兰芳所说的“移步而不换形”。比如片中出现的“港式粤菜”，是黄河路切实刮过的风潮。仙鹤神针，这道充满神秘感的手工名菜，在20世纪60年代出现于粤港地区，据说名字来源于港台武侠小说家卧龙生的封笔之作《仙鹤神针》。我第一次看见是在蔡澜先生的书里，那时候香港电影产业发达，宵夜中居然流行点“仙鹤神针”，后来真的吃到，有梦想成真的感觉。

说完了至真园，再说说夜东京。玲子有日本工作经历，我们选择了一些比家常菜尺寸小的碗碟。玲子这个人物，原著书中有，剧版的变化巨大，显然不能照搬。夜东京前期，玲子做的是本邦菜，没有什么花样精，但是吃客们为了见到宝总，只好买单。我们当时特别做了“斩冲头”的迎财神的套餐，还分成春夏秋冬四季，除了常规菜之外，有季节特色菜品。在常规菜当中，我想要突出的是玲子的“会做人家”，比如“红烧划水”这道本邦家常菜，我们的“对照组”是至真园的青鱼秃肺，就是一盘用12条鱼的秃肺做成的名菜。这道菜我在苏州吃过，第一次吃的时候就想，不晓得那12条青鱼的尾巴怎么办。现在，一切有了答案，尾巴都去了夜东京，但在玲子的嘴巴里，这是最活的一块肉，也是最上海的生活智慧。至真园有苔圣园老板娘亲自坐镇指挥，夜东京怎么办？我请食庐的总经理朱俊先生帮忙，他从前也曾在黄河路工作过，是金宇澄老师的书迷，新开的福庐包厢里，挂着金老师的画作，多亏食庐团队，夜东京的火仓才开了起来。

当然，说到夜东京，不能不说宝总泡饭。泡饭，是顶顶家常的江南食物，说到底不过就是拿水泡剩下来的米饭，讲究一点的在炉子上烧一烧，不讲究的直接用开水泡，谓之“淘饭”，在南京也叫烫饭，是不用火的。不管直接泡还是烧，有一点是肯定的，泡饭必须用隔夜饭。

我小时候只晓得用宝塔菜搭配泡饭，长大了则像过家家一样，这里一碟那里一碟，黄泥螺、蟹糊酱、包瓜、薹菜、花生米、萧山萝卜干炒毛豆子……我认识一位老伯伯，年轻时候是黄河路的常客，后来赚日本人钞票，是名副其实的老吃客。他教过我一道过泡饭的小菜：用台湾白腐乳加黄酒浸一夜天，白腐乳成了酒香腐乳，腐乳汁用来蘸油条，真是妙不可言。剧中宝总的“满堂红泡饭”，是我的老琴师讲给我听的一个版本，他说颖若馆主家中打麻将，当中上宵夜，如果上来一套红碟小碗，就知道这是主人嫌弃手风不好，要“调手风”。

“满堂红”的出处是程派名剧《三堂会审》，此折过去就叫“满堂红”，因为审苏三的三个人都是穿红袍的。

吃再多的高级料理，其实到最后还是一碗泡饭。“随意不做作”，恰恰是泡饭的本分，丰俭由人，跟做人的腔调一样，这是我对于泡饭的理解。我想，也许这一点，阿宝也同意。我本来以为泡饭做起来最容易，没想到了片场，第一个给我“下马威”的就是泡饭。导演要求这碗泡饭“要冒热气”，片场当时很冷，我们烧饭的“工地棚”离“夜东京”后厨虽然不远，但每次等到正式开拍，烧好的泡饭早就冷掉了。怎么办？想了很多办法，我从食庐借了那种专门的烟雾枪，但这样产生的烟雾看起来很薄，怎么看怎么假。最后，我把泡饭碗改成有盖壁厚的盖碗，每次烧到滚滚热，一溜小跑送到“夜东京后厨”，开机之后，胡歌扮演的阿宝揭开盖子，泡饭热气腾腾，画面总算过关，只是苦了胡歌，第一口就被烫到，但老胡异常敬业，面不改色地继续演下去。之后几次，他都“吃一堑长一智”，先吹一吹再入口。

玲子和阿宝拗断之后，对夜东京进行了升级，是为夜东京2.0版本。导演当时给我的指令是，要高级，但也要符合玲子这个人物。玲子究竟是一个怎样的人？我记得自己曾经给玲子写过一个人物小传，玲子当然是江湖儿女，爱钱，爱计较，其实，她顶顶讲究的是一份情义。这也是上海滩许多老板娘的本质。这一百年来，从锦江饭店的董竹君到梅龙镇酒家的吴湄，从春的老板娘到苔圣园老板娘，她们风风火火，她们雷霆手段，她们打落牙齿往肚里吞，多少苦隐没在脂粉中，多少恨都往事如烟，剩下的只有情义。董竹君和吴湄两位老板娘发明了“川扬合流”，我忽然想，为什么玲子不能发明一个有日本风格的本邦菜呢？这就是夜东京升级版的“本邦怀石”。这当然是带点戏谑风格的，里面的聪明智慧全属于董竹君和吴湄两位女士。

还要说说我自己特别喜欢的热气羊肉，当《繁花》里出现阿宝和雪芝吃热气羊肉的场景时，我的眼睛有些湿润。所谓热气羊肉，指的是没有冷藏冷冻过的新鲜羊肉，在江南一带极为流行。我们调研小组的姜浩同学去洪长兴采访，不仅打听到当年的物价：羊肉半斤四角钱，菠菜五分（可续），黄酒半斤一角，他甚至根据采访，复原出了一张草图，在屠楠老师的妙手下，还原出了现在我们看到的“共和”锅（剧中叫大暖锅）。

“繁花食谱”中还有很多未能出现的菜，最大的遗憾便是属于小毛和银凤的冷面：

> 银凤说，小毛不要紧，等于自家屋里，坐一坐，等阿姐汏了浴，下去买两客青椒肉丝冷面，一道吃。
>
> ——《繁花》第十七章

我毫不隐晦自己对于小毛的偏爱，这大概因为我家就在小毛家附近。很多个夜晚，我在莫干山路靠近苏州河边的散步道上轻轻哼过《苏州河边》，微风荡漾，夜留下一片寂寞，时不时想起的是小毛弥留时说的话：上帝一声不响，像一切全由我定。只是“像”而已，这句话就是全部密码，你以为你可以，其实只是仿佛，做主的是上帝，而我们只能不响。

《繁花》播出之后，各方反应热烈，作为创作者，我实在应该不响，不过，讲讲食物背后的故事，帮助大家更好地理解剧情，也许也是配套服务之一。毕竟，这也是我第一次花7年时间设计一套食谱——谈恋爱都没这么久。

谨以此文献给观众朋友们，祝福大家胃口好。

海子，在光明的景色中

徐立新
2024-03-24

一

黄灿灿的油菜花，青油油的小麦地，将位于安徽省安庆市怀宁县，一个叫查湾的小村庄环拥在中间，这里是诗人查海生的故乡。他还有个更为文学爱好者所熟知的笔名——海子。

在查湾村海子文化园里，海子的诗，被分门别类地镌刻在一块块竖立起来的大理石上。红艳艳的海棠花陪着桃花，一起笑意盈盈地面向圆脸、大眼、戴着眼镜的海子塑像。柳枝在风中轻摆，花香在风中走动，回到母亲身边，长眠在故乡怀抱的海子，看起来像个没长大的孩子，他在故乡的春天里微笑。

“我要还家。我要转回故乡，头上插满鲜花，我要在故乡的天空下，沉默寡言或大声谈吐。”

不远处，一位穿着红色上衣的老人，手扶竹椅，正站在“海子故居”前，站在两棵桂花树下，她就是海子在诗中多次提到的母亲操彩竹。

2024年的春日，老人家已90岁的高龄了，但耳聪目明，慈祥地迎接我和一群来自海子母校——怀宁县高河中学的学生。

春天去看海子最适宜，不仅是因为“面朝大海，春暖花开”，还因海子出生在3月，离开时也在3月，还有“春天，十个海子全部复活，在光明的景色中”。

如果海子还在世的话，2023年正好60岁整。

学生请操奶奶坐下，一位女生伏到老人身边，请她讲讲学长儿时的故事。

“海子是天才！”老人家脱口而出，“三四岁，歌听一遍就会唱了，还会一口气背下40多条《毛主席语录》。”“海子天资聪慧，记忆力特别好。”海子大弟查曙明在一旁补充道。

还有就是特别勤奋、懂事、爱劳动。

老人家说，他每天放学回来，都要问家里有没有事让他去做，没有他就会去学习。忙种收割季节，海子都会下地干活，用瘦弱的身体帮家里挣工分。晚上他要学习到深夜，灯油烧干为止，“夏夜蚊子多，他就把双脚泡在水桶里，上身罩上大衣，坚持学习”。

10岁，海子就上初中了，住在高河中学，周三和周六各回来一次，拿米换饭票，拿咸菜下饭。从学校步行到家有2.5公里远，海子年幼瘦小，10多斤米，用手提，用肩扛，用背背，用头顶，一路上累得气喘吁吁。

天资、勤奋加懂事，引出了一个乡间“少年天才”。

“奶奶，海子写过一首诗：妈妈又坐在家乡的矮凳子上想我。”

“我背给你们听吧。”老人家打断了学生的话：

“母亲/老了/垂下白发/母亲你去休息吧/山坡上伏着安静的儿子/就像山腰安静的水/流着天空……妈妈又坐在家乡的矮凳子上想我/那一只凳子仿佛是我积雪的屋顶/妈妈的屋顶/明天早上/霞光万道/我要看到你/妈妈妈妈/你面朝谷仓/脚踏黄昏/我知道你日见衰老。”

我在一旁用手机录下了这一幕，1分52秒，诗句163个字，老人没背错一个字，中间也没有一刻卡顿，深情流畅。当背到“妈妈妈妈/你面朝谷仓脚踏黄昏/我知道你日见衰老”，老人眼圈里有泪光在闪动，好几个学生也都红了眼圈。

二

海子似乎从未远去，查曙明领着我去参观海子故居，先看卧室，他指着一张老式黄白木雕床说："海子就是出生在这张床上的，我母亲一直睡到今天。"

另一间卧室则是海子稍大时，跟查曙明在一块睡过的。"这桌子是我当裁缝的父亲给人做衣服用的，周末就给从学校回来的海子当书桌。"查曙明指着床边的一张桌子说。

同时也是书房，墙上挂着诗人西川的一幅书法作品：走在路上/放声歌唱/大风刮过山岗/上面是无边的天空。"西川最喜欢海子这首诗，2009年来海子故居时写下的。"

书房的书柜里放着上千本海子生前购买和阅读过的书，文学、哲学、艺术、地理……包罗万象，海子去世后，家人将其从北京运了回来，海子最爱读书，诗书年华，是他的青春底色。

在母亲和弟弟的眼里，除了爱读书外，海子还非常孝顺，很有人情味。"他从北京放假回来给母亲买了围巾，给父亲买了酒，给三个弟弟买了书和糖果，1988年春节还用稿费给家里买了一台14英寸的黑白电视机。"

距海子故居不远处，便是海子纪念馆，大门上贴着西川手书的对联："叶落秋高感大美不言出海子，花开春暖知泰初有生是天德"。这里也是安庆市中小学生研学实践教育基地。

在纪念馆的来访登记簿上，我看到来自全国各地，还有海外的参观者，都是海子的粉丝，名单和联系方式写满了一页又一页。

一楼通往二楼的走廊上，悬挂一张巨大的海子照片，是他在北京大学图书馆前照的。1979年，15岁的海子以370分的高分考入北京大学法律系，总分400分（语文、数学、政治、地理及历史各100分，海子的外语不好，幸运的是外语成绩不计入总分），轰动整个怀宁县。

1982年，在结识北大诗人西川和骆一禾后，海子开始写诗，并且落笔惊人，第二年自费印刷了自己的第一本诗集《小站》，很快他便与骆、西二人被外界称为“北大三剑客”，他也是“北大四大才子”之一。此后海子又自费印刷了好几本诗集，他热烈地爱上了诗歌创作。

1984年，在发表《亚洲铜》时，“海子”这个笔名正式出现，海子被人称为麦地赤子、流浪的诗者和诗人英雄。他以地理空间和文化背景为写作资源，为了写诗，也为了爱情，他先后去过西安、兰州、敦煌、西宁、达县、青海湖、德令哈，以及拉萨、日喀则、包头和呼和浩特等地。

海子不满足抒情短诗带来的成就，他有自己的诗歌理想和抱负，他曾对朋友说过：“我不想成为一个抒情诗人，我只想融合中国的行动成就一种民族和人类的结合，诗和真理合一的大诗。”他还曾向诗友透露自己的理想：“我想成为像但丁、歌德、普希金那样的伟大诗人。”

但他后来又觉得不可能，因为没有相应的文化背景，因此内心有很重的矛盾和冲突。

但他依然在努力，在短暂的7年时间里，海子创作了近200万字高水平的抒情诗、诗学文论和7部长诗等。有评论家称他“是真正思考诗歌价值的人，也是少数几个能给当代诗歌带来诗歌遗产的大诗人”。

查曙明曾在北京做过5年的家具生意。有年，北京电视台得知他是已故诗人海子的大弟时，专门去采访了他，问及海子为何能在诗歌创作上取得如此辉煌的成就时。他的回答是：一是天才，二是在北大四年的文化积累，三是时代的造就，诗歌遇上了蓬勃生长的时代。

三

海子的墓，在查湾村后东北角的一处向阳土坡上，呈东北—西南向，这里也是查湾村祖坟的所在地，曾经是荒山岗，是每次母亲送海子远行的分手地，也是他最后一次跟父亲发生争论的不欢而散之地（他想辞去在中国政法大学的公职，去海南办报，父亲极力反对），如今已修葺一新。

海子的墓前有两棵翠柏，枝丫拔地而起，贴地面而长，繁茂得很，是海子友人35年前从北京带过来栽下的。

墓碑前摆放着鲜花、塑料花、酒和香烟，前面有一条砖头铺成的路，直通查湾村。墓碑周边是个广场，四周用红砖砌围成一道环状装饰墙，墙有一人多高，上面有黑底白字，镌刻着谢冕、骆一禾等人对海子诗作的评价，主要是关于他的长诗《太阳·七部书》。

关于海子离开的原因，查曙明说，一是在当时他的长诗不被圈内人所理解或认可，他兴冲冲地拿着自己写的千行上万字的长诗请人去看，但却被告知已经有但丁了，根本不需要你写了，让海子的内心充满孤独和失落；二是在爱情的道路上，海子遭遇挫折，四次挫折，打击不小；三是从乡下出来的海子善良、简单、书生气、胸无城府，对物质财富没有过高的追求，更看重精神层面的东西，性格孤傲，在做人与处事上难免难以融入，这也给他造成很大困惑；四是过度的创作投入，伤害到了身心了，抑郁了。“我的死与任何人无关”，这是海子最后的遗言，宽容到令人落泪。

如果假以时日，海子本可以为国家为人民，为中国文学做出更大贡献，可惜，他的人生缺席了一堂生命教育课。

读过私塾、上过国立小学的母亲，重视海子的教育。晚年，她也常告诫孙辈、曾孙辈们要向海子学习，端正学习态度，勤俭节约，热爱劳动，珍惜现在来之不易的美好生活：“只有自己好好努力，长大后才能像你大伯那样在社会上受人尊重和敬仰。”查谋说，奶奶常常这样告诫他。

“姐姐，今夜我在德令哈，夜色笼罩　姐姐，今夜我只有戈壁……姐姐，今夜我不关心人类，我只想你。”母亲还为海子诗歌的传播和发扬光大做着积极的工作。2016年，老人家冒着高龄和高原反应带来的风险，坚持去2300多公里外的青海德令哈，参加“第三届德令哈海子青年诗歌节”，并在活动现场背诵海子的诗，她想去儿子生前去过的每个地方看看，带着那些熟悉、早已刻在心里的海子诗。

每次外地举办纪念海子的活动，如果去不了现场，她都会请人录制视频，然后发给主办方，这是一位母亲对儿子的深情：接受、怀念、发扬光大。

海子纪念馆的结束语这样写道：今天我们感怀海子，不仅是为了纪念，也是为了证明我们并未完全被物质生活所困。感念海子，让我们在喧嚣和浮躁的生活中保持一份心灵的宁静和美好。

我认同这个结语，在这个快节奏、高速运转的时代，我们需要在海子诗歌的提醒和帮助下，给自己些“诗意栖居”的机会，去看看星空、河流、花草、树木，去给每一条河每一座山取一个温暖的名字，去给身边和陌生的人送去祝福，这或许就是海子诗歌存在的现实意义和价值吧。

离开海子纪念馆时，有学生悄悄塞给我一首她写的诗，希望我能帮她在报纸上发表一下。她说，自己写了很多诗，写诗快乐，是一种释放，她们学校还有海子诗社，有社刊。

海子不再仅仅只是故乡的麦地赤子，而是全球的。查曙明告诉我，有个外省来的出版社编辑上周就住在海子民宿里，打算出版海子诗歌精选集。3月底，意大利一位翻译家将来海子故居住上一个月，专门翻译海子的诗歌。而早在4年前，海子诗集意大利文版《一个幸福的人》就在意大利正式出版发行，适逢中国与意大利建交50周年，为促进中意诗歌文化交流搭建起一座桥梁。海子已是世界的海子了。

每年的三四月，每天都有上百人来怀宁看望海子，当地政府重视海子文化挖掘，投资打造海子文化园，希望在“春暖花开”的主题下引领凝聚青年，为乡村振兴做贡献。

在大弟的心中，哥哥海子阳光、孝顺、懂事，有爱心，青年诗人形象永远定格在他的脑海里，哥哥一直都活在25岁的青春里。

“海子的诗能朝下传，像李白一样。”海子的母亲骄傲地对我说，“他是我心中的一位伟大诗人！”

“我无限热爱着新的一日/今天的太阳/今天的马/今天的花楸树/使我健康/富足/拥有一生。”

春天，十个海子全部复活。

在光明的景色中，在90岁母亲温柔呵护的怀抱里。

爱夜光杯 爱上海

2 0 2 3

叙往事

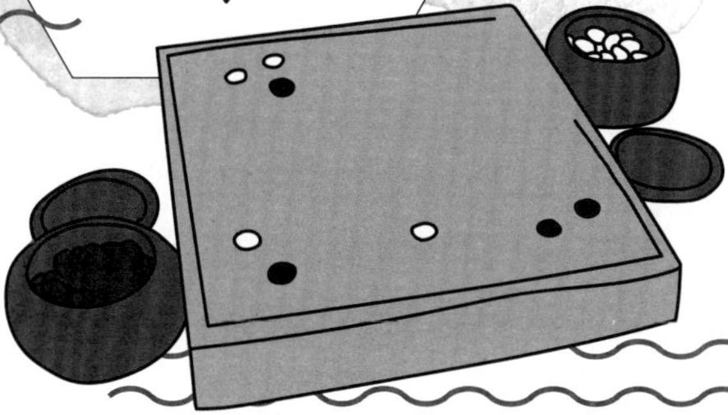

作家的饭局

陈子善
2023-04-04

文人好宴聚，新文学作家当然也不例外。如果统计鲁迅、胡适等大家日记中的赴宴和宴请次数，一定是个十分可观的数字。

当然，宴聚很多不是单纯的喝酒聊天，往往在宴席上有重要的事要讨论，要商议。一个饭局就决定了现代文学的新走向，并不乏其例，有名的新月社就是在宴聚上成立的，甚至在宴席上一言不合，拂袖而去，也不是个案。

且举鲁迅两个较有代表性的例子。鲁迅1929年9月28日赴北新书局，老板李小峰因拖欠版税引起鲁迅强烈不满，郁达夫出面调解成功而举行的答谢晚宴。不料在宴席上鲁迅与林语堂又发生激烈争执，郁达夫只能再次当和事佬，但最终宴席仍然不欢而散。此事在鲁迅日记和林语堂日记中都有明确记载，只不过角度完全不同罢了。1935年9月17日鲁迅日记云："晚明甫及西谛来，少坐同往新亚公司夜饭，同席共七人。"看似是一次普通的饭局，其实大不然。明甫即茅盾，西谛即郑振铎，这次"夜饭"是生活书店主持者宴请，会上向鲁迅提出撤换黄源的《译文》编辑之职，鲁迅断然拒绝。这个"吃讲茶"的饭局终结了鲁迅与生活书店的合作，也开启了鲁迅与巴金的文化生活出版社的新的合作，是鲁迅晚年文学生涯中的一件大事。

尽管作家的饭局有时会不欢而散，更多的仍然是旧雨新知欢聚一堂。赵景深1933年3月出版了一本散文集《小妹》，列为"黄皮丛书之五"（前四种都是冰心的作品)。以前我介绍过书中的《一个用书架者的偏见》，书中还有一篇《宴会新交》，似更有趣。此文说：

> 振铎曾写过一篇《宴之趣》，以为宴会是人生之一大乐事，最有趣不过的，我也深以为然，尤其是遇着一个健谈的新交，他给我们的印象，简直是不大容易泯灭的。

接着赵景深就描绘他在饭局上结识的伍光健、老舍、卢冀野(卢前)三位作家。伍光健以翻译名，老舍以小说名，卢冀野以散曲名，文学史上早就著录，不必再多说。然而，赵景深笔下的老舍太可爱、太好玩了。照录如下：

> 上个月我的左大腿外侧作痛，不红不痒不肿，起立即剧痛不已，但在听说老舍从英国回来了以后，便顾不了腿痛，勉强支持着到振铎家里去赴宴会。在振铎的书房里幽绿的灯光下，看见一个精神很振作极活泼面容略带黝黑的穿西装的人。
>
> 在席间他说了一个笑话，他说："有一个人想剃头，从酒馆的门口经过，看见酒馆的门上这一面写着BAR，那一面也写着BAR，合拢来念，以为是Barber，便跑进去剃头。"这使我想起写《二马》《老张的哲学》和《赵子曰》的英国伦敦大学教授舒庆春的风度来。
>
> 老舍知道我要结婚，便毛遂自荐，说是他来当司仪，因为他觉得自己的喉咙很好，不用未免可惜。的确，他唱起大曲《黄鹤楼》，周瑜、孔明、张飞三个人的性格都能从他的声音中辨别出来。怪不得他这样会以"对话"来显出小说中"人物"的个性，他那激昂慷慨的声音真可以说是响遏行云呢。
>
> 他曾经写给我一封信，并且送我一本《歌德传》(Ludwig著)。信封上

是这样写的：先写我的姓名，再写我的住址，本来就可以完事了，他还添上海、中国、亚洲、地球上等字样。幽默的老舍真有点像他自己所创造的王德！

“真由美”邀“佐罗”唱歌

童自荣
2023-04-07

“真由美”和“佐罗”浑身不搭界，难道是“愚人节玩笑”？非也。

退休前后，和外国演员合作演出，又是在大舞台上，一共也就两次，涉及日本影片《追捕》中演女主角“真由美”的中野良子和法国影片《佐罗》的主演法国演员阿兰·德龙。我是个在生人面前常常不知所措的人，但这两位给我感觉对艺术同行都挺友好，洋溢着一份真诚的快乐，倒让我尝试着要表现得落落大方一点。看到“真由美”和“佐罗”从银幕上走下来，近距离可观察他们，又可为中外文化交流界尽一点力，还是挺有意思的。

《追捕》中，我在配音团队里只是客串了一小把，跟剧中的“真由美”并不打交道。那年在南京参加庆典活动，中野良子亦是特邀嘉宾。我印象中，她是最踊跃和随意的，情绪也特别由衷。午宴尾声，有人怂恿让“真由美”唱一个。逢这种时候，中野良子都不愿扫大家的兴，大方地站起来准备唱。我在一边扮演一个洗耳恭听的角色。却不料她提议，因她正在用中文学唱《大海啊故乡》，最好有个人帮她壮壮胆。我虽唱歌不太有把握，但也不愿扫大家兴，就差不多是被推搡着站到她身边，亮开了嗓子。

更没想到，2018年到东京参与老艺术家赴日和平之旅大型演出，巧了，又和“真由美”碰上，居然又和她一起对唱《大海啊故乡》。当然，是中野良子点名要和我合作，看来那次南京联欢是给她留下印象了。其实，这个节目是临时安排的，可谓联欢的性质，即使真决定要上，我亦并未太放在心上，上就上吧。我在准备主持词的当口，未料“真由美”抓了个翻译来找我了，非要一起找个地方排练，且练了不止一遍。如此认真倒令我吃惊了。我知道她并非跨界歌手，但对待这样一件小小的工作，并非担心会出洋相，那虔诚的心是出于对观众负责，不愿因自己的漫不经心而让台下观众和台上合作者失望。我心里顿时就有了一份敬意。谢谢“真由美”对我敲起了警钟。我虽属于工作态度勤勉那一类，她却是比我还要认真，值得我铭记在心，好好学习。也许今后的日子里，我还会有缘和中野良子合作，最好配音吧，为她新片子里的男友配音，我现在还有创作冲动的。

1989年，我记忆犹新，阿兰·德龙应邀来中国访问，这是他的第一次。因恰是德龙兄54岁生日，于是北京的朋友突发奇想，在北京体育场安排一场大型联欢晚会，通过电视让中国观众一睹他生活中的风采。（不知那次活动是否留下了录像？）那回演出，我朗诵《佐罗》台词片段。他们让我又披斗篷，又戴上大帽子，至于戴上深色墨镜冒充眼罩就更不用说了，蛮搞笑的。按照联排时的次序，我最后一句台词话音未落，便是他上场。只见他大步流星地走上舞台，一阵风似的潇潇洒洒走到我面前，满脸是笑，给了我一个大大的热情的拥抱。这一幕，当时轰动了全场，足见我们中国观众对“佐罗”的迷劲儿。德龙兄随后就很松弛地用法语朗诵了一首诗歌。他声音低音丰满，很有水分，听起来很舒服。以他的艺术造诣和条件，就是做一个配音演员也会极为出色。

后来我常常暖暖地回想那一次的演出。前两年曾两次再邀他访华，他也都欣然答允，但因不可抗拒因素，未能实现。所以，当他在有些场合发表那番感言——这一生什么都有，就是没有“幸福”两字，我们听了不但感到不是滋味，且十分惊愕了。我们盼望德龙兄幸福快乐，也深以为他是实实在在拥有幸福的，不是吗？德龙兄不但在法国，在欧洲，也在中国，在全世界获得影迷朋友的欣赏、仰慕和支持，这难道不是幸福吗？那众多观众至今仍在关注着你，牵挂着你。这些年，我们还听说，德龙兄身体欠佳。我们希望他健康长寿。只是想对他有所帮助，又不知如何能帮他一把！是不是中药倒有可能给他有效的治疗呢？热望阿兰·德龙先生幸运且多多保重。疫情终会过去，到那时，我们漂洋过海来拜望你，你的忠实的狗狗们不会把我们拒之门外吧？

学历倒挂的老师

朱华贤

2023-05-03

星期日，师大研究生毕业的外甥女来家，我问：打算干什么？她毫不含糊地说，考杭州的小学教师。我惊诧莫名：研究生毕业当孩儿王？大材小用不？她嫣然一笑，舅舅，不是你那个时代了，现在，硕士博士当小学教师的多得很哪！再说，我是心理学专业的，现在孩子们身体发育普遍较早，小学生中存在心理问题的人数不少，学校非常需要能进行心理疏导的教师。

我本是教师，不过早已退休。没想到，教育形势发展得如此之迅捷。忽然想起我当教师时的一件趣事。

那天，我第一次去民办教师进修班上课，教的是文选与写作课。这个班的学员大多是小学教师中没有合格学历的，年龄都在50岁左右。当时规定小学教师的合格学历，是高中或中等师范毕业。点名时，发现有个教师叫章宝兴，心里倏地一闪：是不是读小学时教过我的那一位？讲课时，我边讲边搜寻，并没有发现相像的。后来，心生一计，何不用用课堂提问？要章宝兴回答问题。那天教的是鲁迅的《故乡》，于是，我问：鲁迅有哪几本小说集？人物和名字是对上号了，但一点也找不到旧时的痕迹。印象中的章老师，个子偏矮，身材瘦削，但非常精神；而眼前这一位，略显矮胖，皮肤黝黑，眼睛细小。记得章老师原先是大队会计，初小毕业，在当地算是有文化的。他教四五年级的语文，还兼着会计的职务。章老师给我们印象深刻的，是他经常读错字，比如把“屹立”读成“汽立”，把“矗立”读成“直立”，把“阴谋未遂”读成“阴谋未逐”。后来，弄来了一本已经卷角的《新华字典》，这之后，似乎没有读错字了。

兴许是同姓同名，我想。下课时，我走到章宝兴身边，问他是从哪儿来的，他说是沙地片的。我说，我也是沙地片人，你是哪个学校？他嗯——嗯——几声后不说了，后来站起来说要上厕所去。显然，他不想说。等他走远后，问旁边的学员，终于证实了他就是20多年前教过我的那个章老师。上午课结束后，我悄悄地找他：我就是你以前教过的学生，不知你有没有印象？他略带尴尬地朝我看了看。我说，你来这里进修有什么困难？他不响，低下头。我又说，要不中饭到我家去吃，我家就在学校旁边。他摇摇头，说已经买了食堂的快餐券。那么，中午休息时到我办公室喝杯茶吧。过了一会儿，他说，嗯，明天吧，我明天还要来听课的。

第二天中午，章老师果真来到我的宿舍，手里拎着半编织袋的特产，什么嫩玉米、青毛豆、鲜丝瓜等。他一放下就说：朱老师，我对不起你们啊！我立即打断：别叫我朱老师，我叫你老师才对。他说：啊呀，我算什么老师，现在想想，还不是害了你们。七岁养八岁，我自己都小学没毕业。嘿，要我当老师，什么贫下中农管理学校？我说，那时的形势都这样。章老师说：我老早就晓得你在这里，我以为你不认识我了，所以我也不想让你知道。说实在话，我有点难为情，教书教了大半辈子，连个文凭都没有。这次你们办民办教师成人高中班，我原先也不想参加，反正再过四五年就可退休了，后来觉得不对：教了一辈子书，当了一辈子不合格教师，人家不怨自己都要怨，所以……他停了停换了话题：几天课听下来，吃力是很吃力的，但我一定会尽力，一定要考过它。你呢，也不用照顾我的。

听着他的话，我的心也一阵紧似一阵。我虽然是在编的公办教师，但其时，我的学历也是不合格的。我所在的湘湖师范是中等师范学校，我是毕业后留校的，所持有的文凭是中等师范毕业。本来，按上面的规定，在师范学校当教师，起码得本科毕业以上。我离合格文凭，整整差了两层楼。虽然我已经在浙师大进修，但到毕业还至少要两年。我想把我的实情告诉他，也许虚荣心作祟，竟咽了下去。

问起家庭情况，章老师说，他的女儿早已出嫁了，儿子也是教师，在浙师大。浙师大？教什么的？我连忙问。他说：教“教育学”。什么名字？章田文。我顿时兴奋起来：怎么会这样巧！章田文，现在就是我的老师。我在师大进修，每个学期两次，每次10天。我是有这样的感觉：小章老师极有可能是我们萧山绍兴一带的人，因为他的话语中带着沙地方言的腔调。因为他教的是公共选修课，听课学生很多，所以没有机会与他个别交流。

章老师说：田文是研究生毕业的，去年还破格评上了副教授。而我这个爹，也算是教师，却……哎，看见儿子都有些难为情。一直在旁的我女儿笑着说：这倒有趣，50多岁的章老师听40多岁我爸的课，而我爸又听30多岁的小章老师的课。

七岁养八岁，初小毕业教高小，高中没毕业教高中，这是我所处的那个时代的学历常态。假如女儿读过叶延滨的诗《比我小五岁的班主任》，一定会从有趣中感受到无奈。

现在，不会再有了。

外婆红烧肉

杨锡高

2023-05-15

本来，饭店酒家的菜单上，红烧肉这道菜总是直截了当地印上“红烧肉”三个字。不晓得从啥辰光开始，流行起“外婆红烧肉”了，加了两个字，亲切感油然而生。

红烧肉还是那个红烧肉，味道也还是那个味道，但是，添了“外婆”，好像变得更加香喷喷了，小辰光熟悉的味道回来了。于是，越来越多的饭店酒家群起效仿，有样学样，纷纷祭出“外婆红烧肉”招牌。第一个想到为红烧肉冠名“外婆”的人，一定是对外婆深怀感情的人，一定是对外婆红烧肉味道刻骨铭心、“打耳光”也不肯放的人。

老底子弄堂里，犹如七十二家房客，住房条件差，螺蛳壳里做道场，“局促乌拉”。烧菜时，味道随风飘散，谁家今天吃啥菜，左邻右舍清清爽爽。“啊哟喂，客堂间宁波阿娘吃臭冬瓜了，甏盖头打开来，贼贼臭！滑稽，麻油滴两滴，倒是蛮香呃！”“乖乖，亭子间山东爷叔又炒大葱了，闻起来香到心里厢，吃起来嘴巴臭一天，哈哈！”

整条老弄堂，就属西厢房阿珍外婆厨艺最好，尤其红烧肉，真正可以烧到肥而不腻，瘦而不柴，入口即化。一盆红烧肉端上桌，上面一层的肥肉和肉皮还在有规律地轻轻抖动，被酱油浸润而染成绛红色的肉皮闪着亮光，弹眼落睛！

每当外婆烧红烧肉，阿珍幼儿园同学，贴隔壁的宝根就会顺着味道大大方方弯进西厢房，叫一声外婆，吃一块红烧肉。辰光一长，宝根成了弄堂里最出名的“小馋佬胚”。但阿珍外婆欢喜他，“小赤佬”聪明，嘴巴甜。阿珍也喜欢跟宝根一道“白相”，因为宝根在幼儿园总是照顾她、保护她。

那时候，物资匮乏，买肉要凭肉票的。宝根姆妈过意不去，总是隔一段辰光，积攒了肉票，会送几张给阿珍外婆。到了中学，阿珍跟着外婆学烧红烧肉，半年下来，竟也学得像模像样了。外婆心里“煞煞清”，阿珍是在恋爱了！中学毕业，阿珍跟宝根商量好，一起去江西插队落户。

江西的生活是艰苦的，但阿珍“难板”也有机会露一手，烧一碗红烧肉，叫来宝根解解馋。后来，外婆病危的时候，阿珍接到电报，宝根陪着她回上海。赶到病房，外婆已经神志不清，阿珍喊“外婆外婆”，没反应。宝根上前拉住外婆插着针头的手掌，喊着：“外婆，我是宝根，我想吃侬烧呃红烧肉！”外婆居然醒了过来，然后把阿珍的手拉过来放在宝根的掌上，这样三个人的手叠在了一起。周围的人都读懂了外婆的意思，阿珍和宝根也当着外婆的面流着泪点点头，算是答应了外婆的嘱咐。就在这瞬间，外婆安详地走了。从此，阿珍做的红烧肉，宝根也一律叫成“外婆红烧肉”。

恢复高考，宝根顺利考进上海的大学，毕业后留校当老师，后来成了教授。而阿珍则顶替姆妈进了纺织厂，成了纺织女工。很多人看不明白，教授和纺织女工在一起，能长远吗？有一次，大学里教研组的同事私下里问宝根：“侬图个啥？”宝根只讲了一句：“伊拉外婆红烧肉烧得真是香！”

外婆红烧肉仿佛成了宝根心里抹不去的传说。这个传说，就像一盏明灯，把宝根教授纯真的心灵照得透亮透亮。

蓦然想起好几年之前的一件事，有一次我偶尔路过虹口区的一条小马路西江湾路，看到路边有家小饭馆，叫外婆小菜，再一抬头，看到马路斜对面也有一家小饭店，居然打的也是外婆的招牌，叫外婆人家。我就想，为啥都叫外婆？其实，奶奶烧的红烧肉也是很好吃的呀，为啥没人打奶奶红烧肉的招牌呢？脑海里不由得响起早年的流行歌曲《外婆的澎湖湾》，旋律美就不说了，歌词的诗情画意扑面而来啊！晚风、白浪、沙滩、椰林、斜阳、脚印、薄暮、余晖……是不是美不胜收？但是你试试看，把外婆换成奶奶的澎湖湾，“样勿样，腔勿腔”啊！

聂卫平的吸氧

华以刚
2023-06-12

聂卫平在中日围棋擂台赛中吸氧，虽是20世纪80年代的事，我却至今记忆犹新。聂卫平在擂台赛中奇迹般的表演夺人眼球，也引起了医务界的关注。遂有医生建议，围棋比赛耗能、耗氧量大，大脑缺氧既不利于比赛，更不利于健康。特别是听说聂卫平小时候被检测出先天性（左、右心房之间的）“房间隔缺损”后，就更明确建议聂卫平应当在比赛间隙中适当吸氧。

聂卫平的性格，自主性强，绝不会人云亦云，却特别听医生的话。记得20世纪70年代有一位老中医说过聂卫平“肝阳上亢”。聂卫平虽属中医白丁一类，但对于这四个字，逢人就请教，必欲探究其真意。对于赛中吸氧，就顺理成章照单全收了。再说吸氧后，的确成绩也不错，就更加强化了心理暗示。这个心理暗示甚至蔓延到擂台赛工作班子，大家不约而同认为，聂卫平出场，准备好氧气瓶是必需的。

说到氧气瓶，不少人会自然而然想到医用氧气瓶，那种炸弹似的立在病房里面的钢瓶，大约容积有40或50升的样子。先入为主的印象使一些善良纯真的“吃瓜”群众充满了同情，认为聂卫平都病成那样了，还要参加如此重大的国际比赛，简直是……为解释真相，我暗暗设计在主流媒体上予以澄清。

1985年11月20日是第一届中日围棋擂台赛主将决赛，聂卫平对战藤泽秀行。中央电视台开了围棋比赛现场直播的先河。我一看机会来了，就在讲棋演播现场刻意展示了聂卫平实际使用的便携式氧气瓶。自认为还挺细心的，展示时特意将商标朝里，不让观众看见。不料，也就一两分钟之后，传来了现场导播严厉的禁令：主持人立刻停止做广告！原来我的行为已经构成了做“软广告”，在电视节目中属于严禁之列。对于我的呵斥理所当然，没有丝毫冤枉。幸亏我的主观动机还算说得过去，没被深究。

记得有一年，吸氧问题还上了两会。有代表提案道，围棋比赛中吸氧，其性质类同于体育比赛使用兴奋剂，同样应予禁止。最起码涉嫌不公平竞争。按惯例，提案交由行政主管部门负责回答或处理。国家体育运动委员会就责成棋牌运动管理中心办理。最终由我们围棋部出台“代拟稿”。

我们首先感谢该代表对于围棋事业的关心。认为吸氧的初衷在于保障体弱棋手的健康。其次，如果棋手在比赛中吸氧后，形成了不正常的兴奋灶，从而明显左右了棋局的进程，那就应当通过法治手段予以禁止。但是目前为止并无明确的证据。所以国际上尚未将此事提上议事日程。吸氧提案就此告一段落，没有进一步发酵。

实际上，聂卫平全盛时代赢棋，靠的是棋力加精神力。吸氧作为某种特殊的心理暗示，可谓锦上添花。后来当聂卫平战绩出现滑坡倾向，在神不知鬼不觉中，对聂卫平也就不提此事了。还必须补充一点，聂卫平需要吸氧的年代，航空安检并不特别严格。要是放到现在，恐怕根本就带不上飞机了。毕竟氧气瓶属于易燃易爆物品。

“如果有来世，我还是愿意嫁给你爸爸”
——纪念我的母亲王文娟

孙庆原

2023-08-06

今天，是亲爱的母亲王文娟逝世两周年忌日。每当思亲伤怀难以自抑时，只要想到母亲在最后的日子里对我说的那句话——“如果有来世，我还是愿意嫁给你爸爸”，我就感到无比欣慰。

在整理父母上千张照片的过程中，我从一个女儿的视角，回忆、记录了他们在舞台、银幕之外点点滴滴的生活印迹……

我名字的来源

我出生时爸爸妈妈住在华山路上的枕流公寓。

1964年10月，肚子里怀着我的妈妈快要生了，爸爸突然接到电影厂通知，派他去外地巡回演出。爸爸万般放心不下妈妈和躲在她肚子里的我，临行前一夜没睡，设想了妈妈分娩时可能会发生的风险，对妈妈千叮咛万嘱咐。16日这天，中国第一颗原子弹试验成功，正躺在华东医院待产的妈妈心里一阵激动，于是两天以后我就闪亮登场了。因为这特殊的出生日子，爸爸妈妈就给我起了“庆原”这个名字。

由于爸爸的缺席，我不知道我是什么时辰几点钟钻出来的，妈妈给出的理由是："当时我痛也痛煞了，哪还管得了是几点几分，是白天还是黑夜？"晚年时为了对我负责，妈妈还偷偷跑去华东医院找我的出生记录，可惜医院已经没有了当时的记录。于是我就变成了一个生辰八字不全的人。

武康大楼的家

我出生三个月时，爸爸妈妈带着我和外婆、祖母一起住进了武康大楼，直到大学毕业后。

武康大楼留下了我成长过程中、与爸爸妈妈生活在一起时无数美好的记忆。那时大楼底层短短几十米的连廊里一共开了6家店，最东面是紫罗兰理发店，我小毛头时妈妈就抱我去那儿理发，每次都自带香皂。最西头一家是我童年时最爱去的食品店，柜台上摆着一个个玻璃罐，里面的桃爿、咸支卜、盐津枣等酸酸甜甜的蜜饯吸引着我，但是因为我从小有气管炎，妈妈绝对不准我吃零食。有一次放学后，我和小伙伴正在店里看着蜜饯罐指指点点，突然背后一声："妹妹，你在干什么？"转头一看，不知什么时候妈妈站在了我身后，吓出我一身汗！但是对于我的日常膳食，妈妈和爸爸却格外上心，桌上每一道菜，都一一夹在我的盘子里要求我必须吃完，做到营养均衡，这就养成了我不挑食的好习惯；每天全家还保证让我吃一个苹果或梨，补充维生素。

二三十年前武康路的家很像旅馆、饭店。亲友、学生远道来访，爸妈不是留宿就是留饭，他们虽然不擅厨艺，却常常下厨很用心地做几个阿姨不会做的特色菜招待客人。爸爸会做烙饼、饺子、土豆色拉、罗宋汤等，最拿手的是核桃酪。妈妈的虾米跑蛋和青菜炒粉丝也得到了认可，每次做好，她都要哇啦哇啦喊大家吃："快点吃呀，冷了不好吃！"还不停地问："好吃哦？好吃哦？"

妈妈最喜欢的照片

妈妈好多次对我说，她最喜欢的是那张20世纪70年代初拍的母女照。直到晚年，她还会心有余悸地说起那件往事：那时我随妈妈在奉贤“干校”生活，有一天我发高烧，妈妈背着我去看病，回来时背不动，就雇了一辆自行车驮我回去，她跟在后面。走着走着那人突然蹬上车飞快地骑行而去，妈妈急得拼命追赶，生怕我被拐走，但还是跟不上。好不容易上气不接下气地赶到目的地，当看见骑车人带着我等在那里时，几乎崩溃的妈妈一把抱住我，再也舍不得放手。每次说到这里，妈妈就拉起我的手拍拍说：“还好我和你爸爸留着你这么个根。”

轮椅各坐一半路

爸爸最后的几年身体虚弱，常坐轮椅代步。他喜欢去附近的小花园或徐家汇公园散步，每次看到妈妈在家，他都希望妈妈陪他一起出去。妈妈说，我也老了，走不动了。爸爸说，那我们一人坐一半路。于是每次爸爸先坐上轮椅，走到半程，他就急着站起身，把轮椅让给妈妈坐，妈妈不坐，他还生气。

爸爸去世后，妈妈搬来我住的小区，和妈妈“一碗汤的距离”，便于我更多照顾她。周末天气好，我们全家最喜欢的事就是陪她散步，爸爸的轮椅也留下了妈妈晚年的身影。法华镇路、新华路、红坊创意园区、交通大学校园等都是妈妈常去的地方。她爱看红坊区充满艺术气息和生活情趣的雕塑；在交大她总忍不住要感叹，现在的孩子能在这么美的校园里上课，那是多幸福的一件事呀！

和在“天国”的爸爸聊一会儿

2007年末，深受带状疱疹后遗症煎熬的爸爸突发心脏病逝去，妈妈很难从悲伤中走出来。她的学生、朋友、戏迷们经常来看望、陪伴她，努力说动她参加一些社会活动。“忙”，终于使妈妈渐渐恢复了正常生活。她一边上老年大学学国画，一边动笔撰写越剧人生自传《天上掉下个林妹妹》。

2012年夏，这本书出版并在上海书展亮相。8月19日妈妈出席签售活动，来自全国各地的读者一早赶到展览中心，队伍从楼上排到楼下，书展大厅被围得水泄不通。这天，86岁的妈妈不顾劳累签售了1 200本。随后几年该书重版并加印了四次，还获得了“第五届中国（长篇）传记文学优秀作品奖”。拿到奖，妈妈就跑去宋庆龄陵园跟爸爸“汇报”了。爸爸去世后这么多年，妈妈习惯把家里或自己发生的重要事情，去宋园坐在爸爸墓前说给爸爸听，她深信，身在“天国”的爸爸一定听得见。

妈妈的求知欲随着年龄增大反而越来越强。画画、写字以外，她还喜欢上了历史和地理。疫情发生前一年妈妈93岁，她的日常作息仍是：每天清早起来先临帖写下几大张毛笔字，然后铺开画纸勾勾画画；画完后她坐下来，一会儿盯着地球仪温习世界地理知识，一会儿拿出中国地理拼图，打乱后再拼出一张全国行政区划图，还常常拉住我看她找出地图上的所在省所在市，听她说哪一年去过那里做了什么；逢到收看古装电视剧，她总要探究一下是哪个朝代，当时的真实历史背景是怎么回事。

妈妈最后的日子

2020年2月妈妈住进华东医院。这年“十一”恰逢国庆中秋双节，我恳请医生准假两天，让住院8个月的妈妈回到她朝思暮想的家。这天一进家门，她就东摸摸，西看看，在房间里不停地走来走去，开心得不得了。没有想到，这竟是我们和妈妈度过的最后一个中秋。

妈妈一生最遗憾的大概是没有儿子，她把女婿当作亲生儿子，而且无论爱好还是个性，她与女婿都特别合得来，即便是女婿的缺点她都要袒护。于是女婿吃饭时剩下的最后一口，也被妈妈说成是“年年有余嘛”！每次一起吃饭，她总是把好菜都往女婿碗里夹，我忍不住问她：“到底啥人是你亲生的呀？”

短短的两天很快过去，又要回医院了，我答应医生吃完午饭就送妈妈回去的。但那天妈妈吃完饭说是累了，想睡觉，可是午觉醒来后她还是不肯起床……后来我每次想起这一情景，眼泪就忍不住簌簌往下掉，那时的妈妈或许已经有预感了：“离开以后就回不来家了！”她抗拒着，想在家里尽可能多待些时间。

过了半个月，妈妈又找了个理由让我向医生请了半天假，原来这天是10月18日，她要回家陪我过生日。当我摆上生日蛋糕点亮蜡烛正想许愿时，妈妈就开始碎碎念地代我讲了。我说：“你到旁边去，不要讲话呀！”妈妈呵呵地笑了，我刚开口想说话，妈妈不出声的嘴里又开始念念有词了。妈妈是要把她“最后的”祝福送给女儿呀！现在，妈妈真的到“旁边”去了，也不再讲话了。

妈妈在，女儿永远有一个回得去的家；妈妈走了，留给女儿的却是摧心的、不尽的思念。

妈妈，如果有来世，我还是愿意做你们的女儿。

中秋忆韩非话轶事

梁波罗

2023-09-29

1958年，曾有一部充满冒险精神、颂扬民间豪杰的法国影片《勇士的奇遇》风靡全国。影片由杰拉·菲利浦和吉娜·劳洛勒丽吉达主演，描写18世纪中叶国王路易十五为了应对连绵不断的战争，急需招募新兵，由此引发草根青年芳芳与阿德琳一段荡气回肠的爱情故事。

为芳芳配音的是上影剧团的韩非，时年36岁的他以轻松、诙谐的语调，将人物骁勇机智、豪放不羁的个性拿捏得恰到好处；他语速极快却清晰流畅，如行云流水般，听来令人心旷神怡、如沐春风。吉娜扮演的阿德琳，兼具美艳与野性，也是该片一大看点。当他俩演对手戏时，一些风趣而俏皮的台词如：“我可以到两座山峰间的小河沟里去摸鱼吗?”充满法式幽默和浪漫，加之导演不断安排驰马追凶、刀光剑影、宫闱揭秘，甚至敌我误杀等桥段，营造了一系列颇具喜剧因素的场景，时而令人捧腹。

电影是黑白片，宣传海报和剧照却印制得鲜艳夺目。记得当年该片陈列在静安公园附近玻璃宣传栏里的一套八张剧照，张张弹眼落睛，引得不少行人驻足观望。然好景不长，不几日吉娜的一张单独剧照居然不翼而飞了！如今想来不过是司空见惯的一张袒胸露背的美女照而已；不知那“雅窃”者为何却视为珍宝？莫非他预见到这位大明星日后将主演《巴黎圣母院》里的爱斯米兰达，故早早收藏起来以待升值？“玉照失踪”闹得满城风雨、街谈巷议，发酵的后果是引起又一波观影热潮；可以说，这部影片与20多年后由阿兰·德龙主演的《佐罗》受欢迎程度不分伯仲！音色甜美、情感奔放，为阿德琳配音的是同为上影演员宏霞，今年已90岁开外，依然身体硬朗，思维清晰。惜乎，韩非老师则在1985年溘然长逝，享年66岁。

当年在开怀观看《勇士的奇遇》之时，我已是上海戏剧学院表演系一年级的新生了，在惊叹韩非老师精湛配音艺术的同时，不禁想起一年前对他那次唐突的拜访。

我16岁时高中毕业，决定报考上海戏剧学院表演系。招生简章要求考生须自备诗歌、散文、寓言各一篇，尽管我早已将材料背得滚瓜烂熟，毕竟心里没底，总希望能找位业内人士辅导一番。在香港从影的二舅获悉此事，主动推荐台词出众的老友韩非，拜托他拨冗指导。1955年一个春晨，我来到位于巨鹿路韩非先生的寓所，韩非夫妇热情地接待了我。以前看过他主演的《哀乐中年》《一板之隔》等，初次见面毫无违和感，加之他毫无名人架势，倒像是故友重逢，我的心情顿时舒缓许多。寒暄数语后，我求师心切，欲起身诵读，他按住我说："急什么？再聊会儿！"出其不意地让夫人李浣青端来一盘橙黄晶莹的枇杷，径自带头品尝起来；客随主便，我也随之啖食。转眼临近中午时分，经我再三恳请，终将备就的篇目和盘托出，只见他微笑地聆听，安详地注视着我，久久不发声，见我有些忐忑局促，他朗声说："我看不错，浣青，你说呢？"他回头征询同行妻子的意见："是挺好的！""你就这么念，我看有希望！"他生动的五官漾起友善的笑意是如此真诚，乃至他俩送我出门，我仍是云山雾罩。说实话，那硕大甘甜的枇杷倒是留给我至深至美的记忆……

人生何处不相逢，四年后当我从上戏毕业后分派到上海海燕电影制片厂，竟与他成为同事。一次，当着孙道临老师的面他调侃道："朗诵，要找他当老师才对嘛，当初你找错人了！"说罢粲然一笑。从同事处得知，韩非一向对朗诵持有偏见，尤忌台词有"朗诵腔"，此刻我始恍然，那次登门求教，他欲言又止、既不点又不评的缘由，着实是难为了他。

纵观上影演员剧团，除了孙道临、韩非之外，卫禹平、张伐、冯喆、程之、高博等众多前辈，既是扮演各色人物的艺术家，亦是塑造语言的大师！今年是建团70周年，恰逢癸卯中秋，有道是：每逢佳节倍思亲，作为后辈乃至崛起的新秀们，学习和继承他们德艺双馨的品德和敬畏艺术的精神，才是对于他们最好的缅怀和纪念。

四姐妹

姚锡娟
2023-11-27

记得年幼时看过一部电影《四姊妹》，由龚秋霞、陈琦、陈娟娟、张帆主演，胡蓉蓉客串演出。这个电影的内容没有一点印象了，却记住了它的片名，因为我们家刚好也有四姐妹啊！

大姐长我11岁，是六兄妹中的老二。二姐长我8岁，排序第四。三姐长我三年，排第五，我就是老六了。我们四姐妹长得虽不标致，却也五官端正，四肢健全。各有短处，也各有长处。

大姐办事爽利、能干，不仅工作做得有声有色，家务也是一把好手，整理房间井井有条，又烧得一手好菜。因为是大阿姐，1945年逃难到老家时，她还要抱住我这个小妹行路，是妈妈的帮手。大姐身体欠佳，读高中时就患上了肺结核，不得不辍学休养，病好后，再去读立信会计夜校，自此成为一名称职的会计。大姐虽然工作顺心，但不幸总被疾病缠绕，做过肺部手术，晚年又患心脏疾病，但她始终自立自强。刚退休时，她接受了一份外请工作，精神和收入都有了提升，那是她人生中身心自由的一段时光，我去她工作的地方探望她，一起分享了她的快乐。

二姐斯文温柔，事事慢条斯理。十分爱干净，又爱顾及他人。有好东西她总是推来让去，不愿自己独享，所以我二姐夫说她是“活雷锋”。当父亲过世，母亲孤独在上海家中时，二姐毅然从北京新华社调到上海工作，舍小家顾老家，一直陪伴在母亲身边，直至二姐夫也调来上海团圆。二姐是上海俄语专科学校的研究生，毕业后先去了福建农学院工作，后来调到北京新华社当记者，曾与二姐夫一起任驻匈牙利记者。她学俄语时，回家来就教我练卷舌头，还教我俄语单词、俄语歌。我虽然只学了几句，却至今不忘，还可讲出来显摆显摆，好像我也会俄语似的。

大姐、二姐与我年龄有一定差距，她们常常喜欢打扮我这个娃娃。记得大哥结婚时，我做小傧相，她们就带我去烫发。无奈她们这个生性不爱打扮的小妹受不了把头发吊起来烫的“酷刑”，回来梳理卷发时我又疼得直哭。第二天我这个卷发的小傧相是肿着眼泡亮相的，蠢蠢的一个丑小鸭啊！

大姐、二姐迷上了红遍大上海的越剧名角尹桂芳，常常去九星大戏院看戏。每次她们穿戴齐整准备出门前，我就央求她们带我同往。因为我那时高度不足一米，可以免票入场，我坐在她们俩座位中间的扶手上，看着陆续登场的才子佳人，眼花缭乱，兴高采烈。但究竟因为年龄太小，不懂台上在唱些什么，唱到何时是个尽头，不免渐生倦意，于是就频频要求上厕所“放风”。这可给姐姐出了难题，她们正看到兴头上，谁也不舍得离开，终于在谁带我去上厕所的问题上引发矛盾，回家争执起来，竟有要我出来做证的架势。我知道自己闯了祸，就乖乖地上床蒙头睡了，死也不出来做证。气得二位姐姐说再也不带我去看戏了。然而下一次，好心肠的姐姐在我的软磨硬泡下，“不念旧恶”，仍然带我前往……我至今还依稀记得《浪荡子》中尹桂芳、竺水招穿着婚纱，在动人的婚礼曲中，由台下穿过长长的观众席旁通道，徐徐走到台上的绝美场面。在两位姐姐的引领下，我们四姐妹都是终身的铁杆尹迷。

三姐从小就是认真学习的好学生。她是语文老师的得意门生。令我瞠目结舌的是，她每篇作文几乎都要写满整一本作文本，而我则经常对着作文题写不出一个字。有一次我做了一件不光彩的事，把三姐的一篇作文大刀阔斧地来一次“缩写”，变成了我的作文，真真愧煞人也！她中学毕业后如愿考入南开大学中文系，毕业后因照顾她身体不好，分配到北京医学院附中当了几年老师。后恩师李何林先生调她去鲁迅研究室任职。她勤奋努力，默默耕耘，终究成了出色的鲁迅研究学者。三姐个性独立，有主见、有担当，富有正义感，当然也很倔。她虽没有生育，但对继子、甥侄辈都视如己出，爱护关怀，小辈们对她也敬爱亲昵。我因为与三姐年龄相近，小时候常玩在一起，有时也打在一起。母亲说怀三姐时吃不下东西，怀我时则胃口很好。许是这个原因，打起架来，我这个妹妹绝不落下风！

六兄妹中，数二哥和我最淘。我初中上的是女中，调皮捣蛋至极，上课不好好听讲，不仅小动作多多，还喜欢插嘴，要不就向老师提一些稀奇古怪的问题。我个子又矮，一直坐第一排，老师对我肯定是头疼的。许是我顽而不劣，有时又很惹笑，老师倒不厌烦我。然而我在堂上淘得太出格了，班主任钟老师终于找我谈话，说那学期的品德评语要请我吃“丙”。我听完哇的一声哭了起来，老实善良的钟老师赶紧安抚我：“噢噢噢，乙乙乙！”这是我第一次被谈话的经历，终生难忘！直到高中，我才渐渐斯文，学习也正经起来。工作以后，别人眼中的我居然是个乖乖的“淑女”了！变化之大，我自己也难以相信。当然我知道我的内心永远保存着淘气的本性，只是藏得很深很深了哇！

如今大姐、三姐都已去了天国，二姐与我亦垂垂老矣！每每忆起姐妹之情，甜蜜的暖流就溢满心间！正是：“莫恨香消雪减，须信道，扫迹情留。”

“爷叔”往事

许朋乐

2024-01-15

这些日子，电视剧《繁花》以其独特的叙事形式和造型手段，将我带入已经远去的20世纪90年代初的上海黄河路，重温了那些镌刻着时代印痕和海派风味的人和事。在众多闪光溢彩的明星中，老戏骨游本昌给了我太多的惊羡。这位沉寂了40年的“济公”，改头换面，以一位老到精明、沉稳内敛，游刃于生意场的上海“爷叔”，再一次征服了我。我不由得想起我和他的一次交往和一段鲜为人知的经历。

1987年春天，我作为上海电影研究小组的成员，随上海电影明星艺术团赴新加坡演出考察。明星艺术团几乎荟萃了上影老中青三代演员中炙手可热的名角，白杨、刘琼、王丹凤、舒适、杨在葆、达式常、何麟、毛永明、张芝华等。这些都是我熟悉的，出乎我意料的是与上影浑身不搭界的“济公”游本昌也出现在演员阵容中。那时，电视剧《济公》刚刚播出不久，余热未退，依然是街谈巷议、茶余饭后的热门话题。大街上，商店的喇叭里不时飘出“鞋儿破，帽儿破，身上的袈裟破……”的歌声，弄堂里，孩子们也一瘸一拐，摇头晃脑，拿腔走调地模仿着济公。因此济公游本昌突然现身，我确实喜出望外。不过眼前的“济公”已经彻底改头换面，一身正装、发丝熨帖，皮鞋锃亮，脸上也不是一半阴一半阳、一半笑一半哭，见谁都满脸笑容，亲切随和、温文尔雅，很像隔壁的“爷叔”。

到了新加坡后，我才明白游本昌来得真是档口。电视剧《济公》同样风靡了这个华人集聚的岛国，播放时万人空巷，一股“济公热”正席卷狮城。上海电影明星艺术团的到来引起了人们的关注，而游本昌将演出“济公”小品的预告，更是吊足了观众的胃口。

第一场演出，场内座无虚席。在白杨老师倾情表演了配乐诗朗诵《我见到了新加坡》后，明星和演奏家相继登场，呈献一台精彩纷呈的节目。其中游本昌的小品是最轰动的，他完全是剧中的打扮，一招一式都再现了济公的幽默怪诞、滑稽癫狂，一出场就点燃了观众的热情，引发了阵阵掌声和欢呼声，尤其是唱那首插曲时，游本昌一开口，观众们就放声附和，剧场里的热烈氛围，再一次显示了济公的魅力和游本昌的功力。演出结束后，观众久久不愿离去，争先恐后，要和游本昌合影。游本昌在工作人员的安排下，满脸堆笑，躬身作揖，彬彬有礼地满足了许多观众的请求。

第二场演出，剧场依然爆满，观众都想目睹“济公”的风采。游本昌自然明白观众的期待，动情忘我地投入表演。他摇头晃扇，弯腰躬背，腾挪踢蹬，边唱边做，既癫又狂，不大的舞台似乎不够他使的。正当观众为他出神入化的表演发出赞叹时，一个意想不到的事故突然发生了。那天，作为装饰，舞台边沿摆了一排绿色盆栽，盆栽下就是一人多深的乐池。游本昌没有留神盆栽掩隐的危险，他蹦啊跳啊，来到了舞台边缘，他上身前倾，提腿往下，竟然踏空，坠入乐池中。坐在第一排的我和摄影师吴兆馥目睹了这个过程，刹那间惊呆了。仅仅十几秒的时间，剧场的灯骤然暗了，这是眼疾手快的舞台监督做出的果断反应。绝大部分观众如堕五里雾中，不知发生了什么，黑暗的场子里出现小小的骚动。我瞥了一眼后，猛然醒了，赶紧一猫腰，进了乐池，吴兆馥紧随我后，快速来到游先生身旁。凭借吴兆馥相机上的一缕灯光，我们看到他痛苦不堪的表情。他动弹不得，但神志清楚，轻轻告诉我们脚踝受伤了。我立马背起他，由吴兆馥引着向外摸去。这时有人打着手电来了，带领我们小心翼翼出了乐池的边门，经演出组织方的全力帮助，迅速坐车来到当地有名的伊丽莎白医院。值班护士一边安顿游先生，一边用电话招来了骨科和麻醉科医生。医生诊断，游先生骨折了，需要手术治疗。游先生一听，急了。他告诉医生，翌日的演出票已经售出了，他必须登台。开始，医生惊诧、为难：脚都伤成这样，不能动弹，怎么演？无奈游先生语气坚定、态度诚恳，再三表示自己可以坐着演。两位医生商量后，同意先正骨固定，再视情况制订后续方案，确保他能继续登台。游先生被推进了手术间，我们则被安排在贵宾休息室，享受着咖啡和点心。

第二天，演出准时开场，轮到游本昌上台，舞台中央特地安置了一张凳子，穿着破袈裟、戴着破毡帽的济公单腿跳着，坐在凳子上，宽松的裤管完全遮掩了那条伤腿。一切准备就绪，大幕轻轻拉开，一束追光照着济公，霎时，全场掌声暴起，坐着的游本昌依然摇头晃脑、激情四射，以他独有的功架和表情，分寸得体地演活了济公。整个节目一气呵成，很少有人发现他坐着演的秘密。

当然，墙总是透风的，记者很快捕捉到了这条新闻，用感动赞扬的语句披露了这个秘密。这非但没有影响演出，反而提升了观众的热情，人们称道他的演技，对他的艺品操守也十分敬佩，话题里更多了一份真情，场子里自然坐得满满当当。

那次演出十分成功，济公独领风骚，占尽了人气。从新加坡回来，在与游先生相拥告别时，他使劲拍了我，给了我一张我俩的合影，反面亲笔写着：患难见真情，永远的兄弟！现在，我只想把这句话改一改，回赠给游本昌：《繁花》现真功，永远的爷叔。

想和天上的妈妈作长夜谈

赵　蘅

2024-01-27

我是你永远傻乎乎的小妹

没妈的日子熬了一年。春夏秋冬，一年间最寒冷的月份到了。

2023年1月6日，我在抗原转阴的当天赶到南京，出租车司机带错了地点，没能当晚去见她。第二天一早，我走进南京鼓楼医院干部病房，陈小妹唤醒尚沉睡的妈妈："奶奶，北京的小女儿来看你了！"妈妈缓缓睁开眼，乌黑瞳仁格外明亮，刹那间她身子猛然一颤，显然认出了我，兴奋无比，却只能发出无声的"啊"，便又合上眼睡过去了。这是我们母女俩最后一次对视。

妈妈和新冠病毒抗争了近40天，她的名言"活着就是胜利"印在南京各街头巨幅滚动的广告牌上，这是鼓舞人心的生命之光。1月27日，妈妈永远离开了我们，给她穿衣服时，才发现胸针没带出来，我迅速摘下自己的胸针，一枚镶金边缀一朵蓝花的胸针，别在妈妈深蓝缎子棉袄前襟上。

当无数朵掺和妈妈骨灰的红玫瑰随渤海浪花远去，我无数次仰面对着辽远的天空，在心里喊着：妈妈你在上边吗，看见我了吗，我是你的"永远傻乎乎的小妹啊"！

我始终觉得妈妈什么都能听到，她洞察一切，和她在世一样。这一年世间发生太多事了，战争乌云，她的翻译同行、老朋友、各行各业杰出人才一个接一个离世。疫情后种种困境，坍塌、地震、火灾……我南下八趟，重返了昆明西南联大旧址和我的出生地重庆，还去了最远的漠河。

还有一件令人欣慰的事，妈妈惦记的爸爸一本学术著作，鲁迅《摩罗诗力说注释·今译·解说》将由南京大学出版社再版。

和妈妈什么都能谈的，我们是煲电话的典型，像真正的闺密。谈旧事，也谈每天发生的新鲜好玩的事。谈国事也谈家长里短。谈佳片有约，百看不厌的《罗马假日》，谈爱情有触电的感觉，谈妈妈寄来的包裹给我带来的惊喜。我们自然会谈去世多年的爸爸，有次我不想多听妈妈的唠叨，便打断她说："妈妈，我理解您，可我是爸爸的女儿啊，他是中国一个优秀的学者，我爱他。"我公平明朗的态度让妈妈一时语塞。妈妈百岁后，为身后事思虑很多，我们的谈心很多是对我的这事那事的托付。每当这时，我就说妈妈那你就写下来吧，可妈妈拖拖拉拉，直到2022年春天我离开南京当日，她抱我痛哭，写下了一页纸……

一年来太多的朋友对我的鼓励，暖心的体贴，抚慰了我的伤痛，化解了我的烦恼。我天天盖着妈妈为我织的毛线被，上面特意缝了一个H字头。我穿着妈妈的棉背心，两侧她用绒布放宽了一截，现在我穿也合身。黑色短款羽绒服是姐姐给妈妈买的，我留下了，现在正好抵御北京的严寒。

所有的这一年对妈妈记忆，点点滴滴都烙在心上，滚烫又幸福。有天我看到镜子中的自己，忽然出现妈妈的幻影，吓了一跳。妈妈少女般脆脆的嗓音，嬉笑怒骂的表情，那活力四射、智慧、敏锐还有点调皮得意的目光，一直陪伴着我。我常会想起妈妈的一句话、一件事，哪怕是她发脾气，对我说的那些不中听的、让自己委屈的事，我都会暗自发笑，回味无穷。

妈妈的口述自传有425页，写我出生那年的事占了9页。妈妈怀我时丢了第一份兼善中学的工作，生我时她26岁，早产加难产，妈妈受大罪了！ 1946年8月，刚一岁打摆子的我被妈妈抱在怀里坐船从重庆出发，在甲板上喂奶，同船那么多人，只能让爸爸和姐姐挡着。外婆说这孩子恐怕活不到南京了，我却奇迹般活了下来。长大懂事后，我送妈妈的生日礼物上，总要写上一句：感恩妈妈赐予我生命！

《一百年 许多人 许多事：杨苡口述自传》的稿酬打进我手机那晚，撰写者余斌占一半，另一半我们姐弟仨各占三分之一，对着屏幕我不敢相信自己的眼睛，拨通赵薇的电话，几乎哽咽地问她，怎么会这么多啊，会不会搞错了？“不会，应该的，杨先生的书值！你就收下吧，你最爱妈妈，我们都知道，你好好生活下去，是对她最大的安慰！”

妈妈的心血换来的雪中送炭，确实让囊中羞涩的我这一年轻松了许多。

这样的人生值得一过

在我79年的人生历程里，有15年是和妈妈生活在一起的，那是我桃源般蜜糖般的幸福童年。1960年我北上求学，从此离开妈妈的视野。我很幸运，妈妈的教育是开放自由的，她从不要求我有多高分数，她让我自己选择专业。我的兴趣爱好，艺术和文学，也是妈妈的兴趣爱好，妈妈没当成画家，让我当了。妈妈从17岁给巴金写信，发表剧评，我也是少年起就爱写写画画。我画过苹果主题的油画，妈妈老早就许愿要为我写篇文章，题目是《我的苹果女儿》。我盼她快点写好，等了好多年，最终也没能兑现。

百岁妈妈深夜灯下依床读书的画面时常浮现在眼前，她曾骄傲地告诉我疫情中她读的书单，其中有《小妇人》。她曾在面对面采访时说自己睡得迟，是舍不得，为了看书。妈妈把书当作生命，我起步写作时，她就叫我多读书，说书读多了，落笔生花。这几年我和读书会的书友们一起共读经典，更体会这是一个真理。妈妈还说文章不要急于发表，要摆一摆，起码摆一个礼拜，修改满意了再定稿。我也这样要求自己，反复推敲，字字句句，斟酌再三。

妈妈原本是反对我走上文坛的，她觉得不如画画安稳。后来看我走火入魔，在一篇题为《翡翠年华》的文章里说："勤奋笔耕总比干坐着好。路毕竟是人走出来的，一旦走了这条路，就不妨径自走去。若能为自己所献身的事业安于清贫，甘于寂寞，做人也许就能从中体味出一点价值。"我很在乎妈妈的评价，发表多了，她喜欢给我的文章打分，有回打了95分，她说不能给我100分，要不你会骄傲的。有一天她夸我"你现在也有神来之笔了"。"就这样写下去，写自己的感受。"我发在报上的文章，妈妈总要差陈小妹去复印，还打电话问我10份够不够。我说现在的人都不看纸质报了，她完全不理会，依然保持每天看报的习惯。

我很幸运，见证了妈妈生前最后一篇文章的诞生，那是在2022年4月的南京，我受中译出版社之托，约妈妈写本书的译后记，她答应写，却拖延没动笔，妈妈102岁了，我们不敢催得太急。编排在即，我一面哄她一面给她创造条件让她快点写。那天她终于动笔了，我不敢打搅，小心翼翼陪在一边。妈妈初稿总是很快，写完还要给我念，问我的意见，再修改，还下地坐到桌边誊写好。我赶紧到一边报捷似的转告责编，让他们一起高兴。

我也是妈妈口述自传的见证人。十年来，余斌无数次来家里倾听妈妈忆旧。成文后，我见过堆满床的《名人传记》，妈妈埋头校对，一丝不苟，删改，添加，页面被她画得密密麻麻。2022年的一天，余斌又来和妈妈核对老照片的说明，妈妈说怎么还没完，我说余斌认真呗。我赶紧画下这一老一少工作的场景。眼见妈妈的身体衰竭，余斌和译林出版社是在和生命时间赛跑，让老人等到了出版这一天！现在妈妈去天国了，她留下的最后一本书获得这么大的反响，被这么多的读者喜爱，她应该欣慰的，也许又会说怪话：都是你们"炒作"的。余斌却说，杨先生说归说，她还是开心的。也对，妈妈不止一次叮嘱我要活得有价值，每一天都不能白过。妈妈问过我怕不怕染上新冠病毒，我说不怕，她说她也不怕。在妈妈面前，没有难事，"卒然临之而不惊，无故加之而不怒”，她真的做到了。

您还在，灯还亮

还记得那天卧在床上102岁的妈妈，挥着手臂像念口号似的说“我们就是要独立自强”的情景。我马上呼应：“当然妈妈，我就是这么做的！”妈妈经历过战争、运动，诸多磨难，依然保持着对公共事情的关注和热忱。那些年太多的灾难：印尼海啸、汶川地震……妈妈总是要捐款的，还打电话提醒我也要捐。她这一生并不富裕，可从不哭穷；工资不高，却很知足。她乐意慷慨帮助人，对家境拮据的同学和民间刊物的资助，从不吝啬。

在我写爸妈的一本书《和我作长夜谈的人》序言里，我第一次提到爸爸在生前赶上国民买房的事。爸爸的教龄长，1万元人民币就拿到了我家第一份房产证。

这幢三层楼房位于南京鼓楼区北京西路二条巷里，我家在一层，配有一个小院子。爸爸喜爱花花草草，他和弟弟从原居住的陶谷新村移栽石榴树过来，树越长越高，给妈妈卧房的窗子做了绝好的屏障。爸妈在这里度过了十年浩劫，渐入暮年焕发出新的光和热。数不清的亲朋好友和慕名而来的访客进出过这里，流连往返的不少，来过的从此消失的也不少。

熟人司空见惯的小院从没被“命名”，直到我画下第一幅秋雨后落金满院，视角从屋里往外延伸，直到绿色栅栏门。印画片时我起名叫《妈妈的小院》。

2023年3月1日，南京举行妈妈追思会，草婴读书会好几位书友专程从各地赶来出席。我带他们看了妈妈的旧居，其中一位车巍曾为老人写过一幅字“您还在，灯还亮”，妈妈喜欢，夸字写得好。2022年12月20日抢救妈妈那个惊心动魄的夜晚，我收到毕飞宇发来的照片。寒风中，各家都熄灯了，只有妈妈卧房的灯亮着。

妈妈生前亲笔签署将自己的房产捐给南京市作家协会。她说她无以回报国家给予她的荣誉，她要为南京翻译文学事业做一块铺路石。房产移交仪式次日，我站在小院外画下一幅画，以此纪念。

也是元月，两年前我在“夜光杯”发表了《杨苡：在女儿画本里的妈妈》。妈妈读后特地打来电话，她说写得很好，很满意。她特别惊喜我还保留着摄于1957年六一儿童节的照片，地点在莱比锡蔡特金公园。照片里，妈妈穿着一件米色底绿色花带腰带的连衣裙，含笑，双臂抱膝，扎蝴蝶结的小姑娘侧身倚在她身旁，左手伏在木凳子上。那年妈妈38岁，我12岁。

亲爱的妈妈，等我也到天上的那天，我们再这样拍张合影，好吗？

写于2024年元月妈妈周年祭前

我的父亲陈望道

陈振新

2024-01-28

我的父亲陈望道是新中国成立后毛泽东主席任命的复旦大学校长，在校长的岗位上整整工作了25年，为复旦大学在20世纪50年代的崛起做出了不可磨灭的贡献，复旦人都尊称他为“望老”。我与他一起生活了28年，大学毕业后我分配到复旦大学工作，又在他的领导下工作了12年。他不但是一位好父亲，更是一位爱生如子、爱校如家的好老师和好校长。

影 响 一 生

我是20世纪40年代末上海解放后，才从义乌乡间回到我父母亲身边的。来到上海后，父母亲即带我去市区北四川路商店购买衣服，把我一个乡下的孩子打扮得与城里孩子一样漂亮。当时我们住在复旦大学的第一宿舍17号，父母亲为了照顾我，还专门为我在他们睡的房间放了一张小床。在父母亲的身边，我读完了小学和中学。

我当时就读于复旦校区的国权路腾飞小学。在去学校前，父亲跟我说，我们想把你的名字改一下，你原来叫“陈振兴”，现在新中国成立了，处处都是新面貌，就叫“陈振新”吧，改一个字。从那时起我就沿用“陈振新”这个名字到现在，但义乌亲戚仍然叫我“陈振兴”。

在我就读腾飞小学时，由于浙江义乌的家乡话与上海话相差很大，我既听不懂老师上课所讲的内容，也无法与同学交流，加之乡间教育与上海大城市教育之间的悬殊差异，我当时的学习压力很大，且男孩子多顽皮，不爱读书，所以学习成绩也不好。父亲在接到腾飞小学送来的成绩报告单后，仅在家长意见栏内写了“新从乡间来沪，语言生活尚且生疏，稍久当有进步”这么几句话，然后微笑着摸摸我的头，叫我带给老师。父亲当时的和蔼可亲，对我的信任和鼓励，可以说，影响了我的一生。

从初中升高中后，我已是一个大小伙子，父亲完全可以不管了，但是当他看到我高一的成绩报告单时，因为班主任老师在评语栏内写了“要注意遵守作息制度，看书不要太晚”一句话，他又在我的成绩报告单家长栏内写了这么一句话：“看书时不要不注意身体健康。”因为父亲的一句话，此后我极注意锻炼身体，在高中三年的时间里一直保持着晨练的习惯。

父母不但关心我身体的健康，也十分关注我思想上的成长。在我读初中和高中时，班主任老师都对我很好很严格，在他们的教育下，我初中即加入了共青团，从初中到高中的几年时间里，我一直都是为同学们服务的班干部、团干部，而且在高中时第一次提出了要求入党的申请。事后我才得知，父母亲利用开家长会的机会，曾对班主任提出希望他们关注我各方面表现的要求。

在我就读小学和中学的这段时间，母亲是复旦外文系的教授、校工会副主席、复旦托儿所的负责人，父亲不但是复旦的校长，还兼有华东行政委员会高等教育局局长、上海市政协副主席、上海语文学会会长、《辞海》第二任总主编等十多项职务，父母亲工作的繁忙是可想而知的。但他们不但提供了一般父母都会给予子女的衣食住行，还念念不忘对子女的教育和培养，而在教育和培养上，仍能给予及时的鼓励、引导和严格的要求。在复旦校区，从小和我一起玩大的朋友，每当提起这些，都为我有这样一位好父亲而感到高兴。

大学毕业后我分配到复旦大学工作（那个年代，大学毕业后都是由国家统一分配工作的），为此父亲找我谈了一次话。他说，你现在工作了，我们很高兴，但你要严格要求自己，努力工作，一般复旦老师犯错、可以原谅的事，你也不能做。我清楚地知道，父亲是复旦的一校之长，我作为复旦的一位普通老师，父亲对我要求更严格，是完全应该的。

爱生如子

在复旦大学，我作为一名基层的普通老师，在身为校长的父亲领导下工作了12年，其间亲闻、亲历了复旦人广为流传的老校长爱生如子的感人故事。

1919年父亲从日本留学回国，应经亨颐校长邀请去浙江一师任教，父亲说，自己在一师的改革“实际上只是宣传文学革命，至于社会改革问题，只是涉及一些而已”，然而反动当局已视改革为洪水猛兽，派出大批军警包围学校准备镇压。父亲挺身而出站到学生中间：“你们不要怕，老师同你们在一起！”从那刻起，学生就成了父亲生命中重要的一部分，袒护、引导他们，成了他终身之责。

父亲于1920年任教于复旦大学国文部，1926年出任国文部主任，1929年创建了中文和新闻两个系科并出任中文系首任系主任。

1923年，父亲受党所托去“外国语学社”“平民女校”兼课，实际上“外国语学社”就是社会主义青年团的机关所在地，父亲在这里亲自为他们讲解自己翻译的《共产党宣言》，为青年指明前进方向，引领他们走上革命之路。1923年秋天，受党委派，父亲又前往党创办的上海大学任中文系主任、教务长和代理校务主任，1925年五卅运动爆发时，三分之二上大师生都参加了示威游行。1929年父亲出任中华艺术大学校长，他的名字一次次上了国民党的黑名单。

在1931年发生了这样一件事。那个年代，复旦左派与右派学生对峙厉害，中文系的一位左派学生，为了召集左派学生紧急聚会私自敲响了校钟。根据学校的规定，学生是不能私自敲响校钟的，因此校长决定开除这位学生，但要时任系主任的父亲副署，父亲为了保护这位左派学生，没有签字，结果学生没有被开除。但是此事很快传到国民党中央，蒋介石下文点名要对陈望道等人采取措施，父亲被逼不得不在地下党的掩护下离开了复旦。

当时在复旦，父亲是一位身着长衫的穷教授，但在学生眼中被誉为“青年导师”。1927年国民党四一二反革命政变后，许多革命青年逃来上海没有去处，如夏征农（新中国成立后出任复旦大学党委书记、上海市委书记处书记）等，就在父亲的安排下进了复旦中文系就读。

1931年，父亲离开复旦后蛰居于上海寓所，悉心整理多年来讲课用教材并在自己与汪馥泉、施复亮等人合办的大江书铺里出版了《修辞学发凡》一书。1933年，去安徽大学任教，1935年，父亲又带着他的学生夏征农、祝秀侠、杨潮去了广西桂林师专任教。

1940年，他才辗转香港回到了抗战期间迁校至重庆北碚的复旦大学。1942年，他出任新闻系主任，为了解决学生没有实习场所的问题，1944年，他冒着酷暑到处募捐，1945年，终于筹建了一座新闻馆，新闻系的学生可以在收音室直接收听延安的广播，被师生称为“夏坝的延安”。

1946年，复旦大学迁回上海，在1947年5月30日的晚上，因为国民党进行大搜捕，复旦新闻系的左派学生何晓沧，在没有办法的情况下，躲到了系主任陈望道先生的家中。父亲让何晓沧睡在楼下客厅旁一个小房间里，自己则坐在客厅看书，保护这位学生。到了凌晨，警车呼啸，国民党军警开始抓人，父亲急忙把这位学生叫醒（这位同学因为感冒发烧睡得正熟），让他睡到楼上卧室里去。警察敲门进来查看并吼叫盘问有没有陌生人来过。父亲镇定回答：没有。这位学生没被警察抓走。其实在上海时，父亲还设法营救过多名进步学生，其中学生杨贵昌就曾写过回忆文章《深切怀念我的救命恩师陈望道》，描述他的被捕和被营救过程。

新中国成立后，1952年，父亲被毛泽东主席任命为复旦大学校长。

在校务委员会上，父亲多次要求后勤部门领导关心学生的饮食，关心教学楼教室的照明，以及图书馆和宿舍的照明，并且说，如果学生在复旦四年都搞坏了身体，成了近视眼，我们不但对不起学生，更对不起送他们来复旦读书的家长。如果学校里有学生犯了事，公安局要抓人时，父亲知道后总是跟学校保卫科的人说："你们一定要慎重，要调查清楚。一旦抓错，这个学生一辈子就完了，千万马虎不得。"父亲对学生，就像对待自己的儿女一样。

爱校如家

1949年7月，父亲受命出任复旦大学校务委员会副主任委员，因为主任委员张志让另有安排去了北京，实际上从1949年开始，父亲就全面主持复旦的工作。1952年，毛泽东主席正式任命父亲为复旦大学校长，这样，从1949年至1977年，父亲在校长的岗位上整整27年。我在复旦三十几年，亲身经历了父亲"以人为本"的办学理念：一办校务、二办教务、三搞科学研究，以及还必须有一个良好学风、校风的办学理念的实践。身为校长的他爱校如家。

父亲主持工作后的1950年，根据市里的统一安排进行了第一次的院系调整。1952年，又进行了第二次更大规模的院系调整，复旦的法学院、商学院和农学院全部调出，而华东地区的浙江大学、交通大学、南京大学、安徽大学、金陵大学、沪江大学、震旦大学、大同大学、光华大学、大厦大学、上海学院、中华工商专科学校及中国新闻专科学校等18所大专院校的有关文、理科系则并入复旦大学，复旦的文理科一下子大大加强。如何把院系调整后形成的复旦大学，办成一所为人民所需要的新大学，这个重任，历史性地落在了父亲陈望道的肩上。

面对由18所大专院校文理科形成的复旦大学，因各校有各校的传统和校风，教授们也个性迥异，要把这样多样化的文化背景融合到一起，实在是非常困难的，如果没有一个有资历有声望的校长，实在难以振臂一呼凝聚人心。身为校长的父亲坚守“以人为本”信念，在办新复旦的过程中，亲自去火车站迎接因院系调整调入复旦的外校名教授，亲自找复旦老教授谈话，让贤给调入的教授出任教务长、系主任。在1952年秋季的开学典礼上，还做了一次长篇的演讲。他不但讲了新复旦的教育方针、培养目标，更对全校师生员工提出了殷切的期望。这次讲演无疑是一次大动员，一篇“战前”的宣言，大大调动了全校师生员工的积极性。

在办新复旦的过程中，为办校务，父亲提出了“在党委领导下的校长分工负责制”的办校方针，并成立了校务委员会作为学校的最高权力机构，学校的一切重大事宜由校委会讨论决定后，再由正副校长、正副教务长、政治辅导处主任和总务长组成的行政办公会议通过后予以执行。为办教务，父亲提出了集体办学的思路，在全校各系成立了学科教学研究组（简称教研组），全校教师都被编入各系的学科教研组内。教研组在系主任的领导下工作，负责编制教学大纲、编教材和对青年教师的培养。每年开学后，父亲都十分注重正常教学秩序的执行，常去各教学楼了解教师上课和学生听课的情况。

一天，父亲巡视到一个教室门口，听到上课铃声已响，同学们安静地等待上课却不见上课教师的身影，过了好几分钟，一位青年教师才急急忙忙地赶来了。父亲当即严肃地批评了这位老师：“对老师来说学生永远是第一位的。怎么可以因为老师迟到而浪费了几十位学生的宝贵时间！”此事一经传开复旦再也没有教师敢上课迟到了。

对于复旦这样一所综合性大学而言，校务办了，教务办了，还必须搞科学研究，父亲说，如果不搞科学研究，教学质量也一定上不去。为此，学校专门成立了科学研究处（简称科研处），同时鼓励各系也成立自己的科学研究组（简称科研组）。在父亲这一思想指导下，复旦大学从1954年开始，在每年校庆的同时举行科学报告讨论会。

父亲认为，校务办了，教务办了，科学研究也开展了，还有一个学风和校风建设问题。为此，复旦大学在1961、1962和1963年的三年时间里，曾先后多次讨论学风和校风的建设问题。尤其是1963年3月26日，父亲更是主持召开了一次在复旦校史上堪称空前的、专门讨论学风的校务委员会扩大会议。

20世纪五六十年代，在父亲一系列有前瞻性的正确决策指引下，复旦一跃成为教育部指定的全国重点大学，父亲为复旦大学的崛起做出了不可磨灭的贡献。

在复旦校园内，复旦的师生员工随时都可以见到自己的老校长身影，他因此与复旦员工广结朋友。一天，我因为实验室需要增配钥匙去学校后勤部门，想不到一位师傅一眼就认出了我，问我："你是不是陈校长的孩子？"我说："是啊，你怎么会认识我？"师傅说："我来复旦前曾经去你们家配过钥匙，那时你还小啊。"我问："那你又是怎么到复旦来的呢？"师傅说："那就要谢谢陈校长了。我本来是在马路边摆摊帮人配钥匙的，一天陈校长看到说，你年纪大了，不管刮风下雨每天都要到外面帮人配钥匙，太辛苦了，我们学校也正需要你这样的人，你愿不愿意到复旦来工作？就这样，我进了复旦。"闲聊中，师傅已帮我把钥匙配好了。1977年10月29日父亲离世，参加葬礼的有2 500人之多，从照片可见，排在队伍最前面的很多都是复旦最基层的员工。

父亲在复旦近半个世纪，爱校如家，凡学校的事他都尽心尽力去办。1950年，复旦校名用的是毛泽东主席写给周谷城信封上的"复旦大学"四个字，父亲认为还是请毛主席亲自为复旦题写校名为好，为此，父亲给毛主席写了信，又利用去北京开会的机会，托人请毛主席为复旦校名题词。现在的"复旦大学"四字就是毛主席亲自为复旦题写的校名。

另外，院系调整中，上海市教育局根据苏联只有党校才能办新闻系为由，要停办复旦大学新闻系，身为校长的他专程赴北京找到教育部，又找到周恩来总理，总理请示毛泽东主席后，主席说："既然陈望道要办，就让他办！"这样，复旦新闻系得以保留下来，成了全国高校中唯一一个薪火不断的院系。

还有两件事，老复旦人可以说是家喻户晓。一是父亲资助建校门的故事。1965年，为庆祝复旦建校60周年，学校决定建邯郸路220号新校门，需要2万多元，学校却只有1万元的投入。为此父亲拿出了自己多年积攒的1万多元稿酬资助建了新校门。二是解决了复旦划归市区户口的问题。现在复旦大学属上海市杨浦区五角场地区，而在20世纪60年代，复旦却是被划在上海郊区的。在那个年代，国家供应十分困难，而复旦因为未划归市区，不论粮油还是副食品供应都比市区要差。身为一校之长的父亲，为此多次向市有关部门反映复旦员工生活的实际困难情况，希望能尽快解决，并提出了将复旦划归市区的要求。直至父亲病危弥留之际，市有关领导去医院探望，问他有什么要求时，他再次提出："我个人没有什么要求，只是仍然想为复旦说句话，请一定解决好把复旦划归市区的问题。"在他去世后不久，这一问题终于得到解决。

父亲离我们而去已近半个世纪，今年是他老人家133周年诞辰，特撰此文以为纪念。

年近思母时

冯骥才
2024-02-05

大年一天天地迫近，思母之情频频触动我心。

想念大多来自触景生情。

当甜甜、黏软、带着亮亮的枣儿的腊八粥进入口中，当朋友们寄来花枝、香茶、鲜果和种种应时的物品时，习惯的第一反应是，马上把其中最好最新鲜最招人喜欢的挑出来给老娘送去。哄老娘高兴，从来都是做儿子的事。可是我现在把它们送到哪里？自打今春，浩荡的人间已经不再有母亲，跟着便跌入一片犹如此刻窗外天地一样的空茫与寒凉。我懂得了，只有生离死别才是真正的人生之痛。一种无法挽回，一种绝情。这是我漫长的过年经历中未曾有过的感受。大概以后年年此时，都会有这样伤痛的感触。

我和我长辈的人都把过年太当作一回事。每每在这岁月流转、辞旧迎新的日子，总要放上太多的心意：祈福、求安、祝愿，以及种种超现实的理想和如花一般的愿望。没人教过我，人人都是如此。年是潜在国人血液里的一种东西，一种文化心理与情感，一种基因，逢到岁时就要发作，就要“回家过年”。因而，在过往的80年的每个除夕，铁定都要陪着母亲吃年夜饭。年夜饭绝非仅仅一顿丰盛好吃的晚餐；一家人团团围坐在一起，才是母亲的脸上闪出光彩而分外美丽的根由。

留在少儿时代的记忆中，每一个年都是从偷吃灶王龛上又甜又脆的糖瓜——那种“偷吃禁果”的快乐中开始的。由此，母亲带着一家人“忙年”——扫房、擦窗、贴春联、备年货便紧锣密鼓地开始了。百姓家的年不一定鸡鸭鱼肉，此刻人们的“年心理”是尽量把岁时的物品筹措齐全，似乎这寓意着来年的日子不会缺衣少食。这种“年心理”在我心中扎根很深，使我成家之后，逢到过年，都要帮母亲“忙年”，想方设法备齐过年应用的物品。20世纪六七十年代生活艰难，一边是社会的物资匮乏，一边是手头拮据，但也要用两头水仙、一小碗肉、一碟油炸花生、几条柳叶般的银鱼、半瓶酒和自书的福字热热闹闹地凑足了年的景象。然而，清贫从来不会减少年时人们心中的盛情。年的盛情是对生活的热望。为此，母亲留给我的许多深刻的笑容都是在这样贫瘠的年的背景上。到了母亲晚年，生活好起来了，逢到腊月，我都会写一个单子，把岁时必备的物品详细列出，然后按照单子给母亲一样样买来，一样样送去。之所以一样样送去，是为了要看到母亲一次次高兴的样子。直到大年之夜，岁货齐备，一样不缺，心里便有一种满足感，甚至是“成就感”呢。这样一种早已成为内心与行为的方式，在母亲已然离去的世界里，会是怎样一种失落？

记得有一年腊月底，把从网上订购的一盒上好的茉莉花茶给母亲送去，一手还提着东北的朋友寄来的重重的一袋子大米。母亲心有感动，说了一句：“将来我要是没了，你怎么过啊！”她眼里忽然亮闪闪。

现在的情景不是叫她说中了吗？这几天，兄弟在微信中说：“往常这时候，你正三天两头往母亲家里搬年货。”

去年春节母亲住在医院，我给装了一小盆水仙摆在她床头的小桌上。圆形的朱金瓷盆，绿叶白花黄蕊，每株花茎的根部还依照习俗用一条细细的红纸条箍上，分外好看。医院里不能大事过年，便用这小小的岁时饰品，叫母亲感受人间温暖的年意，忘记身在医院。

如今，母亲这样的年也没有了。

我回复兄弟说："我好像被解职在家，无事可做。我已经不知怎么过年了。"

那么母亲现在哪里，母亲肯定在天堂！然而天堂在哪里，天堂今夕是何年，那里也过年吗，过年的风俗也和人间一样吗？可是谁帮着我的老娘忙年呀。

癸卯腊月小年于津门

金庸轶闻三则

茶　本

2024-02-20

一

有张照片估计喜欢金庸的金粉都熟悉，站着的是金庸，坐着的是夏梦，照片拍摄于1954年5月14日下午2点之后，地点是长城电影公司摄影棚A棚。摄影师是董克毅。当时金庸30岁，夏梦21岁。此时的金庸，还不叫金庸，而是叫林欢，金庸这个名字还没有诞生呢，但此文还用金庸名字讲述。

夏梦是“长城三公主”的大公主，金庸的名气与夏梦还有一段距离。夏梦手里拿的是马上要开拍的电影剧本《不要离开我》。金庸是该剧编剧，站在旁边给夏梦解释剧情，电影《不要离开我》的导演是袁仰安。《不要离开我》描写了抗战期间一对音乐歌唱家夫妇悲欢离合的故事，情节委婉动人。这是金庸继《绝代佳人》《兰花花》之后又一部精心创作的剧本，“全剧盈溢着浓厚的诗的情绪”。金庸是下了大力气的。导演袁仰安也极其重视，决定由夏梦饰演女主人公穆桑青。穆桑青一角本来就是金庸给夏梦量身定做的，估计不用夏梦，金庸也不干。男主人公胡敬仁由傅奇饰演。该片1955年7月上映，此时的金庸，写了5个月的《书剑恩仇录》。该片的主题歌《不要离开我》，插曲《门边一树碧桃花》也是金庸一手包办，亲自作词。

二

在2018年12月的《明报月刊》“金庸纪念专号”里，有一篇《关于金庸——倪匡、潘耀明对谈》，是2018年11月6日下午，潘耀明在倪匡的北角寓所，访谈倪匡。

倪匡回忆金庸，说金庸“要写那个黑旗军刘永福”！倪匡认为“这东西冷门到极点了”！但金庸说：“愈冷门愈好，愈冷门愈可以发挥。”潘耀明继续追问这个话题，问倪匡：“他是什么时候跟你说想写这个的？”倪匡说：“很久了！很早了！他说他想写在《武侠与历史》里，你说有多早？因为这本杂志里，写武侠的人多，写历史的人少。”当时的《武侠与历史》情形确实如此。写历史的其实只有一位“疑史楼主”在大写清宫秘史，疑史楼主就是宋玉。而写武侠的，除了金庸自己，还有以“岳川”为笔名的倪匡，以“马正璧”为笔名的卧龙生等好几位。金庸想亲自动笔写历史小说，大概是要起一个先锋模范带头作用。于是在1962年5月11日第79期的《武侠与历史》第20页，就出现了一个预告。预告最上面一行是“金庸先生又一新作”；下面是新作的名字，大大的字体，印着“黑旗英雄传”五个大字；最下面两行是内容简介：“叙述两广英雄刘永福及其部属之事迹。情节曲折离奇真人真事，较之凭空创造者更为引人入胜。请注意刊出日期。”

《武侠与历史》是金庸自己办的杂志，此时的主编，就是金庸本人，如果没有写这部历史小说的想法，金庸怎么可能自己打广告？广告上说“金庸先生又一新作”，是因为此时这本杂志上正连载金庸的《倚天屠龙记》，其实是从《明报》转载过来的，刚连载到张无忌住在朱长龄家里，朱长龄设计骗张无忌，说“张翠山是朱家的恩人”的情节，所以说是“又一新作”。广告打出之后呢，再无下文，倪匡也说“他一直没写，我也觉得奇怪”。不知道是什么原因，使得金庸没有动笔，或者改变了想法。这个问题将永远没有答案了。

三

金粉们都知道，金庸年轻时曾学过舞蹈，确切地说，是芭蕾舞。金庸自己也曾在公众场合说过。金庸在其《舞蹈杂谈》一文中，谈起舞蹈来，头头是道。据说金庸是跟随一个英国老师学习芭蕾，同金庸一起学习的还有同在长城电影公司工作的同事演员张铮。

金庸是进入长城电影公司之后，才学跳芭蕾的，为的是写剧本的需要，当时的很多电影里都有舞蹈片段。有一天，他和张铮在舞蹈室练习舞蹈，其中与张铮共舞的是个比较胖的女学员，张铮要不时地托起这位胖女伴，不知张铮是有心还是无意，托起放下之间，就有那么一次，张铮的手就碰到了胖女伴的胸部。胖女伴并没在意，倒是把张铮吓了一跳，手一松，胖女伴就掉在了地上。当事人都没什么反应，英国老师反倒不干了，了解情由，大骂张铮，碰就碰着了，你把人摔地上算怎么回事。金庸动了侠肝义胆，抱打不平，站出来替张铮说话。结果，英国老师把二人双双开除，勒令退学。

长城电影公司举办“除夕共狂欢，影人迎新岁”晚会，迎接1954年新年的到来，长城同人以丰盛的节目，载歌载舞，辞旧迎新。就在这次晚会上，金庸和张铮表演了一段芭蕾舞，这恐怕是金庸留下的唯一芭蕾舞图片了吧？

除夕晚会过了以后，长城同人又在元旦晚上举行了一次新年狂欢晚会。没错，据说当年的除夕是年尾的12月31日，元旦是第二年新年的第一天1月1日，所以除夕之后再元旦。这次晚会，没有见到金庸跳芭蕾舞的照片，大概昨天跳累了，但是，他也没歇着，和乐蒂翩翩起舞，这回跳的是交谊舞。

爱夜光杯　爱上海

2023

恋上海

美心还是美新

辛　迪

2023-05-03

最近，“夜光杯”编辑收到81岁的老读者施祥云来信，措辞恳切，令人感动。信中提及《从丁悚想起陆澹安》一文中，写到“美新酒家”，老读者提醒应为“美心酒家”。

提起陕西路上的美xīn，年轻读者第一个想到的，多半是陕西北路上靠近威海路的“美新点心店”，每到农历新年前后，排队买现包汤圆的队伍令人叹为观止。其实，在老上海心目中，曾经开在陕西南路淮海中路路口的“美心酒家”名气更是响当当，从放学点心咖喱角、外卖熟菜叉烧，到喝早茶、请客人、过生日、办喜酒，“老卢湾”“老徐汇”的人生经历里到处都有“美心”的影子呢。

美心和美新，原先同在一条陕西路上。前者是粤菜馆，后者是饮食店。

陕西北路的美新点心店，老早叫美新汤团店，这家上海餐饮名店始创于1925年，经营宁波猪油汤团，以光洁糯滑、皮薄馅足、入口即化著称；美新猪油汤圆在2000年被中国烹饪协会认定为中华名小吃，曾多次获得上海名点心、中华传统点心等称号。他家的冷面、八宝饭也非常有名。到美新堂吃，叫碗“半甜半咸”加上一客春卷，胃口不大的女生吃吃最乐胃。啥叫“半甜半咸”？就是一碗汤团里有2只鲜肉汤团和4只芝麻汤团，丰俭由客，可谓“汤团混搭”第一家。

美新的点心外卖生意好，一年四季都能看到师傅们坐在透明操作间里用水磨粉手工包汤团，鲜肉汤团个头大带个尖尖头，黑洋酥汤团浑圆小巧，外卖的人一多，师傅们手脚不停也赶不上开票速度，顾客就要排队等一会儿。汤团刚刚包好就装盒交到顾客手中，绝对的手工现包，一分钟也不耽搁。

原先开在陕西南路第二食品商店隔壁的美心酒家，创始于1924年，原址在虹口区武昌路崇明路口，20世纪20年代，虹口地区是粤籍人士的聚居地之一，上海滩不少广式茶楼由此起步。1937年，美心迁至陕西南路，是沪上著名的正宗粤菜馆之一，曾获评中华老字号企业、国家特级饭店等。1980年上海科学技术出版社编印《上海指南》中的“上海市各地方风味名菜馆一览”表格中，粤（广东）菜一栏，“美心酒家 陕西南路314号”，就排在新雅粤菜馆、杏花楼之后，接着是新亚大酒店、珠江饭店、老广东饭店。

笔者的好友守梅女士家住长乐路，从小到大吃广东菜就去美心。她记得当时的美心酒家有上下两层，楼上全部是筵席台面，楼下一半是散席，另一半卖广式点心，比如酥皮蛋挞、马拉糕、咖喱饺等。大堂里还有卖银丝蛇羹，放学时用零花钱买上一碗喝，那滋味至今记忆犹新。

资料记载，美心酒家精制的化皮乳猪、蚝油牛肉、秘制黄鱼、红烧雪蛤、家乡咸水角、豉汁蒸凤爪、鲜虾肠粉、酥皮蛋挞、美心虾皇饺等经市政府认定为“上海市名特小吃”。那时候上海的小青年喜欢约在“美心”谈朋友。一来潮粤菜肴选料讲究，炸、煎、烹、炒、烩、烤花色多，化皮乳猪、蚝油牛肉、红烧雪蛤等招牌菜端上来是很扎台型的；二来港式点心讲究色、香、味、美，精工细作，价格却一点也不贵。

2006年6月，由于市政动迁，淮海中路以南、陕西南路以西的第二食品商店、美心酒家、东方体育用品商店等一批特色商店离别淮海路陕西路商圈，几十家沿街老店和一大片古老里弄如今变成了环贸与轨交换乘站。隶属于徐汇区新路达集团的美心酒家，因此搬到徐家汇华山路上的新路达商厦5楼，新店的餐厅面积十分宽敞，一次可开几十桌筵席。有朋友的婚宴就摆在美心，笔者中学同学聚会也在那儿开过两桌。然而，令老食客念念不忘的小吃餐厅没有了，楼上饭店的生意与沿街旺铺的市口也不能同日而语。2012年底，美心酒家交给顺风大酒店托管，这家历史悠久的餐饮名店渐渐从美食榜单上消逝，如今在大众点评上已经搜索不到他家的只字片语，儿时美味遗憾地只留下了回味。

当年老饭店的本邦菜趣事

葛昆元
2023-05-08

朋友自海外来，我点了几道本邦菜招待。朋友笑问，本邦菜还是“重油赤酱，汤宽色红”？“当然不是！”我告诉他这“重油赤酱，汤宽色红”不是本邦菜的全部传统特色，其实本邦菜中也有不少味淡汤清、色彩明丽的菜肴。

朋友有点惊讶，觉得自己浅薄了。我连忙解释，我原本也不懂这些，而是在当年采访上海老饭店时，饭店老书记陈福根告诉我的。老陈说：“认为本邦菜的特色就是重油赤酱、汤宽色红的人很普遍。”随后，他便讲起了一件趣事。

著名电影演员白杨喜食清淡素雅的菜肴。有一次，她随同一个参观团游览了豫园后，被安排在老饭店吃午饭。她心里有点嘀咕，本邦菜讲究浓油赤酱，能做出什么好菜呢？

谁知，老饭店的厨师善察人意，捧到桌子上的都是清淡素雅的菜肴。尤其当白杨看到那道“扣三丝”时，更是惊叹不已！她目不转睛地看着这盘细似棉线的火腿丝、鸡肉丝和冬笋丝烹制的，红白黄三色相间、汤汁清澈的名菜，竟像观赏精致的工艺品一样，久久不忍动筷。

事后，白杨还特地记下了当时的心情：“我在上海居住了好多年，竟然对本地名菜扣三丝一无所知，朋友向我推荐，也引不起我的兴趣。有一天，在老饭店吃了这个菜，竟出乎意料，猛一看汤碗中间堆着的红白黄色彩分明，像一个馒头，细看竟是一根根比火柴梗还细的丝，排得齐齐整整，堆砌得圆滚滚的。当挥动筷子，把火腿、鸡肉、冬笋和鲜猪肉的鲜嫩细丝送进嘴里细细咀嚼，又喝着清醇的汤汁，这才觉得风味醇正爽口，咽下肚去，还觉得回味无穷，给我留下的印象难以忘怀。从此，我不但爱吃这个菜，而且也常向朋友推荐了。”

老陈当了多年的书记，他知道在接待外宾时，应该怎么做。

1991年12月12日上午，老饭店万经理接到上级通知，某国总统游览豫园后要来老饭店吃午餐。

外交无小事！老饭店上下立即动员起来，出主意，想新招。万经理提出：“总统年事已高，不宜多吃重油赤酱的含骨菜点。”特级厨师李伯荣沉思片刻后，挥笔写下了一份“总统菜单”，其中六道热菜是：清炒虾仁、蟹粉豆腐、脆皮花卷、荠菜冬笋、三鲜鱼肚、韭黄鳝背，一道清汤鱼圆；另外有枣泥酥、香菇菜包、鱼茸春卷、藕粉汤圆、香麻软脯五道点心。众人传阅后，一致同意。因为这份菜单既富有本邦菜的传统特色，也吸取了各帮菜点的长处，呈现出清淡素雅、无骨软糯、汤汁清澈、入口鲜美的特点。

总统入座后，李伯荣挑选几名助手亲自下厨烹制。当这套菜点捧上桌时，只见总统站起来，逐个观赏，啧啧称奇。当总统首先尝了一口鱼茸春卷、脸上露出满意的笑容时，大家也都轻松地笑了。

餐毕，陪同总统的庄晓天副市长高兴地说：“老饭店的菜味道不错，点心也不错，总统很满意。今后我要多带外宾来这里品尝本邦菜，加深他们对上海的印象。”

回忆到这里，老陈又笑了笑说，其实啊，本邦菜里的传统菜肴味道是很不错的。你不能光看“卖相”，而是要亲口去尝一尝。接着，他讲了一件著名影星陈冲吃“糟钵头”的往事。

1989年春节期间，影星陈冲回沪探亲访友，著名导演谢晋特地请她到老饭店吃家乡菜，并专门点了一道糟钵头。一开始，陈冲看着那大瓷碗里的猪心、猪肺、猪肝迟迟不敢下筷，不过总觉得有一股糟香扑鼻而来。

谢晋知道她的担心，笑笑说："你尝一块试试。"说完，自己先夹了一块放入嘴里，有滋有味地吃起来。

陈冲忍不住也跟着夹了一块送入嘴里，只觉得满嘴鲜香，非常好吃，竟一连吃了好几块。最后，她赞美道："真想不到，这糟钵头味道竟然这么好！"

此刻，谢晋与老陈都会意地笑了。接着，谢晋对服务员说："如果将这盛糟钵头的细瓷碗换成过去的粗钵头，就更有味道了。"

老陈钦佩地对我说："谢晋不愧是大导演，对细节非常敏感。早年浦东农家的确是用粗钵头盛这道菜的。如果我们改用粗钵头来盛糟钵头的话，就更能体现出本邦菜的传统韵味了。"

他们在武康大楼望什么

何 菲
2023-05-06

一年之中，我大概能看到武康大楼150次。每次见面，以它的顶端为圆心，半径约300米的路段，挤满了向它张望、拍摄的人，有时直到深夜还在堵车。它似一艘巨轮以30°的斜角停泊在淮海中路、武康路、兴国路、天平路、余庆路口，而这个路口被誉为西区五角场，也是魔都顶级街区湖南路街道、天平路街道和“邬达克生活圈”新华路街道的交界处。如果说淮海路是“最上海”的时间之链，那么武康大楼大概算是链条西段最耐看的转运珠。人们有多喜欢武康大楼，只需用3天40多万人流量的数字就足以证明。

武康大楼一带曾是昔日法租界的核心，是上海海拔最低的街区，有着难以洞穿的深邃和耐人寻味的况味，不是富在外，而是贵在内。它的周边，看不到灯红酒绿火树银花，却是繁华的3.0版，似乎能消解掉所有粗鄙和豪横，充满梧桐区特有的趣味、矜持和接头暗语。

匈牙利建筑设计师邬达克幸运地赶上了上海建筑营造的黄金时代，他在上海近30年里为魔都设计的单体建筑逾100幢，被誉为“改变了上海的男人”。武康大楼是邬达克在上海设计的第五个建筑。大楼依楔状地形而设计，楼身狭长似战舰，属于法国文艺复兴建筑风格的公寓住宅，也是上海最早的外廊式公寓，其在用地布局、户型配置上都对早期的外廊式公寓有进一步的突破。大楼原名诺曼底公寓，1953年，由上海市人民政府接管并更名为武康大楼。1930

年，武康大楼东侧又建造了砖混结构的五层副楼。

武康大楼的极度走红似乎是这10年的事，人们如梦初醒般开始将深情的目光投向这栋1924年的传奇建筑，它随着媒体传播方式的转变而日益成为文青宇宙中心、持久的流量圣地，其周边也逐渐形成独特的马路沿街生态。武康大楼无疑是时髦的，100年前看是如此，我相信100年后也同样如此。其在城市的景观营造、生活方式与趣味的塑造，以及灵活多元的户型配置方面都引领了上海摩登公寓的发展。是魔都最优雅的转角，几乎没有之一。

许多外地游客下了高铁的第一站是武康大楼，第二站才是外滩。不过要想在能眺望武康大楼的优质角度的上街沿上找一块立锥之地实属不易。对于武康大楼，一些有了些年资的人心之所想皆是过往，目之所及皆是回忆。它是一幢现象级建筑，连带着让建筑底楼商户老麦咖啡、大隐书局、元龙书店、紫罗兰美发厅，以及对面的武康大楼主题邮政所、源点广场窨井盖等，都有了与之匹配的文艺贵气色彩。

武康大楼当年的住户多为上层华侨，抗战结束后，孔祥熙的二小姐孔令伟将大楼买下并入住、分租。因新华影业和联华影业都在附近，大楼底楼还设有咖啡馆等公共空间方便聚会切磋，当年吸引了不少文化界、电影界人士在此居住，包括郑君里、赵丹、王人美、叶浅予、秦怡、孙道临、王文娟、孙叔衡等。

1935年，编剧夏衍、导演许幸之曾来到电影演员王人美在武康大楼里的住所，邀请她出演抗日救亡电影《风云儿女》。王人美还应邀在钢琴上试弹了该片主题曲《义勇军进行曲》。后来成为中华人民共和国国歌的此曲，正式问世前就曾透过武康大楼的窗户响彻云霄，并很快成为世界反法西斯战线上代表中国人民最强音的战歌。著名画家邵洛羊也曾在武康大楼居住过，他的主要斋号就是“武康楼”。他1938年加入中国共产党，以宁波小开的画家身份奋战在党的隐蔽战线。他在光华大学秘密建立了中共党组织，后又成为汪伪政权的“潜伏者”，在上海解放前夕，又以中共党员身份参与会见当时国民党上海市政府秘书长、桥梁专家茅以升，向他说明党的政策，布置保证民生的大事，静待人民政府的接管。文化名人、民族音乐家沈仲章一生涉猎广泛，有着浓浓的爱国情怀和传奇人生。他曾居住于武康大楼602室，单元很大，其中一间是冲照片的暗房，一间是录音房。在战火纷飞的1937年，他是将国宝“居延汉简”从北京大学转移到香港的国宝守护人。过程波折跌宕，惊险非常。新中国成立后，他几乎倾尽积蓄购买了米友仁《云山戏墨图》和黄公旺《天池石壁图》，只拍了两张照片存念，将原图无偿捐给了故宫博物院。

不仅有气节，武康大楼也是很生活流的，住过现实生活中的神仙眷侣：孙道临和王文娟。人民作家巴金在毗邻武康大楼的一栋老洋房里住了半个世纪，在《巴金全集》中，始创于1936年的紫罗兰美发厅被巴老屡屡提及。2021年，紫罗兰美发厅重回武康大楼底层，位置一如1947年《上海市行号路图录》中的标注。

名流如云的武康大楼见证了中国近百年的历史巨变和时代进程中不为人知的故事，同时也是打开武康路—安福路街区历史文脉的索引。毫无疑问，武康大楼是魔都的时间线。“空中蜘蛛网”拆了，外立面修缮了，业态升级迭代了，初春梧桐暴芽了，仲春郁金香开了，深秋梧桐叶落了，武康大楼冰激凌、吐司，“武康清晨”“武康日落”香氛发明了……武康大楼的人生中但凡发生点什么，全上海略有文艺心的男女老少都会跑来打卡，认真又深情地记录这艘诺曼底巨轮微妙的嬗变。这座百年大楼高贵，却是平民的网红，故事感、高级感及伴随感，赋予了武康大楼以“人”的意涵。尽管它一身旧雪，却也春风有度。

在过去一年，我见过最安静的武康大楼，也见过以最迅速且强大的气势复活的它。它可谓上海城市氛围的晴雨表，敏感非常。从清晨到子夜，不断向它张望的人们，我想主要表达的是有限对无限的钦慕。

怀旧冷面

孙小方

2023-08-13

上海的气温最近骤升，原来白天在小区花园里肆意出没的流浪猫，已杳无踪迹。热似在空气中凝固了，走在路上就像裹着一层黏黏的热果冻。

土生土长的上海小囡，不用问，这种天气，吃饭一定选冷面！

这种天气没胃口，大鱼嫌肉粗，大肉怕肉油，唯有传统的上海冷面，最是清凉爽口。

走，打辆车，去那家老字号吃二两冷面，一定得两个浇头。

个么这位朋友要问了：这么大热天，何必打车去店里吃？现在嘛，外卖那么发达，手指在手机上点击下，过个把钟头，冷面就送到家里来了。客堂间里坐着，喝着冰可乐，吹吹空调，笃笃定定等了冷面搭仔浇头送上门，岂不乐哉？

我说朋友，侬是真的不懂阿拉上海传统冷面的门道啊。

想当年，上海中山北路光新路路口，有家大众饮食店叫“海国春”，我是从小赤膊在那吃大的。店里有位马大妈，块头大，面孔永远红扑扑，齐颈的头发乌黑。她在店里发冷面，我去了多了，教了我不少吃冷面格窍门，其中有一条，就是冷面最好在店堂里吃掉——上海话叫：小乐惠，现开销。

道理也简单，上海夏天热，湿气高，冷面出了店门，外头太阳一晒，本来一根根精神抖擞的面条，不出一刻钟，就会黏。这么一黏糊，那种清凉的口感可就荡然无存，吃在嘴里湿答答，嚼上几口面坨坨，滋味全无，这顿饭就算白白浪费了。

个么老早地，家里人打发“小赤佬”去买一斤冷面，回来烧个绿豆粥，再炒个青椒肉丝，就是一顿晚饭。这样的情况应当如何？

马大妈教过，家里带个钢种锅子，一定要有个盖。到了店里，马大妈们轻巧熟练地把面叉进锅子，调羹灵动飞舞，一勺勺醋啊油啊加进去，最后就是那最醉人的花生酱，必要调羹盛着，在面上细细淋上两圈，这锅面才算完备。

接过来，飞也似盖上锅盖，平端着走回去。路上不要乱晃，怕抖散了面。

看到这段，阿拉上海滩的爷叔阿姨，会不会想起，当年上海夏天街头，总是有个孩子，手上端着钢种锅子，小心翼翼端着走？

这个孩子，是我，或许也是你呢。

马大妈还跟我说过：你这个小不点，就你问题多，吃个冷面问题多。你问冷面啥浇头最好吃？大妈我啊，一定叫你来两份：一份豆芽、一份辣肉。豆芽配冷面，脆上加脆，最爽口；辣肉呢，阿拉上海辣肉是真不辣的，就是鲜香，味道浓，补上冷面的清凉有余、厚味不足的短板。

我那个时候一米五出头点，喜欢在店里边吃冷面边跟大妈嘎讪胡。大妈闲时就会笑嘻嘻，啥问题都愿意回。但我最爱大妈的，倒不是问不倒。她对我最好的地方，是发冷面给我时，我总要说，给我多点花生酱哦！大妈可没小气过，别人给一勺，给我一次，三勺！

哎呀，那冷面满口的清爽香甜啊，怕是这辈子都忘不掉。

其实，早在1934年，《申报》上就登了冷面售卖的广告。据考证，面条形状有讲究，须加蛋揉制成韭菜形的小阔面；民国时冷水过面，因为水质不行还被禁了三年；讲究的冷面店，一定要蒸面后再煮，然后捞出后抖散用大风扇吹冷……我想起马大妈，好像也跟我说过这些。对我来说，上海冷面已经是一把打开回忆的钥匙，一个开启怀旧的魔术，令我想到童年，想到童年的马路、店堂和人们。

车到了那家甘泉路上的名店。店门往里看，人头攒动，热气腾腾。我兴冲冲排队，一刻钟，终于点到了二两冷面加上辣肉和豆芽浇头，四下转了一圈，终于找到了一个空位，坐定开吃。虽然满头大汗，但过程满分。对了，我甚至没忘了让发面的阿姨，给我多加一勺花生酱。

拿黄河路“响一响”

王家骏
2024-01-02

《繁花》开播，黄河路大热。本来，我是想“不响”的。几年前看金宇澄的小说《繁花》，一下子就记住了“不响”，以为很好，绝妙。“不响”是一种境界，只可意会，不可言传。

后来，朋友圈天天都是黄河路，有的怀念美食，有的怀念霓虹灯，还有的怀念放烟花爆竹。我想我也有自己的黄河路故事，就拿来“响一响”吧。

其实，在改革开放初期，在黄河路兴盛之前，还有一条乍浦路，算得上是当时上海最时尚的美食街。如果有人请你去乍浦路吃顿晚饭，绝对是有面子的事体。我记得乍浦路上比较有名的饭店是珠江大酒店和王朝大酒店。从上海到香港做生意的卢老板，因为摄影和我认识。那时候，手机和BP机都没有普及，卢老板经常会在下午3点钟左右打电话到我办公室，邀请一起去乍浦路吃晚饭。挖地三尺的店堂，窄窄陡陡的楼梯，格子的桌布，喜欢的炝虾、温蟹、墨鱼大烤、宁波烤菜、土豆沙拉、红烧肉和苔条小黄鱼，就是一个美妙的夜晚。

百度上讲，乍浦路美食街的诞生，是因为“上海的餐饮企业大多是国有的，在餐位、菜式和服务上已经不能满足市民的需要”。国有饭店服务怎么样？2019年，我请朋友在一家国有老字号饭店吃饭。下午4点40分，已经有朋友到饭店，我叫服务员沏一壶茶。服务员说：“现在是4点40分，阿拉是国有饭店。5点才开始营业。”茶没有喝上一口，气吃了一肚皮。

当然，更重要的原因是，随着浦东开发开放，上海的发展进入加速期，许多外商来到上海，寻找商机，越来越多的上海人也开始下海，交流商品信息，整合财富资源。饭局，成为最好的媒介。这样的情况下，一条乍浦路是满足不了上海滩喜欢美食的朋友们的需求的，黄河路就自然而然地出现了。

从地理位置上讲，黄河路比乍浦路更优越，因为开在后面，规模、设施也更高大上。当年许多老板都是把楼上居民的住房买下，翻新后搭建得更高，还用上了电梯。像来天华、粤味馆、阿毛炖品、苔圣园、乾隆美食都有电梯上上下下。

和乍浦路一样，黄河路虽然狭小，但路边好停车，这也是两条美食街兴旺的原因之一。金陵东路上1850年开设的鸿运楼酒楼，1886年哈同与罗迦陵结婚就在这里。改革开放后，一个香港商人曾在金陵东路恢复鸿运楼酒楼，因为不好停车，最后只好关门了。

黄河路上除了高端大气上档次的大饭店大酒楼，还有一些苍蝇馆子，像小杨生煎、佳佳汤包、沪上一碗辣肉面馆等。佳佳汤包最早开在河南南路南市公安分局的边上，门面很不起眼，做的小笼包新鲜好吃，筷子和碟子都要放在蒸笼里消毒。我经常开着摩托车，到那里吃上一笼汤包，算是一顿高级早饭了。小杨生煎则后来居上，取代大壶春成为上海生煎馒头的标杆。

黄河路的突然兴起，给社区治理带来了新的课题。当时的广场街道办事处主任老郭，深为黄河路美食街引发的矛盾担忧：一是后街厨余垃圾的处理和居民之间的矛盾；二是楼下饭店和楼上居民之间的矛盾；三是如何把黄河路搞得美一点，在烟火气中来点自然美。他住在临汾路街道，那边搞的像罗马建筑风格的花盆很不错。老郭是个转业军人，说干就干。不久后，黄河路两边道路上果然出现了几十个类似的花盆，鲜花姹紫嫣红，争芳斗艳，一条黄河路顿时换了人间。

我对黄河路印象最深的，不是它的美食，而是有些文章中写到金宇澄对王家卫所说的放烟花爆竹。那时候，我在做政法记者，每年除夕夜，吃好年夜饭，都要到消防局的值班室蹲点，看看有什么火灾新闻。1996年大年初四，在消防局负责宣传工作的蒋爱山，叫我一起去现场看市民燃放烟花爆竹。吃过晚饭，我们就到了黄河路，发现家家饭店都在燃放烟花爆竹。到了深夜11点多，架势更猛，老板伙计兴高采烈，满脸喜悦，纷纷把“小钢炮”“大蛋糕”“夜明珠”“千响环鞭”和礼花弹、大号高升等摆到马路上来“接财神”。你放一个，我放一个，整个黄河路流光溢彩，璀璨一片，如同爱国者导弹和飞毛腿导弹在半空中厮杀一般。不一会儿，地上铺满了厚厚的一层“红地毯”，大约有30厘米高。我说这条“红地毯”至少值100万元吧，蒋爱山说不止，肯定要超过100万元。那天回到消防局值班室，已经是凌晨3点多钟，蒋爱山写了一篇消息稿，用传真发给了《新民晚报》，并刊登在当天晚报的头版上。这条新闻的标题是《燃放烟花爆竹价值至少百万元，黄河路纸屑铺成“红地毯”》。我想，金宇澄对于黄河路燃放烟花炮仗的记忆，也许是来自蒋爱山的那篇新闻报道吧。

如果说乍浦路是经典江浙菜的天下，那黄河路绝对是创新粤菜的江湖，那些创意而引领上海滩美食时尚的菜肴，包括大王蛇、桑拿虾、龙虾三吃、咸蛋黄焗系列等，曾经是一个时代的符号。现在，这些美食包括美食引来的人流、信息流、财富流，都湮灭在历史的尘埃中，只有国际饭店边门买蝴蝶酥的长队，还是每天蜿蜒连绵。

黄河路已经许久“不响”了，偶尔响一下，也是上海人对曾经过去时代的怀念。

跨了年的热闹

陈　村

2024-01-05

一个热闹跨了年。我说的是电视剧《繁花》。一开始，我以为又要放出一只预告片让大家吃只定心汤团，谁想这次是真的杀青了，出货了。一放出来不得了了，每天看到手机上叮叮咚咚的评论。先跳出来的是吃定电影电视的朋友，老吃老做，不晓得他们是什么路数，好像是先看过了？那一顿诉说是畅快淋漓。也有不那么佩服屏幕的朋友，也淋漓了。令我喜欢的就是这种“是模子”的达人词穷之后，广大观众广大市民国民的词多了上来，不依不饶要谈谈山海经。这就对了，就是真正的娱乐了，人人觉得就是拍给自己看的，岂能不说？很长时间没这个感觉了，让文艺作品跟我们的生活接上轨道，生活的小火车可以在文艺作品里开进开出。很精彩啊，那么多的人到上海黄河路虚拟打卡，有人去实地打卡，据说武康大楼前的打卡大军也开拔了。很有意思啊，发到财或者没发到财不要紧，要紧的是大家有地方去放炮仗。我讲的“放炮仗”是一个比喻，不是真的点火。上海至今禁止在城市当中放炮仗。放炮仗不一定是自己去点火，也可以王家卫导演点的火，大家也算是放过了。

当年我听到的黄河路和别的路不一样的故事，最严重的就是迎财神的放炮仗。他们讲炮仗灰堆得多高多高。我没去看过，那种烟云和轰轰烈烈有点吃不消。既然是民俗，当然是俗气的，不过老百姓喜欢财神也不是一天两天，心里有盼望，过日子才有味道。那些年，我到黄河路吃过几次饭，都是朋友请客。

在那里请客的好处是有国际饭店当坐标，很容易找到，地点在市中心，从再远的地方过去，最多是半个上海的距离。我印象深刻的记忆是，差头开进黄河路就像开进了沼泽地，走得十分艰难。人很多，灯很亮。看不出路边的人是不是富起来了，反正气氛还是蛮热烈的。

我喜欢一座城市被大家热烈地提起，谈论，用回忆抚摸逝去的岁月。小说很真切，一刀刀切下来有肉也有萝卜。分到肉的和分到萝卜的当然不一样，不过，活到作者的年纪多半就不响了。看多了，吃过了，看人家吃过了，不仅像小时候唱的“肉就是排骨排骨就是肉”，还有啊，肉就是萝卜萝卜就是肉。

我不会开车，年轻时候骑着自行车在中山环路里穿行，住在西区，很少过外白渡桥。我不习惯浦东的一览无遗的大马路，生性喜欢那些小马路小弄堂。我住在雁荡路的时候喜欢走南昌路而不是淮海路。小马路的旁边有那种小店，卖电灯泡卖小馄饨卖夹脚拖鞋，长乐路上有家小店卖旧书。那便是栽培《繁花》的土壤。这部小说的写作也是这样。在网络上的一条小马路上，路边一条弄堂，弄堂里有几个阿姨爷叔小弟弟小妹妹。那条小马路叫弄堂网。那时我也在这条路上，天天走过那条弄堂，没转进去，不晓得有个爷叔在写阿宝的故事。这个爷叔我早就认识，看见我会发一根香烟给我吃吃。不过，上海人之间一般不打听朋友你在哪里发财，所以不晓得他在弄堂里摆摊头。这种写作办法很上海。作者不晓得自己写出来是什么，甚至不晓得是不是写得出来，但有心气顶着，要去天天浇水。第一批看官未必提出过什么绝妙的主意，不过他们是个铁硬的见证，有他们在，是不是偷懒，是不是吹牛一目了然。好像弄堂的邻居，有邻居看你每天进出弄堂，你总要穿得稍微登样，举手投足对自己有点要求。邻居对自己弄堂有个爷叔走路姿势好，也是很乐见的。

今天我找出一张老照片，1988年在嘉兴南湖的烟雨楼前拍的。前景是史铁生和我在合影。后面有人避开镜头走过，细看是吴亮和金宇澄。一个金老师的年轻同事，一眼发现的是他头发很茂密。我则感慨几十年来他一直在场，但避开镜头。他不响，你们不可当他不会响。

作品交给王导演，交给网红们处理，那是后来的事情了。重要的是小人要生出来。非常精彩，一个20年不好好生小人的人，结果生了个大胖儿子。弄堂里藏龙卧虎，人杰地灵，隐约飘动荷尔蒙。有人类的地方就有花。以前只有几个人预测的生育力，忽然大家知道了。生活多美好。

写到这里要老实交代一下，我至今没去看电视剧《繁花》。我实在不是一个跑马拉松的选手，一步不落地追赶队伍。我只看过人家引用到微信朋友圈的片段。这个戏拍得如何，没看过，不好评论。说来惭愧，国产电视剧，我上次看完的只有《编辑部的故事》。眼下这个电视剧根据的是金宇澄原作，要看的，等它播放完了，找个空闲的时间来看。像是在等大家散去了，霓虹灯关了，我到黄河路走一走。是不是忠于原作，我其实是不计较的，有人觉得还能拍得更好，以后就再拍一遍好了。一部经典作品拍个三五遍，不算多的。它们加在一起，依然不是原作。

我最后要说的是，已关站的弄堂网是一个叫老皮皮的人创办的。这个憨憨的不响的老男人，跟金老师和其他弄堂居民都是好友，也曾接受王导演的咨询。他单身，喜欢喝酒，拎一大桶黄酒来跟朋友们一醉方休。他属于大多数不在黄河路上的上海人。目前他在外地养病，不知是否看了电视剧。想念他，很想哪天我们再一起喝酒。

跟着《繁花》，看一眼石库门房子

沈嘉禄
2024-01-06

在千万观众的翘首企盼中，电视连续剧《繁花》走了一波“跨年度行情”，收获无数热议。小说以及影视作品，就像文字与影像的一场联合考古，不断有历史文化的碎片重见天日，每一铲下去，都会引起尖叫。

今天我们就来谈谈上海的石库门，它也是进入电视剧人物内心世界和生活环境的一个通道。

弄堂房子引起共情

剧组在车墩影视基地复原了黄河路美食街，大概也会复原石库门房子。小说中，阿宝的祖父是资本家，在思南路有一幢花园洋房，父亲是背叛家庭参加革命的地下工作者，在皋兰路附近一处洋房租住。1949年后并没得到较好的安排，照祖父的说法，“也只是打打普通的白木算盘，记两笔草纸肥皂账”，但这两处洋房都成为少年阿宝的生活背景。沪生的父母是空军干部，住茂名路洋房；在另一时段登场的梅瑞，住的是苏州河边的新式里弄房子，蜡地钢窗，楼梯转弯处的立柱有雕饰。

上海人对地段和住宅的档次向来敏感，住在哪里就对应着哪个阶层，不管苍黄翻飞，命途多舛，“第一落点”仍相当重要。也因此，小毛栖身的弄堂房子以及“两万户”，特别容易引起草根阶层读者的共情。

易中天在《读城记》里对上海弄堂有过评价：“上海虽然有所谓‘上只角’和‘下只角’之别，有花园洋房、公寓住宅、里弄住宅和简易棚户四类等级不同的民居，但这些民居的建设，大体上是‘摆摊式’的……实际上，所谓石库门里弄，便是杂居之地。那种住宅，只要付得起房钱，谁都可以来住，而居于其间者，事实上也五花八门，职业既未必相近，身份也未必相同。”易教授说得大体没错，不过他的观察与体验远不及本城爷叔金老师。

20世纪50年代建造的工人新村，上海称“两万户”，以实际户数而得名，一说是仿自苏联集体农庄式样，由苏联专家参与设计。难怪小阿姨讲，马桶的盖板，又重又臭。现基本拆除。

在住房最最紧张的80年代，上海城区有9 000多条弄堂，超过20万幢弄堂房子，容纳了70%以上的居民。此后通过大规模的旧城改造，人们的居住环境得到明显改善。但同时，具有历史文化价值、保存状况良好的成片石库房弄堂街区也成了不可移动的实物档案或展现城市魅力的全新空间。

在城市焕新的进程中，上海市民对过往朝夕相处、抱团取暖的社交生态的眷恋，就自然落实到对石库门房子的深切怀想中。

没有两条相同的弄堂

弄堂历来是鱼龙混杂之地，是有等级之分的。数量最多、草根性最强、历史最悠久的是老式石库门弄堂。蚁聚蜂屯，来路不清，各色人等擦肩而过、彼此打量，各种方言相互交流、抑扬顿挫。在黑白照片的界面中，弄堂生态鲜活而芜杂，老虎灶、大饼摊、烟纸店、裁缝铺、剃头店、生产组、针织间、打针间、居委会、民办学堂、居民食堂……众声喧哗，一派生机。

《繁花》中，小毛就栖身于长寿路大自鸣钟的一条老式弄堂里。在特殊年代，“家家户户吃粥，吃山芋粉六谷粉烧的面糊涂。小毛家住三层阁……就餐之前，小毛娘手一举说，慢，烫粥费小菜，冷一冷再吃。大家不响”。底楼是理发店，剃头师傅讲苏北话，夜间关门后就成了本楼居民的客堂间。“二楼娘子银盆面孔，糯声说，小毛呀，唱得真好……”娘子叫银凤，嫁给国际海员海德，夫妻俩聚少离多，等于独宿空房。与她贴壁的是二楼爷叔。小毛、银凤还有大妹妹和兰兰两只花蝴蝶一起偷听沪剧唱片《志超读信》，躲在小毛家的三层阁，怕惊动四邻，连老虎天窗也不敢开，大家热煞。

金宇澄的图注写得很清楚：“典型的上海老弄堂，无天井，无抽水马桶，基本是周璇与赵丹说笑，挂鸟笼的布景。1990年，出品了粉碎式马桶，底部装粉碎器，一切可以打碎，冲入下水管道，重点的销售对象，就是这类民居的人们。”

20世纪80年代中期，我与朋友去长寿路大自鸣钟拜访一位从合肥回沪探亲的文学杂志编辑老师，就摸进了像小毛家这样的弄堂房子。这种房子与经典的石库门房子有所区别，没有厢房，不设亭子间，也不讲究前后客堂，多为业主各管各造起来的本地房子。外墙单层砖头砌起，窗门高低不一，内部全靠木板隔断。邻居走动、咳嗽、开无线电、骂太平山门，听得一清二楚。为求清静，老师只好请我们一人一把蒲扇、一只小凳，移驾到武宁路桥堍的路灯下。

运动一来，阿宝家道中落，祖父被赶出思南路大房子，大伯一家搬到提篮桥石库门弄堂里，小叔一家搬到闸北青云路亭子间。阿宝被时代风云一记头卷到曹杨新村“两万户”，“两层砖木结构，洋瓦，木窗木门，楼上杉木地板，楼下水门汀地坪，内墙泥草打底，罩薄薄一层纸筋灰……五户合用一个灶间，两个马桶座位”，霄壤剧变，所见所想随之发生变化。小说里这样描写：“自家房门挂了半块门帘，阿宝爸爸已经打起了地铺，阿宝娘与小阿姨已经入梦。家人距离如此之近，如此拥挤，如此不真实，但阿宝对小阿姨，依然心存感激。”

为什么心存感激？因为小阿姨有生活的智慧，适应能力强，处处能摆平。

她从底层社会走来，见惯世态炎凉，心态能保持平和。

随遇而安的弄堂智慧

其实，在上海弄堂里生活过相当时日的市民，大抵都有这样的智慧与心态，鸭吃谷牛吃草，各有各命，随遇而安。

上海的弄堂房子，以老式石库门居多，门框用两竖一横三根石条搭起来，或者磨石子水泥砌成，门楣上有山花，雕饰或简或繁，题额典雅，仿佛书香门第或名门望族。房子多为“三上三下”，也有“五上五下”的，今潮8弄里还有一幢颍川寄庐，是虹口硕果仅存的“标本”。“三上三下”为一个正间带两个厢房，后来地皮紧张，就造成一正一厢。有时候租户另有用场，开书场、开饭店、开医院、开学堂等，在结构大体不动的前提下，将两个天井之间墙头敲掉，那么就有了双天井和双亭子间。再后来，出现了不设厢房的单开间石库门房子，中共一大、二大会址的建筑就是这种格局。

石库门房子的天井是一个公共空间、一个过渡，对人的心理感受相当重要。在一户独用的时代，有雅兴的住户也会置一口金鱼缸，养几盆兰花，透气、敞亮、幽静。进入“七十二家房客”时代，天井就被底楼的住户用来晾晒衣服、停放自行车、摆只煤球炉子烧饭做菜。

在《繁花》中也写到了一个细节，芳妹陪了陶陶去成都路买碟片，孟先生租用的房子“底楼前客堂加天井，封成一大间，朝东墙壁，全部是碟片抽屉，备了活动木扶梯，大碟片满坑满谷”。更多的情况是，在灶披间住人后，天井里只好搭两三间小厨房，供底楼人家烧饭。尤其在20世纪80年代，大龄知青回沪后没有婚房，邻居通融，新郎就在天井里贴壁搭一间，油毛毡盖顶，开一扇小窗，留一条窄窄的通道，大家侧身进出。按月缴房租，就取得了合法性。一年后孩子呱呱落地，啼声从小窗飞出，仍然是阳光灿烂的日子。

天井后面就是客堂，这是整幢房子里最正气的一间。四扇落地大门打开后，八面威风。细密马赛克铺地，不同颜色镶拼，六角、八角、回纹边框。如果居住情况不那么紧张，约定俗成的局面未遭破坏，那么客堂还是公用的，贴墙置一张八仙桌，左右两把太师椅，底楼人家在这里会客、喝茶、下棋、做馒头、包粽子，冬天在这里腌咸菜、磨糯米粉。客堂楼上方方正正，位置十分响亮。有的房子还设有后客堂，两三平方米，十分局促，以前都是娘姨（保姆）住的。

天井一侧是厢房，厢房又分东厢房、西厢房。厢房的前半截是前厢房，对着天井有一排又高又宽的窗子，光线最好。后厢房窗子朝北，冬天是冰窖，夏天是火炉。如果在前后厢房中间再隔出一间——这也是为了应付租户增加而采取的办法，名为中厢房——因为无处开窗，那就在与前厢房相连的壁板上方留出宽约两三尺的空间，扁细木条钉成粗疏的网格状。后来为了隔音，就用木屑板封死。

在《繁花》里，小毛娘拖着小毛去莫干山路相亲，“走进一户人家的灶间，底楼前客堂，已经开了门，春香小姐姐立于门口”。“三个人进前厢房，里面一隔为两，前间摆大厨，方台子，缝纫机，面汤台，摆一部26英寸凤凰全链罩女式自行脚踏车……”在20世纪80年代绝对是谈婚论嫁的优势，何况还有后面一半，上搭阁楼，下面隔出一小间。所以小毛娘说：“房间好，样样舒齐。”

八平方米里的温馨剧情

《繁花》里写到沪生在石库门房子里的民办小学读书，也是一代人的珍贵记忆。“这是瑞金路女房东，让出自家客堂间上课，每到阴天，舍不得开电灯，房间暗极，天井内外，有人生煤炉，蒲扇啪嗒啪嗒，楼板滴水，有三个座位，允许撑伞，像张乐平的三毛读书图。”到了三年级，“沪生到茂名南路上课，独立别墅大厅，洋式鹿角枝型大吊灯”。我一直觉得，金宇澄笔下，无论阿宝还是沪生，都调动了他自己的生活经历。民办小学也留下了他的琅琅书声。

石库门房子的亭子间，走出过妖娆风骚的亭子间嫂嫂，也造就了卧薪尝胆的都市作家。亭子间上面是晒台，下面是灶披间，亦是发布流言的平台。所谓的人间烟火，缺少流言就五味不全。

王安忆在一篇名为《无言独白》的散文中写道：“流言是上海弄堂的又一景观，它几乎是可视可见的，也是从后窗和后门里流露出来的。前门和前阳台所流露的则要稍微真切一些，但也是流言。那种有前客堂和左右厢房的，它的流言是要老派一些的，带薰衣草的气味的；而带亭子间和拐角楼梯的弄堂房子的流言则是新派的，气味是樟脑丸的气味。”

当然，温馨的剧情也时时在八平方米里上演，李家阿嫂包荠菜肉馄饨，每家每户送一碗。张家姆妈摊了韭菜饼，大家尝尝。张老伯伯孤老头一个，住在终年不见阳光的后客堂，吃足灶披间飘来的油烟气，患病卧床好几天了，大家也会熬了赤豆粥去喂他。数一数灶披间里的水龙头和电灯，就知道楼里塞进了多少户人家。

挖地三尺的小饭店

改革开放后，上海的弄堂房子更加精彩，石库门沿街面房子有天然的优势，破墙开店，迎接市场经济的第一缕阳光。

比如进贤路上的“夜东京”，金宇澄写得十分具体：“八十年代，上海人聪明，新开小饭店，挖地三尺，店面多一层，阁楼延伸。这个阶段，乍浦路、黄河路等，常见这类两层结构，进贤路也是一样。进店不便抬头，栏杆里几条玉腿，或丰子恺所谓‘肉腿’高悬，听得见楼上讲张……”在电视剧里，玲子这样的老板娘从小在弄堂里长大，善于鉴貌辨色，买汏烧是一把好手。她们是上海滩的女神。

读过《繁花》的朋友一定记得这一幕：阿宝与蓓蒂爬上屋顶，阿宝10岁，蓓蒂6岁，两个孩子胆子贼大，他们在屋顶上并肩坐下，眺望远方，像受洗一般庄重而纯净。瓦片是温热的，黄浦江那边传来巨轮的鸣笛声，悠扬如圆号。蓓蒂紧拉着阿宝，江风穿过她的发丝，轻舞飞扬。

今天中年以上的上海男人，在少年时代大多有爬屋顶的“冒险经历”。只不过你爬的是黑瓦，而阿宝与邻家小妹爬的是方形红瓦。

今天，保留下来的石库门建筑，在原住民已迁往他处后，格局与功能势必发生变化，原有的人文生态便不可再造。那么趁电视剧《繁花》热播之际，我建议大家再读一遍小说原著（四十岁以下人士最好读沈宏非的批注本），并记住石库门弄堂的种种细节，一定会有更加真切的感受。石库门房子，是上海人的第一个课堂。

看完《繁花》，替上海人发个声

陈加林

2024-01-16

一部以上海20世纪八九十年代为背景的电视剧《繁花》放映以来，引起了收视热潮和观众的强烈反响，这要归功于导演的功力和演员及全体创作人员的辛勤劳动。著名导演王家卫，以电影的手法结合小说体的自由连接形式，以人物关系带动事件和情节的发展，是电视剧拍摄史上的一次创新。

全剧以三大段落展开，体现了八九十年代在我国改革开放初期，普通上海人在时代大潮下的众生相。在人人都寻自由、求发展、要发财的狂热激情中，以主人公阿宝为主线，通过此起彼落的三次大事件，浓墨重彩地绘制了属于我们上海本土的“清明上河图”。

导演在帮助演员创造角色上要求严格。镜头的处理从全、中、近、特，通篇没有呆滞的镜头，每一帧画面都是美轮美奂、暗流涌动的。画面中出现的人物都极其生动，以细微的表情来带动肢体语言，所有的镜头都在人物的动作中有机地展现，观赏性极强。你能感受到在王家卫掌控下的运镜是会呼吸的，而那个呼吸又直接带动观众的呼吸，加上恰如其分的背景音乐及声效的烘托，把电视剧的观赏体验带到了一个全新的档次与境界，王家卫真可谓是组织视听语言的大师。

再说一下演员的表演，“爷叔”的表演者游本昌虽已九十高龄，但在镜头前仍优雅自如。他是50年代上戏表演系的高才生。当时我们同在一个系，他在读书时我已在教学岗位了，只是和他不在同一个班级，但我还是清楚地记得他形象出众犹如今天的胡歌。在班里他成绩优异，是专业中的佼佼者，后来他因出演《济公》扬名全国，当时“鞋儿破，帽儿破”的歌声一起，万人空巷，大家都争相挤在电视机前一睹他的风采。有一次我去中戏出差，在北京的胡同里看到那里的孩子正兴高采烈地模仿济公玩耍嬉戏，深感当时他的影响力之大。而今他已鲐背之年但仍能在镜头前游刃有余、惟妙惟肖地饰演“爷叔”，实为表演史上的奇迹。

一般演员的表演可归纳为两种类型：一为表现派，一为体验派。胡歌既有前者的优势也有后者的优点。胡歌的帅气与优雅是他骨子里自带的，而他也能在各种戏剧情境中全身心地投入角色，更能以角色的任务贯穿行动，对角色既有微观也有宏观的把握，所以不会因一场戏的得失而失去对角色的总体控制。在“宝总”的刻画上，他很有上海小开的派头，集睿智与帅气一体，遇事头稍稍晃动，嘴角一抿，嘴上“不响”而眼神中却透着心里“有数”。表演既有激情又不失分寸，张弛有度。而作为“阿宝”的他与初恋情人“雪芝”在80年代13路公交车上的默默传情，在众目睽睽下既隐忍克制又按捺不住的动情瞬间令人久久回味，不能不已。

“汪小姐”唐嫣的表演也极具突破性，她生动地刻画了一个典型的上海女孩子，既天真烂漫又激情奔放，很好地展现了一个优秀演员的整体素质。一开始你会觉得她这个人物比较平面，一味地外放甚至有点“作”，但当“宝总”为其挨了耳光后，人物瞬间成长了，你才会惊觉她之前的“傻白甜”是为角色的成长在做铺垫，才更相信这个人物的华丽转身。

马伊琍的“玲子”其实在角色设定上没有另两位女主角的直接与讨巧，但她的表演把这种劣势发挥成一种优势。她精准地把握住了角色的尺度，把对“宝总”的爱与爱而不得；把困惑、傲娇又隐忍的复杂心境通过细微的表情与肢体生动地展现出来，从东京街头第一次见到上海“阿宝”的惊喜到最后强忍泪水再出发的倔强都发挥得淋漓尽致，让人看后大呼过瘾。她的表演在王家卫镜头的捕捉下层次分明、真实可信，使这个并不讨巧的角色熠熠生辉，过目难忘。

辛芷蕾饰演的“李李”，是我所看到的能把女子的美貌与冷艳集于一身的最佳体现。剧中“A先生”失败后与她诀别的那场戏，她演得异常出色，三声发自心底深处的嘶吼瞬间打破了她与观众之间的隔阂，也增加了“李李”这个角色在观众心里的分量。

陈龙饰演的“陶陶”，把一个卖海鲜的上海小老板刻画得活灵活现，一生追求潇洒与自由的他在好友“宝总”的光环下总不甘于平凡，无奈生意场上没有太大的成就，所以他想在情感方面找到寄托，内心出轨又害怕老婆“芳妹”的矛盾心理活动在陈龙的表演中一一展现，有层次、有反转、有共情、有深度，难能可贵，值得称赞。

透过电视剧《繁花》的火爆，可预见影视剧的“小鲜肉”时代终将消亡，高水准的表演都应该是凭演技讲文化的，优秀的影视剧是体现人性的美与丑，是折射历史的镜子与时代的助推器。

此外，我16岁来上海，现今也已91岁了。我在上海结婚生子、教书育人，为我国的戏剧教育事业及上海的戏剧舞台奋斗了一辈子。从最早的外来人员到现在的“老上海”，我想我应该来替上海人发个声。上海人没有什么特殊的，只是遇事不太愿意麻烦周边人，“不响”两字是上海人的真实写照，并非有些文艺作品里的自私自利、小肚鸡肠之流。上海人一样有血有肉，他们可爱、善良、亲切、热忱；懂分寸、尊契约、重朋友、有腔调。他们为我国的现代化建设献出了几代人的青春与热血……

繁花落尽，“不响”最大，致敬《繁花》，致敬上海，致敬我们伟大的时代！

外滩27号记忆

周 励

2024-01-24

新年伊始，电视剧《繁花》在海内外上海朋友相聚的饭桌上俨然成为热议话题。剧情发生地之一——外滩27号，我在其中工作了整整7年；每次回国，也常在改为“罗斯福公馆”的原外贸大楼宴客，或者与朋友在顶楼露台看风景喝红酒。27号大楼，满载着我从1978年返城担任外贸大楼医生到1985年出国留学，从27岁到34岁的青春记忆。

风貌一瞥

20世纪50年代，我出生在上海的一个南下干部家庭，从小在淮海路口常熟路的瑞华公寓（市委机关大院）长大，在延安西路上海市少年宫合唱队度过了美好童年。1966年父母挨批后下放黑龙江呼玛干农活。我1969年赴北大荒兵团，1972年被推荐读大学医科，1975年任兵团五师内科医生。1978年返城，担任外滩27号外贸大楼医务室医生。

《繁花》在外滩27号取景，那古典电梯和旋转式大理石楼梯眼熟而亲切。我所在的外贸大楼四楼是中国五金矿产进出口公司上海分公司，在整整7年里，每天一走出电梯向左转，就是一条被玻璃走廊隔开、两边各约600平方米的庞大“72家房客”业务部：窗子朝向外滩的是单证部，大约有30张无间隔办公桌；另一面朝着圆明园路上海人民广播电台大楼的是外销部和货源部，大约有40张无间隔办公桌。窗子大开，以便员工们享受外滩江边吹来的新鲜空气。绝大部分白领是年富力强朝气蓬勃的新、老大学生，女生时尚光鲜，男士潇洒倜傥。大家工作都很卖力，对我这个“周医生”非常友好，每天我一走进业务部（走廊顶端才是医务室），“72家房客”中不少可爱的头颅都会昂起来问一声：“周医生来啦，早上好！”午休时，常有外销员来医务室聊天，分享所见所闻。譬如：“我送外宾去机场，看到陈冲了，她去美国留学。”又譬如：“今天被欧洲客户搞煞了，连续砍价三次，实在吃不消！”或者：“周医生，今天我签了一张大单子，真开心！周末我们再去你家跳舞好吗？”

周末，我经常和家人把瑞华公寓家里大床掀起，扩大空间，煮好咖啡，削好苹果，外滩27号的朋友们带着鲜花点心进门，一场派对开始，大家随着日本三洋录放机中的经典音乐，在明亮的吊灯下翩翩起舞——80年代跳交谊舞是刚开放流动社会的主旋律之一。一切健康快乐，优雅美丽。

在外滩27号的开心事之一，是每年年终分发外商赠送的礼品，以摸奖方式进行，基本是香水、雪茄、巧克力，偶尔也有手表、首饰和名牌钢笔。人人有份，一律平等，欢声笑语。与《繁花》里一样，外销员及干部不允许私藏任何礼品，风气很廉洁。

外滩27号有一支很棒的文艺演出小队。凭着在市少年宫训练过的嗓子，我曾演出过独唱，台下的掌声激动人心，而单证科女友的花腔女高音更是获得满堂喝彩。从30岁起，我开始学习钢琴，琴房在我们27号大楼边上的外滩33号，原英国驻沪总领馆的典雅花园别墅，至今依然芳草茵茵，美不胜收。

20世纪80年代，这里是外贸局所属国际贸易研究所，面朝外白渡桥，环境幽雅僻静。二楼有一架音色很好的德国三角钢琴。我们外贸的文艺小伙伴常在这里排练节目。我常练钢琴练得满头大汗。在一位出色的老师指导下，我学会了识五线谱，弹奏过莫扎特的《土耳其进行曲》、贝多芬的《月光奏鸣曲》

（第一章）、柴可夫斯基的《六月》和英年早逝的波兰女作曲家巴拉诺夫斯卡的《少女的祈祷》。这段难忘的青春岁月和过程，日后我全写进了自传体小说《曼哈顿的中国女人》。

文学青年

重看《繁花》，两个人物尤其引起我的兴趣：手持沃尔玛牛仔裤订单的27号老爷叔，以及被迫离开27号的汪小姐。这个镜头特别打动我：孤独无援的汪小姐含泪对着蓝天大喊一声"加油"，让我想起自己刚来纽约两手空空独自打工拼搏的情景。

我是在27号外贸大楼开始文学创作的，陆续在《文汇报》《文汇月刊》《解放日报》《文学报》《小说界》《萌芽》等发表散文、诗歌、报告文学等。《繁花》作者金宇澄曾对我说："侬是阿拉的作者。"就是指我在27号穿白大褂当"文学青年"的这段时间，也常与青年作家朋友往来。

1984年，外贸局领导见我对写作有兴趣，介绍我采访了几位优秀外销员，写成《打开国际市场的人们》，在人民日报出版社创办的《报告文学》月刊发表，引起广泛关注。我被上海电影制片厂（即现在拍摄《繁花》的上海电影集团前身）借调到上影创作部——永福路一栋西班牙别墅，全脱产改写电影文学剧本。我这篇报告文学结尾写道："在深邃无限的宇宙长河中，生命只是瞬息，精神之光才是永恒的。理想、热忱、百折不挠的追求和不可亵渎的国家尊严，这便是我们民族赖以崛起的脊梁，这便是创造奇迹的源泉！好呵，中国牌商人！面对更广阔的世界，奋斗吧！"因此这个电影文学剧本名字我原来拟定为《中国商人》。

1984年秋天在上影厂改写电影剧本期间，又发生了命运转折。一天，外贸局老顾问、鹤发童颜的原上海丝绸进出口公司经理朱祖贤（1914—2016）把我叫到27号顶楼办公室，和蔼地对我讲："周医生，你的文笔和观察力都不错，《打开国际市场的人们》反响很大，电影厂借你脱产搞剧本，我们外贸局当然要支持啦。最近市里成立了《经济新闻报》，到外贸局来挖掘人才，你看，你愿意过去工作吗？你年轻有才华，可以成为一名优秀记者。在医务室待着太可惜了。"

感谢朱祖贤老先生的推荐，就这样，1985年春天，我告别了外滩27号4楼面向浦江的安静医务室。向往着更大的外面的世界，我不久后又开始申请自费留学，接到纽约州立大学宾汉顿研究生院比较文学专业（后改读MBA）的录取通知书后，我带着40美元，于8月飞向大洋彼岸，从头打拼，总爱仰望星空对自己说：加油！

中 国 商 人

从《繁花》镜头回溯那篇改变了我命运的《打开国际市场的人们》，40年前的我，究竟如何撰写外滩27号及外滩十几家大型外贸公司的精神样貌呢？38年前，我随身将1984年第二期《报告文学》带到美国，如今虽然纸页发黄，但文字和图片还很清晰。封面上印着：

（第一篇）胡思升："修氏理论"和它的女主人

（第二篇）周励：打开国际市场的人们

（第三篇）……

世界真小！行笔至此，发现这位大名鼎鼎的胡思升是我的纽约文友、女作家"纽约桃花（胡桃）"的亲叔叔！当时这位著名记者大概不会想到，与他并列在《报告文学》封面的周励，是一位上海外贸大楼33岁穿白大褂给外销员抹红药水的女医生！

我将整篇文章打了下来，在数码时代，如果不做一个电子版，这篇文章也许就会从此湮灭。那太对不起当年为此花费了大量精力的责编、著名编剧斯民三和张小玲老师！因篇幅有限，仅摘录这篇长文的开头部分供分享：

星光，映耀着外滩

外滩高大建筑的上空，一轮圆月在薄翼般的云层中穿行，建筑物上满是一格一格泛着银色月光的窗子，瞬息变幻的霓虹灯广告、波光潋滟的港湾，形成一股徐徐流动着的青色幽辉，使江面笼上了一层莹蓝色、绛紫色的光晕。喧闹了一天的外滩，此刻变得如此温柔，深邃而寥廓；星光，映耀着外滩，上海外贸大楼和鳞次栉比的十四家进出口公司，沉浸在静谧的夜色中。

一九八二年，世界经济是在大规模的衰退和萧条中度过的。世界贸易总额下降了，而中国却在上升！……上海，这个闻名遐迩的经济和国际贸易都市，愈益放射出耀眼的光芒，成为各国瞩目的一颗璀璨明珠。

且不去描绘上海对外经济贸易的宏观效益，也不去追溯上海外贸近年来的发展气势；我只想写下那些跻身于世界竞争风云之中，首先打开了国际市场的人。让我们通过上海口岸的窗口，去看一看那些“热烈而又恬静，深刻而又朴素、温柔而又高傲、微妙而又率直”的人吧！你会看到一股涌溢着它的贡献奔腾入海的洪流，会感到充溢在这个广阔的世界上的那种振奋人心的力量！

翻开泛黄的纸页回到40年以前，也许你能合着《繁花》的节拍，找到“内核”的真实动态与人物魅力——虽然他们不像电影明星那般亮丽，都是普普通通的人，但他们是真实世界里最美丽的人！令人欣慰的是，文中主角、丝绸进出口公司外销员方美丽、五金矿产进出口公司外销科长胡昌华后均因德才兼备、业绩优秀，逐步成长为上海东方集团副总和中国五矿集团副总裁。他们为中国外贸事业做出了卓越贡献。

40年飞逝，一路风华，一路“繁花”。感谢金宇澄和王家卫，给电视机前的我、你、他，提供了追忆似水年华的“穿越”。现在让我们沉下心来，实实在在做事，期待现实生活中的“繁花”盛开！

安福路忆往

俞汝捷

2024-03-24

从20世纪40年代出生，到60年代大学毕业离沪，我在安福路生活过20多年，对旧时街景与若干往事记忆犹新。

安福路是一条全长仅862米而历史已逾百年的小路。它修筑于1915至1916年，当时取名巨泼来斯路。过了十多年，它的南边才出现一条与之平行的小路即五原路（昔称赵主教路），而长乐路（昔称蒲石路）也越过常熟路（昔称善钟路）延伸至华山路（昔称海格路），成为另一条与安福路平行的马路（昔称西蒲石路）。在1943年，所有的租界马路都改以中国省市县命名，而在我小时候，因习惯使然，人们口中仍经常道出旧路名。

一派幽静的西段

安福路与乌鲁木齐中路（昔称麦琪路）交叉而分为东西两段，东邻常熟路，西接武康路（昔称福开森路）。若就居住环境、生活氛围而言，将安福路一分为二的并非乌鲁木齐中路，而是旧称来斯别业的189弄。该弄以西，除旧称美华里的191弄内有三排石库门房屋外，马路两侧全为洋房和西式弄堂。与现在的打卡点景象绝异，以前这一带没有商店，行人车辆也极稀少，绿树荫下一派幽静。据闻解放前曾有小劫匪躲在树后，于夜晚突然窜出来抢夺行人衣物，俗称“剥猪猡”。而在我读小学时，放学后常会与一些同学来到这片空寂的路上踢球或玩“捉人”游戏，后来又在这里学会了骑自行车。

西段有三个文艺单位。位于马路北侧、靠近武康路的为上海人民艺术剧院和市电影发行公司。位于马路南侧的是青年话剧团，所处201号则是一座大花园洋房。我从小就知道此地是流氓汉奸潘三省的旧居，又曾是吴国桢的宅邸。直到1966年后，我才首次踏进该园大门。

这段路上的知名人士，为人熟知的是贺绿汀，191弄有他的“旧居”标牌。罕为人知的是，20世纪30至40年代也住在该弄的还有胡士莹教授一家。胡氏是研究话本小说的权威学者兼书法家，抗战胜利后才迁往杭州。其子胡石言则于1942年参加新四军，后成为部队作家，所著《柳堡的故事》拍成电影后很有影响。

在上海人艺斜对面的一条弄内，曾住着复旦中文系最富诗才的教授徐澄宇及夫人陈家庆。有关他俩的人生遭际和诗文成就，拙文《诗坛伉俪徐澄宇陈家庆先生》有所记叙。最近获知的新消息是，徐先生点校的《高青丘集》即将由上海古籍出版社重版，而陈先生的佚著《汉魏六朝诗研究》和《曲史述要》经安徽大学古籍整理室搜寻整理后亦行将付梓。

西段路上还住过一个武人，名宋瑞珂。其人在北伐战争和抗日战争中建有功勋，被授国民党陆军中将军衔，1947年成为解放军战俘，1960年获特赦，晚年曾任民革中央顾问、上海黄埔军校同学会会长和市政协委员。我见过他一次。那是“文革”初期，我路过居委会食堂，看见一人步履和鞠躬姿势特别规整利索而富于军人气概。一问，才知他是宋瑞珂，就住在食堂附近。

此外，我的姐夫，中国工程院院士、2022“感动中国”人物之一、被称为“亚洲电动车之父”的陈清泉，20世纪70年代曾住在249弄5号宅内。

市声杂沓的东段

189弄以东，除西式的信和别墅及泉币收藏家罗伯昭旧居等若干洋房外，多数房屋都比较简陋，街面房后面的某些住宅更类似棚户区。因无厕所，每天清晨，一些弄口会停着粪车，大家便提着木制马桶出来倾倒。我读高中时，学校安排义务劳动，有几次是去环卫所，将空粪车从一处踩到另一处去清洗，所以我有过踩粪车的体验。

与西段的寂静形成对比，东段市声杂沓，充满烟火气。仅189弄对过便有一家裁缝铺、一家米店和一家烟纸店。由此往东，不长的马路两侧，商店栉比鳞次，从杂货店、文具店、五金店、洗染店、食品店、馒头店、酒店、酱园、药房到浴室、当铺、棺材店，从修车、修鞋、修伞的地摊，到专门招徕学生的零食摊、玩具摊和连环画书摊，可谓应有尽有。晚上8点以后，在与乌鲁木齐中路相交的路口，还会出现一个油豆腐线粉摊。我晚自习后回家，有时会花3分钱去摊边解馋。

众多店铺，有些并无店名，有店名的大都含义吉祥，如永远大药房、大有兴杂货店等皆是。比较特别的，是一家三友浴室，名称取自《论语》中的“友直，友谅，友多闻”，公私合营后改名和平浴室，20世纪90年代拆除后原址已变成金苑高楼的一部分。一个更特别的店名，是邻近三友浴室的小酒店，称为也是酒店。这个店名让我联想到祖上在长沙的私邸，称为也园。以“也是”和“也”取名，透出中国式的幽默和谦逊。后来我为长篇小说《李自成（精补本）》补写江南生活场景时，借用了“也是酒店”“也园”的店名和园名。

来斯别业的家族记忆

2017年4月，徐汇区政府网上公布了一批区文物保护点，排在首位的乃是安福路189弄来斯别业。

来斯别业系先父俞莱山所营建。他于1920年来到上海，先在《时报》任主笔，以“如愚”“寒”等笔名发表时评。1924年列宁逝世时，《时报》率先发出的《悼列宁》一文，便出诸他的手笔。上海证券业兴盛后，他脱离报社，成为早期的交易所经纪人。1933年，他在昔称巨泼来斯路上购地建成四栋独立式花园洋房，起名来斯别业，刻在弄口门柱上的四个字则由先祖俞寿璋题写。“来斯”摘自路名，“别业”与别墅同义。唐代诗人王维称所居为辋川别业。

与当时一些洋房爱请洋人设计不同，来斯别业系中国人设计，观念颇新。譬如取暖设备，就舍弃常见的壁炉，采用了新潮的热水汀。又如钢窗和浅黄色水泥拉毛的外墙，也都富于现代气息。

房屋装修完成后，我家自住3号，2号和4号都整栋租出。剩下1号，据说章士钊曾来看房，也想整栋租下，可是里面已有亲戚和房客使用着部分房间，这样就未谈成。亲戚中不妨一提的，是我的堂兄俞汝勤，他于1935年出生在1号，后随其父母返回长沙，20世纪50年代留苏，现在是我国分析化学领域的学术带头人、中科院院士，曾多年担任湖南大学校长。1号房客换过几位，其中有位翻译家傅东华，是畅销小说《飘》的译者。我上初中时就读过该书，还记得上册正文前面印有电影《乱世佳人》四位主角的剧照。

抗战时期，先父退出证券业，闭门家居，胜利后转去一些纱厂、银行任职，解放后被聘为新闻图书馆专员。战乱岁月中，为维持全家生计，他将房屋陆续售出，目前俞氏后人仅持有2号的部分产权。

几十年来，来斯别业的外观屡有改变。原先与相邻的187号、191弄之间有围墙隔开，并装有两道铁门。1958年大炼钢铁时铁门被拆去炼钢，之后围墙也被拆除，这里就成了一条门牌各异的合体弄堂。弄内四间汽车间上方原是一个大平台。20世纪50年代初期有位房客系市信鸽协会会长，他在大平台上安置多排鸽棚，天天指挥群鸽在天际回翔，煞是好看。一两年后鸽棚拆除，大平台成为晒衣服和孩子们玩耍的地方。“文革”期间大平台上盖了一排难看的简易房。简易房及弄内另外一处由门房扩建的棚户式房子，杂在四栋美观的洋房之间，很像一幅取景怪诞的图画。

书声琅琅的马路

短短的安福路上，有过三所小学、一所中学。马路东头，距离常熟路不远处，是我就读的私立青华小学。校名题写者曹叔雅，是我的语文老师。他教给我们注音字母拼读法和四角号码检字法，让我一生受用不尽。他每次上课，会留下10分钟讲《水浒》故事，深受同学欢迎。大约讲到“鲁智深大闹野猪林”时，他被调往中学任教，同学们都大感遗憾和不舍。

该校与我还有过一次特殊联系。那是1954年国庆5周年，校方用课桌在操场拼搭成舞台，同时通过广播询问学生们家中是否有地毯，以便借来铺在课桌上。我立刻告诉老师家中有地毯，于是由负责庆典的大队辅导员曹铭随我回家商借。先父听后，爽快地一口答应。第二天，两张波斯地毯就铺在了操场舞台上。顺便可说的是，曹铭善画梅花。我不了解他后来的经历，但知道他晚年被聘为市文史馆馆员。我在文史馆所编《翰苑吟丛》中读过他的诗，记得其中一首题为《我画梅花六十年》。

来斯别业隔壁的187号，原是私立树民小学的校址。我没有进过该校，只记得那是一座4层楼房，底层沿街的一间是酱油店，教室应设在楼上几层，操场则在街对面的一小块空地上。

1956年，私立中小学都转为公立，青华小学和树民小学分别改名为安福路第一、第二小学。大约60年代初，在青年话剧团以西的一条弄内，又成立安福路第三小学。也是在安福路西段，有过一所只有初中部的中理中学，1956年改名黎明中学后增设了高中部。

现在上述小学和中学都已消失，在黎明中学原址出现了颇有名气的民办爱菊小学。

爱夜光杯 爱上海

2023

念故人

晚风拂柳笛声残

刘心武

2023-06-13

北京东四邮电局是我的福地。1958年我第一次投稿命中，稿子是在那里投寄的，过些时候在邮电局陈放新杂志的架子上，发现当年第13期《读书》杂志的封面提要，赫然出现我的名字，立即买下5本，好高兴！现在总有年轻人问我 :《读书》杂志不是1979年才创刊的吗？我不清楚1958年的《读书》与21年后的《读书》有怎样的渊源，反正那时候确确实实有《读书》杂志。我最近从孔夫子旧书网上购得1958年《读书》的合订本，抚摸着刊发我文章那期的封面，犹如抚摸着少年时代我的旧照。

1977年我投寄《班主任》给《人民文学》杂志，起初是在东单邮电局，柜台里的工作人员检验后，非要我把稿子和给编辑部的信函分开投寄，我赌气没寄。数天后到东四邮电局去寄，没有再被那样要求，顺利寄出，后来《班主任》刊发了出来。

但我现在要回忆的是，我经常去东四邮电局期刊售卖的货架前观望。1962年，我20岁，发现最上一格放着新的《人民画报》，好宽阔的封面，上面印着一个古装大美人的特写，呀，认出来，是中央实验话剧院郑振瑶扮演的，话剧《桃花扇》中的女主角李香君。毫不犹豫，立即买回一册。这期画报我当然从封面一直看到封底，但最让我动心的，还是封面上郑振瑶饰演的李香君。

或许有人会问：是你那时的梦中情人吧？还真不是。那时我已经历了初恋，牵动我情愫的，是她赠我的一套铜版画，画上是欧洲古典建筑。青春期对美的追求，对爱的向往，那内心的火焰，是不会熄灭的。

美的追求，爱的向往，是跟阅读文学作品、观剧、看电影、看美展，紧密关联的。郑振瑶比我大6岁，是当年中央实验话剧院的台柱子。她刚从中央戏剧学院毕业，分到剧院就担纲了俄罗斯古典名剧《大雷雨》中卡特琳娜一角；中国青年艺术剧院排演《文成公主》，田汉编剧，金山执导，资深演员吴雪饰演松赞干布，特邀她去扮演文成公主，她不负众望，演得栩栩如生。

接着，她又在本院的重点戏《桃花扇》里，出演李香君。这几个剧我都看过。那时没有粉丝一说，但我实质上就是她的骨灰级粉丝。她大红大紫的时候，不过二十四五岁。

1959年北京电影制片厂把杨沫的《青春之歌》搬上银幕，我听到消息，总觉得应该找郑振瑶出演林道静，相貌、气质都契合，而且，后来成功出演林道静的谢芳，还比她大一岁。但她整个青春期，都未能登上银幕。记得1963年我在人民剧场观看中央实验话剧院演出的，阳翰笙编剧、舒群执导的话剧《三人行》，其中青年女性石晓芬，是她扮演的，至今那阳光靓丽的形象还宛在眼前，但最近在孔夫子旧书网上查到，有当年演出的说明书在卖，那上面石晓芬一角的扮演者只有一个名字：肖驰。是我记忆有误吗？

说到肖驰，当年我也是她的粉丝，她在意大利哥尔多尼的《女店主》、欧阳予倩的《黑奴恨》中都演女一号，非常出彩。肖驰比郑振瑶略大。记得1958年八一电影制片厂拍摄过一部农村题材喜剧片《金铃传》，里面的女一号兰英就是肖驰扮演的。现在从网络上查《金铃传》，出现一大溜演员头像，却偏偏没有肖驰。这说明光凭互联网上杂驳的信息，是很难厘清历史真相的。

我想，应该是《三人行》中石晓芬一角，本来只由肖驰扮演，但我看的那一轮演出，改由郑振瑶扮演。而互联网上关于《金铃传》的资料，忽略肖驰，大概与肖驰后来无论在舞台上还是银幕上都相对沉寂有关吧。

1963年西安电影制片厂孙敬执导《桃花扇》，李香君的不二人选，是郑振瑶，那年她27岁。但片方联系到她，她已身怀六甲，结果请王丹凤来演，演技没得说，形象也颇艳丽，但王比郑大12岁，已经逼近40岁了。

20世纪70年代中期，电影《艳阳天》《第二个春天》《南海长城》都翻来覆去折腾了许久，才艰难面世，演员换来换去，成为常态。郑振瑶终于得到在《闪闪的红星》中出演冬子妈的机会，她好珍视，去革命老根据地体验生活，努力进入角色的内心，斟酌每一场戏的呈现。但是，第一批样片出来，她就被否定掉了，说她形象缺乏应有的斗争性。后来那一角换成由李雪红扮演。

直到改革开放以后，郑振瑶才终于登上银幕。她第一部片子《飞行交响乐》没有打响。但1981年，上海电影制片厂吴贻弓执导改编自林海音同名小说的《城南旧事》，请她出演宋妈一角，她以精湛的演技，夺得国内金鸡奖和马尼拉国际电影节的最佳女配角奖。

《城南旧事》1982年拍成，年底先赴马尼拉参赛，影片获得最佳故事片奖，导演吴贻弓和郑振瑶都去马尼拉参加了电影节活动。到1983年，该片才在国内公映，好评如潮。

1982年，北京电影制片厂将我的中篇小说《如意》搬上银幕，黄健中执导，厂里本来想让谢芳饰演其中格格一角，上海电影制片厂的李纬正好在北影演完《许茂和他的女儿们》，想演其中石大爷一角，黄健中坚持要李仁堂演石大爷，要郑振瑶演金绮纹即格格一角。我这才和1962年《人民画报》第3期的封面女郎谋面，并且有了比较亲密的接触。那期间我家电话铃响，常会是乐呵呵的声音："我是格格……"

《如意》是一部典型的文艺片，慢节奏，缓抒情，唯美，深沉，但多有人认为是黄健中的杰作，而郑振瑶饰演的格格，被众多评论赞叹。有篇评论说，当她道出离不了故土那段台词时，脸上的毛细血管渐次泛红，体现出从内心呈现到外表的高超演技，那特写镜头令人终生难忘。

那一年法国南特"三大洲电影节"来北京选片，选中《如意》作为那一届电影节开幕式放映片，并在电影节举办谢晋电影回顾展，电影局组成一个中国代表团赴法，谢晋为团长顺理成章，但《如意》的男一号女一号演员，李仁堂和郑振瑶，竟都未派，派我去，说是主办方看了片子觉得文学基础甚好，点名邀我。另外又派《如意》中饰演格格丫头秋芸的陶玉玲去，说是郑振瑶刚去过马尼拉，已用过一次出国机会，我很为郑振瑶遗憾。当然，后来在法国，我跟陶玉玲相处得很好。

郑振瑶登上银幕，已经40多岁，只能扮演中年妇女，甚至宋妈那样偏老的角色。她那如花似玉的青春美貌，定格在1962年的《人民画报》封面。真个是晚风拂柳笛声残。但她的演技愈加炉火纯青，2004年，她凭借《美丽上海》获得第24届中国电影金鸡奖最佳女主角奖。

她晚年因病被女儿接到澳大利亚照顾，2023年5月22日在那里仙去。我已在网上购得1962年《人民画报》第3期，在网上重看了《如意》，格格啊，你在天堂一定依然静美如荷。

纪念黄永玉先生

南　妮

2023-06-15

“黑妮：惊闻黄老师过世。悲痛！总相信他有比别人更长的生命。还是肺的病因吗？节哀！保重！”至写文章时，黑妮还未回信。

编发黄永玉先生稿件的情景与激动，仿佛就在眼前。黑妮寄来她爸爸画的兔年挂历就悬在墙上。2023年6月14日，上午还是晴空万里，下午4点多，突然的一阵倾盆大雨。天空完全黑沉。真的再不能看到黄老师那生动的微笑了吗？

95岁、96岁之后的黄永玉先生，文字与绘画，仍然风格独创。天籁的活力与智慧既是对我们的启迪，又是对我们的鼓舞。我们渴望与他在一起，听他对于这个时代的解读。

汪曾祺那段著名的话：“永玉是有丰富的生活的，他自己从小到大的经历都是我们无法梦见的故事，他的特殊的好‘记性’，他的对事物的多情的、过目不忘的感受，是他的不竭的创作的源泉。”——一个人的晚年，犹如一个人的少年，永不懈怠，永不满足。黄永玉先生是一个奇迹。

张新颖在《要是沈从文看到黄永玉的文章》一书中，写到他去北京顺义太阳城参加黄永玉先生90岁生日，第二天在饭厅吃午饭，“两个人各一碗炸酱面，猪蹄，黄瓜丝，各一大杯冰水。这一大杯冰水，我一直没动，黄先生却喝光了，我吃惊不小”。第一次知道黄永玉先生年轻时画木刻，有几块饼充饥，就很高兴了，也吃惊不小。苦难从来就是文学的母体。从黑妮那里知道，黄老师热爱牛排、烟肉，五星级宾馆早餐油炸的那种烟肉。“有人劝说，他才不管。”对食物有两极的态度。而苦难呢？黄老师的轻盈有趣、幽默诙谐来自于此。艺术的张力滋生于苦与乐的两极。

2021年的7月、9月、11月、12月，黄永玉先生有4篇长稿在《新民晚报》星期天“夜光杯”刊登。他把晚年最好的文字、最好的作品给了晚报。在报社走廊里，人人都可见到镜框中他的手书《热闹的价值》，那是去年黄永玉先生为庆贺《新民晚报》复刊40周年特意书写了他自己早年的一首诗歌。书法的潇洒，留白的舒适，令人叹为观止。没有一个书法家能够将那字与字的距离、行与行间的匀称，整到堪称艺术的境地。也就是说，那些空白的白，真有着无法言说的美。何其有力的一双手。何其准确的美术眼光。而那无法言说的美，对于晚报，那是怎样的一种情义与祝福？

2021年的夏天，当我在报社电脑房拿着彩色打印出来的双版合拼的通版：黄永玉先生文配图的《只此一家王世襄》，激动地欣赏，深深地陶醉。“编过这样的版面，我的职业生涯也值了！”一旁的同事完全赞同我说的话。

见过照片上青年的、中年的、老年的黄永玉先生在木板子前工作时的微笑。那是由内而生的幸福的微笑。知道生活中他滴酒不沾。知道他一生中只有一个爱人。他所以拥有了那么多的时间。才华是天赋的。才华也是由精心的时间凝聚、由杰出的生命迸发。

那些他热爱的动物，那些爱犬、宝猫，此刻会恍惚焦躁，严重不安。最喜欢它们的爷爷在哪里？有一天，它们会奔突到原野大地，它们会寻找谛听。有趣的灵魂是不灭的。

高安路上的赵有亮

梁　山

2023-08-09

每次路过高安路，总会想到赵有亮。

为什么是高安路？因为我们《孽债》拍的第一场重要的戏，男主角沈若尘和女儿长离别后的相认，就是在高安路上取景拍摄的。摄影师刘利华一定记得他铺了长长的轨道。沈若尘在高安路的公交站上等待十几年没见的女儿，忐忑、紧张、悔恨、害怕、惊讶、喜悦、欣慰，都在同一个时空表现。赵有亮老师演得不温不火，他有一个代表性的动作，不知所措的时候，用手背蹭蹭鼻子，头侧向一边。这是他的招牌动作，别人没有的。

今天的年轻人难以想象，在1995年的上海，电视剧就是一种大众生活方式，整个上海四五成的人同时看同一部剧，听同一首主题歌。这是多么可怕的数量啊。这样的情形，我经历过两次，现象级的电视剧才有这种万人空巷的效果，而这两部剧的男主角，都是赵有亮。可以说，凡是上海人，都看过他的戏。

赵有亮喜欢开玩笑，他对我说，梁山，你们上影剧组太严肃认真，工作强度又大，还是要把氛围调得轻松些，这个工作以后我来做。

我受益匪浅。是的，团结紧张，还要严肃活泼。

我和赵老师是铁杆儿，一共合作了四部戏，我觉得中国导演里大概没人超过我了。其中有一部，戏不多，分量却很重，那就是《错爱一生》。他演一个诗人——罗尔。女主角顾忆罗的名字，就是为了追忆父亲罗尔，这可是编剧王丽萍亲口叮嘱我的。王丽萍还写了一首诗《你那美丽的忧伤》，给《错爱一生》做结尾—— 诗人罗尔一手漂亮的行书把诗写在客栈的墙上，被寻找父亲的韩雪读到，心潮澎湃，觉得自己触到了父亲的灵魂。全片结束时，韩雪念诗的声音逐渐替换赵有亮老师深情的嗓音，“你美丽的忧伤——你目光有醉人的疼痛，从此注定我终生的漂泊……”动人的诗句里，影片出现了诗人罗尔的一组画面，赵有亮老师坐在海边礁石上，轻吟着自己的诗句。那时觉得赵有亮的文人气质是忧伤的，所以他能演得出来。音乐声中，韩雪踏着坚定的脚步背着孩子迈向远山归途，这确是一个动人的场景，我自己都很难遗忘。

《错爱一生》是央视当年的一部爆款，也成了很多文艺青年的童年梦魇，可能其中用过一些恐怖片的创作手法吧，但我觉得这仍是部诗意的作品。

不过，在上海人的记忆中，《孽债》里的赵有亮，才代表着上海人的一种存在。赵有亮演的人物叫沈若尘。叶辛先生小说人物的名字都暗含深意，比如“吴观潮”，感觉是大潮的看客、随时的见风使舵者。而给赵有亮的角色起名沈若尘。若尘，如一粒尘埃，这是作者对生活的比喻。赵有亮喜欢演这样的微尘。

真实生活中的赵有亮，是中央实验话剧院的掌门人、话剧导演的伯乐，他在院里罕见地提出“不用行政手段管理艺术家”。在那个不宽裕的年代，广纳贤才，给解决住房，让平衡好话剧和外拍影视的关系，最后人才一个个脱颖而出。话剧也在他那个年代走出困局，一路高歌。文艺管理者不同于其他，首先要懂行，更可贵的是宽厚、仁心、无我。一个细腻的上海人，竟被北京的老中青艺术家如此首肯，是非常不易的。

但是事情有另一面，赵有亮亲口跟我说，他还是喜欢到我的现实主义作品里演普通人。

上影有伟大的现实主义传统，比如我们推崇1948年的电影《万家灯火》

（沈浮导演，可以比肩意大利新现实主义电影《偷自行车的人》）。这种偏好与赵有亮一拍即合，他也愿意在这样的小人物作品里演绎人生百态，这是我们后来合作《夺子战争》的基础。

我母亲的同事，一位音乐学院女高音歌唱家，身材比较胖、声音极好听的那种，听说我们的戏要找赵有亮来演，“啊？赵有亮！他的眼神，太迷人了！”女歌唱家当时的表情，简直是歌剧里茶花女那种痴迷，把我惊着了。完全可以想象赵老师在女性观众尤其是知识女性中的影响。就那个瞬间，坚定了我们下一步戏再请赵院长出演“乔书铭”的决心。

《夺子战争》开拍了，全程上海话，赵有亮演绎了一个“蔫人出豹子”的乔书铭，从一个老实巴交的人，一步步完成蜕变，他塑造得太出色，不小心又成了爆款。但是可惜，播出后，20年没重播过，网上也找不到，后来某公司还拍了一部毫无关系却重名的剧。两剧重名，老百姓和媒体从此搞不清哪部是赵有亮讲上海话的《夺子战争》。漫长20年中的某一天，常住北京的赵院长忽然给我来电话了，梁山啊，国家话剧院一帮同事无意中看了我演的《夺子战争》，他们竟一致公认这是我演得最好的戏，你那里还有高清的录像带没有。我笑了，全说上海话，北京人哪看得懂？赵有亮说，能看懂，大家看外国片，也不需要懂外语啊，反正下边有字幕呗，但是，上海话，原汁原味，他们反而觉得灵！我说，《夺子战争》毫无疑问是您的代表作，因为这是真诚作品（在电影界，只有不图功利、全身心表达的戏才能称为真诚作品）。赵老师，咱片尾预告里可有续集《多多归来》，观众都在等呢。赵有亮笑了，略带结巴的标志性嗓音说：要……要搞的，一定要搞续集。

2021年，上海电视艺术家协会联合SMG重新修复了1997高清版的《夺子战争》，在上海电视台开始暑期经典重播，《夺》剧重见天日！我高兴地向赵院长报喜，此刻赵院长早已从领导岗位退下，淡出人们的视线。他略带结巴地回答：太……太好了，上海人总是识货的。

赵院长从来不说自己的家事，他的生活，我们也不问，这是一种怎样的交往呢？恐怕全世界只有上海人才能做到——工作上极端默契，但是，除了工作，啥都不问，心照不宣。也许，这算一种君子之交吧。

一直不问就会出问题。2023年的7月，曹可凡微博上触目惊心的两行字迅速传遍全网："惊闻表演艺术家赵有亮先生远行，其主演电视剧《孽债》和《夺子战争》影响深远。"

看到消息，我跌坐在椅子上，良久良久。

赵老师，您走了，《夺子战争》续集该怎么办？观众等了25年的续集怎么办？各种论坛里，多少观众在《夺子战争》评论栏留言，那可真的在盼啊。

赵老师，不是说好了吗，我们来个创新的，用电影为电视剧做续集，您仍然演乔书铭……

赵老师，您那么爱出汗，当年摄影棚又没空调，镜头每拍一次服装师就围上来脱下您湿透的衣服紧急熨干。这次我们一定准备特殊的衣料，保证您不出汗……

您怎么急着就走了，为什么，为什么？难道，天国的话剧艺术家们太需要您？

呜呼——

高安路上车流不息，我又想起赵有亮。那一年，他50岁，手背蹭了蹭鼻子，低头侧向一边。

这是他在我脑海里的定格。

恩师袁鹰

赵丽宏
2023-09-03

今天是9月1日，上午8点，桌上的手机响起来，来电显示的名字：袁鹰赵成贵。这是照顾袁鹰的小赵的手机。我的心里一紧，打开手机，传来小赵悲伤的声音：今天早晨7点，袁鹰老师走了。

我拿着手机，呆呆地愣了好久，心里的悲痛，无法用言语表达。亲爱的袁鹰师，你真的走了吗？我和他交往50年了，多少难忘的往事，在心里浮现。

50多年前，我还是崇明岛上的一个下乡知青，因为热爱文学，多次给《人民日报》副刊投稿，引起了副刊主编袁鹰的关注。他发表我的习作，经常写信鼓励我。袁鹰师是散文大家，我少年时代就喜欢读他的文章。那时，做梦也不敢想，我这样一个生活在最底层的下乡知青，会有机会认识袁鹰，我那些在油灯的微光下，在粗糙的稿纸上写成的稚嫩文字，会引起他的关注，能发表在《人民日报》上。第一次收到袁鹰师的信时，我几乎不相信自己的眼睛。他在信中告诫我："要多读书，多体验生活，不要急着写。要多看多想，然后慢慢写。"这样的鼓励和指点，犹如温暖的灯光，在灰暗中照亮了我眼前的路。记得是1975年春天，袁鹰师来上海组稿，他专程来崇明岛看望徐刚和我。那年，我才23岁，还是个未出茅庐的文学青年。面对我敬仰的文学前辈，既紧张，又忐忑。袁鹰师拉着我的手，笑着说："哦，你就是丽宏，这么年轻啊！"他的真诚随和，消除了我的紧张不安。袁鹰师离开崇明岛时，我陪他一起乘渡轮去上海。在船上，我们站在甲板的船舷边，面对着浩瀚的长江入海口，说了很多心里话。对时局的担忧和憧憬，我们有相同的看法。他询问我在乡下“插队落户”的生活，问我读过一些什么书，也谈到了他年轻时追求文学、参加革命的往事。他说话时亲切的态度，就像是面对一个老朋友，没有一点架子。那时，我觉得自己前途黯淡，情绪有点低落。袁鹰师大概发现了，微笑着安慰我说：“你的人生还刚刚开始呢，要看得远一点。”我们说话时，江面上有海鸥盘旋，可以听见它们欢悦的呼叫，还有翅膀拍击波涛的声音。袁鹰师看着在水天间翔舞的海鸥，意味深长地对我说：“你看，天高水阔，可以自由地飞。”

1976年10月，粉碎“四人帮”后的第一时间，袁鹰师约我和刘征泰写报告文学，采访上海各界人士当时激奋欣喜的心情，写成报告文学《旌旗十万斩阎罗》，在《人民日报》副刊以整版篇幅发表。1977年恢复高考，我考入华东师大中文系，袁鹰师来信祝贺我，并希望我上了大学不要放弃文学创作。在校期间，《人民日报·大地》副刊发表了我的很多作品，有散文，也有诗。一次，《人民日报》编辑解波来学校向我约稿，她带来了袁鹰师的问候，她告诉我，《大地》副刊要新设一个短散文栏目，反映社会新风尚。我在大学的教室里写了散文《雨中》，写生活中的一件小事，表现人性的善美。解波把这篇散文带回北京后，作为《大地》副刊新设栏目“晨光短笛”的开篇，发表之后，被广为转载，还获得当年《人民日报》优秀作品奖。《雨中》后来被收入语文教材，30多年来，曾收入国内十多种中小学语文课本中，这也体现了《大地》副刊巨大的影响力。

大学二年级时，去北京旅游。袁鹰师知道我来北京，在东来顺饭店请我吃饭，那天被邀请的，还有徐刚和周明。周明来得晚一点，他进门就笑着说：“哈哈，《人民日报》文艺部大主任，请一个大学生吃饭，我们来作陪！”大学四年级时，我的第一本诗集《珊瑚》出版，我写信请袁鹰师作序，他一口答应，很快寄来了一篇饱含深情的序文，这篇以第二人称写的书信体序文，没有一点长辈的架子，亲切如挚友谈心，不仅分析评论了我的诗，给我很多鼓励，也指点了我未来的方向。

袁鹰师每有一本新出版的书，都会签名后寄给我。我的书架上，有他送给我的20多本书：《风帆》《横眉》《玉碎》《袁鹰散文六十篇》《袁鹰儿童诗选》《秋风背影》《滨海故人》《一方净土》《灯下白头人》《江山风雨》《袁鹰自述》《生正逢辰》……袁鹰师有很多名作广为传诵，还被收进中小学的语文课本，我小时候读过他的《时光老人的礼物》，还有那篇著名的《井冈翠竹》。有一次我去看他，他拿出一本新出版的高中语文课本，笑着对我说："我们在语文课本里做了邻居！"这一册高三语文课本中，我的散文《三峡船夫曲》和袁鹰师的《筏子》被收在同一个单元中，他在前，我在后；他写黄河，我写长江。能和袁鹰师做这样的邻居，我深感荣幸。

袁鹰师退休后，我们的交往比以前更多。每年春节前，他都会寄贺年卡给我，贺卡上有他的照片，还有他的题词。寄贺卡的风俗被抑制后，我每年收到的为数不多的贺卡中，一定有袁鹰师的与众不同的贺卡。每年三月我去北京开会，总要邀请北京的文坛好友聚一次，袁鹰师每次都来，而且总是第一个到。见面时他拉着我的手笑声朗朗："丽宏，你看，你请客，我总是打先锋！"来聚会的朋友中，还有从维熙、陈丹晨、鲁光、刘心武、肖复兴、张抗抗、梁晓声、朱永新、李辉、罗雪村等，袁鹰是长者，坐在我们中间，亲切地笑着。座中人人都得到过他的帮助，大家从心底里感激他，尊敬他。

袁鹰师一直关心着我的创作，知道我出新书，他会在电话里祝贺我。一次，我发表了一篇回忆第四届中国作协代表大会的文章，文中所述和事实有出入，他来电话说："你记错了！"我惊异于他的细心，也感到惭愧。在对待写作的态度上，袁鹰师是我的榜样。退休后，他没有放下手中的笔，一直在思考，在写作。他那篇评述陈独秀的长文，给了这位革命先驱公正的评价，也把很多不为人知的历史真相呈示在世人面前。他对《红楼梦》研究批判和对电影《武训传》批判的回顾和反思，他写的《讲真话：巴金老人留下的箴言》，都是振聋发聩的肺腑真言。他在反思历史、揭示真相的同时，无情地解剖自己的灵魂，那种真诚正直的态度，震撼人心。

2017年，静安区图书馆为我建一个书房，我请袁鹰师为我写一幅字挂在书房里。袁鹰师很快寄来了他的题词，他在题词中这样写："先贤曾将'门对千竿竹，家藏万卷书'作为人生追求的美好境界，常为之神往。多读书，读千万册好书，有助于冶炼灵魂，使灵魂更纯洁，得到升华，才可能为社会做出贡献。"和他的题词同时寄来的，还有一个镜框，里面装的是李大钊的一副对联："铁肩担道义，妙手著文章。"这是袁鹰师喜欢的一幅字，原本夹在他的书桌玻璃台板下面，他专门请人用宣纸复印装裱后送给我。在镜框背后的木衬板上，袁鹰师用毛笔写了这样一段话："大钊先烈早年所作赠人小联，记不清最早从何而来，一直将此联拍成小照放在玻璃板下作为警策。现在制成此件，敬赠丽宏老友书斋补壁，长留纪念。"这两幅字，挂在我的书房里，我每次去，都要静心看一下，这是恩师语重心长的嘱咐，也是我们师生之谊的珍贵纪念。

最近三年，无法去北京，和袁鹰师很久没见了。近两年，他体弱病重，住进了医院，电话交流也中断了。我只能通过照顾袁鹰师的赵成贵，了解袁鹰师的近况。我想念他！今年6月，我终于有机会去北京，到协和医院去探望了袁鹰师。他已经不能说话，我站在病床前俯身大声喊他，问候他，对他说话，他只是以沉静的目光凝视着我。我忍不住哽咽流泪。他的眼角也涌出了泪水。看护他的护士告诉我，他听懂你的话了。

这半个世纪来，袁鹰师一直关心着我，成为我终身的师友。他主编的《大地》副刊，曾发过多少我的散文和诗歌，已经难以计数，每篇作品的发表，都有让我难忘的故事。在我心里，袁鹰的名字，就是"大地"的化身，他是我的恩师。而和他的名字连在一起的《大地》副刊，是我写作生涯的起步之地，也是我的福地，她接纳了我，哺养了我，使我在风云变幻的时世中成长。和袁鹰师的交往，让我真正懂得了文人之间的真诚、平等和互相关心，应该是什么样子。

此刻，已是午夜，袁鹰师正被满天繁星和清朗的月光簇拥。亲爱的袁鹰师，天堂在迎接你，请走好！

2023年9月1日深夜于四步斋

105岁的翁香光老人走了

丁言昭
2023-09-04

2023年7月23日，105岁的翁香光老人走了。

我写完林徽因传和张幼仪传后，想写徐志摩的第三部：陆小曼传。写陆小曼传，说容易也容易，说困难也困难。容易的是徐志摩与陆小曼的材料非常多，多得你来不及看；困难的是1931年徐志摩去世后，陆小曼与翁瑞午的资料相当缺乏，况且与她同辈人几乎都已谢世，无处寻找。要想比较完整、客观地反映陆小曼的一生，必须找到翁瑞午的后代。

2005年年底，一个偶然的机会，父亲丁景唐竟在茫茫人海中，为我找到了翁瑞午的长女翁香光女士。让我惊奇的是，翁香光的家离我家仅隔一条马路，步行只需5分钟。

当时翁香光已80多岁，但是身板硬朗，耳聪目明，动作敏捷，充满了年轻人的朝气。我们与她约了三次才见上面：第一次说是患了重感冒，第二次住到妹妹家去了，第三次才答应我们的采访。

一进门，只见桌上放了四碟小吃：糖果、小西点、水果、蜜饯，说话间，保姆还捧上汤团请客人吃。可是翁香光连提两个问题，把我们给问傻了。

“为什么翁瑞午自己有和美的家庭，却与陆小曼要好？”

“为什么陆小曼要跟有妻子、有子女的人要好呢？”

我们还没提问，她却反客为主了，我们被问得一愣一愣的。

时间一长，我们成了忘年交，翁香光才告诉我说："起先我非常恨陆小曼，认为她破坏了我们平静的家庭。你准备来采访我时，我的情绪很抵触。后来想想事情都过去那么多年，我年纪也大了，回过头来看看，像他们这样生活了30多年，也确实不容易。"

我从2006年6月起笔写陆小曼传，2007年2月完成。在这些日子里，我三天两头到翁香光家去，每写好一章，就拿去给她看，同时想好问题去问。后来只要她想起什么，马上打电话告诉我。我在书中，写到翁瑞午和陆小曼相识、相知、相恋等真实情况，大部分都是翁香光告诉我的。她还为我提供了翁瑞午的许多照片，包括与陆小曼的合影照，都是第一次公布于世，为这本书增色不少。

1942年2月1日，翁香光与张元吉结婚。那时，翁香光和张元吉都在《良友》画报供职。几年前，张元吉的原配夫人留下几个孩子，撒手人间。

翁瑞午和妻子陈明榴有五个孩子，翁香光是长女，长女结婚可是件大事。翁瑞午送给女儿一幅鸳鸯手卷，外面是织锦缎，里面用手绢做成，手卷里的字和画都是翁瑞午和张元吉朋友所作。翁瑞午送给女婿的礼物是四本古代碑帖，是织锦缎裱起来的，还有一只用红木盖和底托着的砚台。陈明榴送的是上面镶着翡翠的金别针，别在领带上的。

翁香光与张元吉结婚之前，陆小曼与翁瑞午商量，能不能让她看看新郎？翁瑞午说回去问问大女儿。张元吉听说陆小曼想看看他，立即说："让她来吧，我来请客。"于是，他们四个人在哈同花园附近的来喜西餐厅吃了一顿。此后不久，陆小曼送给翁香光一套白绸睡衣裤，亲自在衣服上镶了花边，说新娘应该漂亮一些才是。另外，陆小曼送了一套浴室里的瓷器浴具，有脸盆、水壶、痰盂、肥皂。这套浴具是当年徐志摩家准备在上海经营一家旅馆时，特地到英国去定做的。可惜，现在只剩下脸盆和痰盂了，目前由徐志摩故居收藏着。

陆小曼和翁瑞午是事实婚姻，没有举行任何形式，但大家都是承认的，陆小曼后来填的表格里都将翁瑞午写在“家庭成员”一栏中。

1960年翁瑞午去世后，陆小曼的生活非常困难，翁香光总是尽力帮助她。那时翁香光在上海市高级人民法院工作，每月工资60多元，每次去看陆小曼，总会留下20元。一次，陆小曼交给她一张电话单，一共20元，翁香光向单位借款20元，分4个月还清，每月扣5元。

三年困难时期，翁香光的单位养猪，逢年过节，改善职工伙食。翁香光分到一些肉，总是拿去给陆小曼和父亲吃，还常常买面包去。父亲去世后，翁香光还是与往常一样去看望陆小曼。有一次，她买了块固本肥皂送给陆小曼。这种肥皂现在人们都用来洗衣服的，可陆小曼舍不得用，仅用它来洗脸。

翁香光和张元吉没有要孩子，1990年丈夫去世，好在“高院”的同志给予翁香光很大的关怀，时不时地来看望她，居委会和区妇联也经常为老人送温暖，她还与一群青年人交上了朋友，他们常给老人送些好吃的东西。翁香光年事已高，但仍然开朗、健谈，与人们谈笑风生，每天坚持看报、看新闻，和社会从不脱节。

现在翁老师走了，但是她的形象永远留在我的脑海里，好像她还站在台阶上，沐浴在灿烂的阳光下，向我们挥手告别……

寻常三事忆师恩

朱绩崧

2023-09-06

先师陆谷孙先生蔚为一代西洋语文巨擘。他的谢世，距今已7年多。日常生活中，有三个场合，总让我想起他，仿佛告别就在昨天的那种想。

第一个场合，自然是读书，特别是读那些与所谓“科研”浑身不搭界的英文和近现代史，这与我们共同的专业、阅读趣味有关，不待多言。

第二个，是在复旦校园散步。上学期，某日傍晚，一位00后留学生陪我在“本北高速”溜达。忽见春霞壮丽，那一瞬间，我想起十多年前，常有那么一老一少，晚饭后在这条从本部食堂通往北区宿舍的路上缓缓而行，聊着天南海北、古往今来。渐渐的，老者步态日显龙钟，直到一天，他对少者说，“本北高速”太远，走不动了。没错，这一老一少便是陆老师和我。也恰是这一瞬间，我体会到古人“独立斜阳多少恨，长空卷散暮天霞”的心境。

第三个，说来我自己都要笑，居然是在旦苑食堂一楼面档，面条子不要，只买两块五毛钱一块的抗通胀红烧大排，一买买两块。红烧大排，是我去陆老师家蹭饭吃得最多的菜。

“下课一定要来，我叫胖子买了大排烧给你吃。我先困中觉。”我刚留校工作那几年，午间会收到这样的短信，就是陆老师发的。他一个人住，吃得非常简单。我一周去吃两三次晚饭，他都要提前跟钟点工胖阿姨说好，去菜场买些大荤，专门烧给我吃。红烧大排，满满一大碗，五六块。可他自己，一块都不吃。“我……覅吃，”我劝他先来一块，他就会用鄙夷的眼神，打量无辜的大排们几秒钟，“侬吃，吃三块，还有几块带转去，明朝早上弄碗面吃吃。”

有一回，陆老师请我在国权路的上岛咖啡吃牛排。那是十五六年前，他鼓励我们几个研究生办文艺小报，用今天的话讲，就是自媒体。他说自己读大学时就办过，有助于培养知识分子情怀。没多久，师姐们忙毕业论文去也，便由我力微任重，一手操办。一天夜里，陆老师大概是知道我办报辛苦，通宵达旦，要犒劳我，讲“今朝勿蹲了屋里向吃”，拉着我要打车去淮海路红房子。我懒得跑远，提出还是就近吧。他说：“反正要开洋荤！”就来到了咖啡店，拿起菜单，挑最贵的牛排点。他自己吃的啥，我不记得了。只记得，我一边大快朵颐，他一边讲述美国的牛排吃法、风土人情，再扯到早年留美的那几位师兄师姐，害得我时不时要装得很有礼貌，放下刀叉，故作兴致盎然、洗耳恭听貌。买单了，我一看账单，乖乖，大几百，心想：还不如家里吃吃红烧大排实惠呢！这是记忆中，陆老师和我单独吃的唯一一顿大餐。这家上岛咖啡如今也不在了。

勉强说来，还有一次，也算单独吃吧——在我的一个梦里。我睡眠从小挺好，很少做梦，这个梦我印象深刻。梦里是一间纽约中央公园的公寓，老头子亲自下厨，给我做了几样家常菜，没有红烧大排，味道马马虎虎。醒来，我给他发短信，说了这个梦。他回我，说：“老夫实不擅此道也。”那阵子，我借了他的《此地是纽约》在看，小书作者E.B.怀特，美国现代散文名家，写的《夏洛的网》《精灵鼠小弟》《吹小号的天鹅》在我国也广受欢迎。陆老师特别喜欢的，倒是怀特这类忆亲怀旧的文字。

有很长一段时间，他和老友聚餐，都会带上我。点菜，他不忘关照“肉多来点”，再指指我，“迭个人啊，肉祖宗。蹲了我屋里向，红烧大排一顿吃三块！”我白食吃多，难为情，频频提出“劈硬柴”也计我一份。陆老师就大手一挥：“你还小，轮不到你！”翟象俊师伯一旁笑眯眯：“年轻人来，听我们唠叨唠叨，我们也很开心哪！”而范家材师伯早已默默把账都结了，还给了小费。

临终前几年，陆老师不爱出门了，总说：“我就想家里待着，编我的汉英词典。他们叫我去吃饭，吃来吃去，有啥好吃？”龙华开追悼会不算的话，我见他最后一面，是陪他第二次去九院洗牙，洗完回到他家吃午饭，照例一盘红烧大排。那时盛夏了，小餐厅吊扇叶瓣慢悠悠转着，他医嘱禁食，看着我狼吞虎咽。“看侬吃饭，真开心！哪能胃口介好！”

一点多，我告辞回家，他给我开门，“侬回去么，我也要困中觉哉。困醒还要编词典——勿晓得啥辰光做得光！急煞人！”我还是那句说了十多年的老话来劝慰：“慢慢来，身体要紧。”接着是例行的一句唱山歌：“陆老师，我走了。陆老师，侬早点休息。陆老师，再会。”不意竟成永诀。

这7年多，忙忙碌碌，眨眼即过。唯读书、散步、吃红烧大排不敢中辍，只为师恩绵绵，日夜感怀心间。

洁来还洁去
——忆谌容

任芙康

2024-03-17

20天前，恰逢立春，谌容谢世，静寂无声。我一位大学同学，与她熟悉，且为同院邻居，竟全无所闻。呜呼，皑皑白雪之时，茫茫红尘之中，又少了一位友人。

一

难过的心，有些摇荡，一下想到范荣康——谌容的丈夫。

1970年秋后某天，经部队谢姓首长引荐，结识老范。此后隔三岔五，便去王府井的《人民日报》送稿。当时我掌握一张票额十元的公用月票，可任意（任性）乘坐北京市所有线路公交车。所谓“送稿”，凡言论文章，就送给评论部主任范荣康。

有时将装稿的信封放传达室就走。有时想当面聆教，须先申请，内部电话问应“同意”，填写会客单，然后等人来接。报社大楼共五层，评论部位于四层，无电梯。老范虽然腿脚稳健，对他亲自下楼，我亦过意不去。老范总是轻描淡写：没关系，走走也是活动。

转年，仍是秋后某天，老范接我上楼，谈完稿子，未待告辞，他说，中午就在食堂吃饭，下午钱三强同志来做报告，你也听听。有这等幸遇，我大喜过望。

报社食堂在大楼左首附楼二层，吃饭时有桌有椅，两点钟左右再去，饭桌已推至靠墙，椅子横竖成排，临时讲台坐西朝东。老范带我去得稍早，就为坐到靠前位子。

钱三强身着中山装走进饭堂，引发的掌声，经久不息，我便明白，这是一种崇拜。陪同的（忘了姓甚名谁）介绍来宾是“中国原子弹之父”，钱老当即作揖，连说“愧不敢当”。其动作、话语，让人感到亲切，全场大笑。我素无日记，但肯定他那天没有单讲科技、政治、经济、新闻，却又一定是将这四大块，糅合到了“生活”里，故而欢笑不停，掌声不断。钱三强仪表堂堂，博学洒脱，书斋语居多，幽默感极强。我进入社会，为时不久，可已听过不少“报告”，调子一律激昂，却容易瞌睡，唯今天台上坐着一位妙趣横生的老人，叫人快活到极致，实为平生初次见识。

1972年3月，春山如笑，来了两个上学去处：一是北大读哲学，一是南开念中文。内心虽有挑选，仍进城讨教。老范听懂了我之所爱，便说，兴趣最要紧，你上天津吧。正是就学期间，梁天办了入伍手续挂在我团，人进了师部宣传队（在梁天帮助下，又搜罗去冯小刚）。我毕业前夕，谌容出版长篇小说《万年青》，后来读过她赠送谢首长的签名本。

1978年夏天，我已调天津。谢首长突地来电，让我立刻跟老范联系。中国社会科学院招收新闻研究生，老范参与其事（其时他已任《人民日报》副总编），想让我重回北京。我虽不才，却总让老范记挂，内心异常感激。可当时已对新闻了无兴趣，便直言谢过。老范只是遗憾，似乎说我“小任太有主意”，便作罢不表，言语间毫无不悦。如师如兄的老范，同样时时牵念我另一位战友张雷克。我的文化底子是1966年老初三，而雷克则是同年老高三，博闻强记，文章精彩，书法漂亮，是我此生心悦诚服的“师父”之一。我俩两块床板同居一室，支撑当时装甲兵“晨阳”报道组，连年获得表彰。不久，雷克脱下军装，由老范安排进《人民日报》评论部，很快显山露水，成为主力。他执笔一篇社论，获领导夸奖，并提出见见作者。数日后，老范领着，前往领导府邸拜见。事后听雷克感叹：为人之温厚，院落之简朴，实出意外。后因报社无力解决家属调京，老范放走如日中天的良将，推荐雷克担任《中国纪检监察报》首任社长兼总编，其家庭诸事，不久迎刃而解。

二

20世纪80年代初，经万力前辈接纳，我转业《天津文学》。后又得柳溪大姐赏识，左右该刊小说版面。其时，谌容的《人到中年》震动文坛。1986年夏天，我张罗《天津文学》小说作者大兴安岭采风。因老范这层关系，谌容欣然应邀，携梁欢同往。一路上，谌容神闲气定，专注景物，属于“揽胜团”模范团员。

而彼时作家相聚，已兴起表演怪相，总有一二自视清高，又心细如麻的鬼才，酷爱计较行进的先后，台上的坐序，发言的次第，受访的早晚（那次邀了天津电视台编导、摄像，外加当地新闻媒体）。我早早体会，文人“雅聚”，有时是生事的起点。后来经营《文学自由谈》20多年，除两次刊庆（20周年与30周年）之外，即或邀客来津，无不单人为主（分别接待过何满子、李国文、叶蔚林数位而已）。记忆中最具规模的一次，陈忠实、邢小利、胡殷红、胡平、舒婷五人到访，三四天里，只是吃饭，只是喝茶，只是聊天，只是观景。

这次林区笔会，我们率领的队伍，浩浩荡荡，多达50余位。承蒙牙克石森林管理局全程款待，其无微不至，作为当事人，我唯有发出幸福的感叹。

集中参观数日，便兵分三路，赴根河、图里河、莫尔道嘎三个林业局。人员分配前，莫尔道嘎早被叶楠渲染上天："大兴安岭最后一块原始森林。"没有人能抵御这一神仙蛊惑，包括我自己，早有私念，到时"亲自"带队。协助者有张伟刚、康弘、刘占领诸位，叶楠、何士光、黄济人、方方、蒋子丹等已抢先报名。人员分配停当，谌容才获知自己要去根河。她来找我，说既来林区，也想看看原始的样子。这其实怪我，活动事务庞杂，竟忘记询问老乡。事已至此，我只能据实劝慰：调换已不方便，名家须得兼搭。没说几句，大姐宽厚一笑，川话答我：莫得来头，根河也没去过噻。她那一队，应该也很热闹，名流另有蒋子龙、冯苓植等人。

当重返牙克石，方知三个可爱的林区，都有秀山丽水，都有感人境遇，都有他处所无的"绝活"。总之，皆大欢喜，尽兴而归。我本一直忐忑，见面后，专与谌容母女聊聊。梁欢特别开心，屈指细数根河吃到的种种南国水果，又夸伙食忒讲究了，厨师都曾沈阳学艺，能在大虾身上雕出花来。谌容笑着，点头为梁欢做证。

有次我告诉谢首长，谌容来天津写稿，我们为她联系了睦南道130号一个套房。头晚入住，她里瞧外看，十分满意。转天上午再去，她让我坐书桌前听听。好奇中，我落座屏住呼吸，便入耳一种遥远、沉闷的声音，分辨不出响自何处，却有余音绕梁的执着。这叫人怎能伏案？遂起身下楼换房。谢首长听罢，哈哈大笑，说是无独有偶，他亦曾安排谌容住进部队外宾招待所"码字"，凑巧也有点莫名其妙的动静，最后换房便安。我们共同的结论是，谌容喜静，确实消受不起异响。

三

仅仅因着谌容自己，仅仅因着丈夫老范，仅仅因着儿子梁左、梁天，仅仅因着女儿梁欢，她家在京城，已是名副其实的名门。更何况亲人们叠加的声誉，又有几家可比？但煤渣胡同的住房，颇欠应有气派。除却橱里、柜内的书刊，光看器具、陈设，就是一户寻常人家。好在那时的大众，都不太敏感，只着眼于人，对人之外的物，并不多想。

有次赴京，头天电话预约看望。翌日进门，觉出满屋紧张。谌容见我，直接吩咐，孙女发烧，咱们去趟医院。我扔下提包，脱去外套（明白碰上体力活了，也知医院距离，必得轻装才好），抱起哭闹不止的孩子便走，谌容锁门随后。出胡同右拐，直行千米有余，到得同仁医院。谌容径自要求医生给孩子打针退烧，很快病娃呼呼睡去，她又指挥离院回家。来回两个千米，我内衣汗透，双臂发酸，但见孩子平稳，我亦不再心慌，只是口渴，端杯大饮。《人到中年》的主角，便是一位医生。谌容能出神入化地“创造”出陆文婷，显然于医术已具相当常识。我看她对孩子病状的判断，句句都是同医生做同事般的商讨。端庄的谌容，平素少言，这天的大姐，临事不乱，竟有满脸英气。

谌容祖籍四川巫山，生于湖北汉口，不满周岁，发生七七事变。动荡童年，似乎缺乏故事，她曾有过冷静记叙，容我摘录几句：“孩提时代去得那样匆忙，不曾在我心中留下些许美好记忆。襁褓之中，由楚入川。稍知世事，从川西平原来到川东乡间，寄居在层层梯田怀抱着的一个寂寞的坝子上。生活就像那里的冬水田，静静的，没有一丝涟漪……”

此刻，几番阅读这段文字，体味“川东乡间”“层层梯田”“寂寞的坝子”“冬水田”，这些字眼，立时幻化为真切意象，全是我年少时熟稔的风物。冬水田在最冷的天，能一夜间敷出一片薄冰，晨起的路人，只需伸出食指，轻叩即裂。寂寞的坝子上，蛰伏着三二农舍，甚或单家独户。每当黑瓦的屋顶，飘出淡白色炊烟，崽儿们个个活泛开来，展开对饭食的遐想……不需费力，我仿佛就能洞悉谌容的少年，平添一种乡土相连的亲和。四周阡陌，都不是风景，但在如此冷清的川东山水间，恰有世事启蒙的源泉。可不是，谌容在这里小树小草小花般长大，然后怀揣着常人所无的蕴藉，迈开双腿走南闯北。终在一天，其岁月河流荡漾开来，乃至激起波澜，笔底生辉，成就为文坛异数。人生灿然厚遇，这应该是她自己都不曾料到的吧。

当我步入年迈，见多生离死别，犹如夕阳落山，便时而写写往事，缅怀难忘的逝者。他们都是亲人和朋友，个个慈悲，且多数苦尽甘来，福多寿高。我写他们，大河小溪，各有光泽，但很不喜欢说出“人世无常”的颓唐。即如谌容，在我眼里，高贵、大气，生命旅程似可分为三段，中间占了多半，有声有色，众人仰望。而她生命的首尾时光，“不声不响”，极为相似，宛若年华的轮回。

人皆过客，非凡人物的陨落，凡俗之辈的凋零，是吹吹打打，是清清静静，收场后殊途同归，柴熄灶冷，全与“流芳百世”无关。谌容留下遗嘱，丧事从俭，俭至悄无声息。这让我毫无根由地，想到林黛玉，“质本洁来还洁去”……

2024.2.24 津西久木房

在灯光璀璨的江上

陈丹燕
2024-03-26

那是一个黄浦江上凉爽的傍晚，我跟吴越和刘舒佳在黄浦江的游船上做谈话节目。

很惊奇地看着黄浦江两岸灯火璀璨的样子，我想起曹景行。他提起过一次，在2015年电视节目《双城记》在外滩做电视直播，江两岸灿烂的灯光，还有比两岸更灿烂的江水，而那时，整个城市沉浸在世界一家共欢乐的好心情里。我们在规划《巡江记》拍摄时，曹景行就说，我们这次一定要把黄浦江上灿烂的夜景拍下来，2021年，黄浦江岸线上45公里公共空间已经贯通，苏州河岸线上的20公里公共空间也已经初步贯通，所以，这次我们拍摄的船甚至可以从黄浦江一直连到苏州河去。

他说这话时眼睛放着光。

那时他已经得了癌症，他迅速消瘦时也突然变得年轻而英俊。在黄浦江的灯影与微风里，他的脸又浮现出来。其实每个人在说到心爱之物时，都会两眼放光的，这样的光芒能将这个人整个脸照亮。

曹景行向往过，我们就这样，在船上谈论上海这座城市，黄浦江这样的河流对我们的影响，一边望着璀璨上海在我们眼前缓缓经过，象征与隐喻性巨大的外滩，黄浦码头，中国最早的发电厂，自来水厂，杨浦发电厂的大烟囱，红白相间的烟囱像足球袜。然后我们在外滩公园处拐进苏州河，路过邮政局气宇轩昂的大楼，沙逊洋行建造的河滨公寓，沿着一座座民族企业在上海腾飞时的仓库建筑一路向前，一直去看圣约翰大学在河边的旧址，现在是华东政法大学。校园里还保留着对第一任华人院长颜永京的纪念大楼思颜堂，这个颜永京也是有记载的第一人，要求外滩公园有序向华人纳税人开放。我们上海的一江一河两岸，的确有在地理上铺陈开来的半部上海近代史。我们作为父母带来上海的孩子，对这江河边上的历史细节，有着回到外婆家般的熟悉。

其实对曹景行来说，上海和香港都算是他的外婆家吧。曹家的两代人，曹聚仁和曹景行，都是出色的记者，也都在上海和香港长期工作。曹景行确实比他父亲的命好，他做记者和凤凰卫视时事评论员的年代，全球化正轰轰烈烈；他在全世界采访积累起来的见识和前瞻力让他对上海有清晰的认识和分析。

“只要不打仗，上海就能扛过它所有的困难。”他的声音在江声里涌现出来。说这话时，企图控制癌症的虎狼药损坏了他的声带，使他的声音听上去干涩而软弱，虽然不至于嘶哑，但已不再是健康时的滔滔雄辩。

上海是个经历过许多困难的城市。这是一座顽强的城市，因为机会所以总是生机勃勃。我们总是乐观地等它站起来拍拍土，又笑嘻嘻飞奔向前。

我们在剪辑房里看着我拍回来的黄浦江，这样对话。

“要耐心。”

“要努力工作。”

“要相信它自身强大的能量。”

“要看到它的不易之处，和它的顽强之处。”

“每个上海人都要尽力保护它已有的成果。”

“那么谁是上海人呢？”

“每个住在上海的人都是上海人。”

船路过陆家嘴，那里的玻璃幕墙上打出“我爱上海”的字样，以及一颗肥壮的红心。

我相信，这就是曹景行想说的那句话。

今天，我这是代替远去的曹景行来江上谈论他一直工作到最后一刻的黄浦江吗？要是这天晚上他跟我们在一起，我们大家都会高兴的吧。我还是很想念曹景行啊，这位宛如赤子的上海知识分子，是77级复旦大学文科生，66届市西中学高中生，少年时代响应毛主席畅游长江的行为，横渡过黄浦江。中年时是凤凰卫视著名的时事评论员，晚年时他在上海世博会的半年里采访了两百个参与世博的人，做了两百期短视频。他最后一个户外采访，就是在世博会原址上参访上海世博协调局局长洪浩，谈的是上海如何有效利用好世博遗产。

船路过和平饭店时，我想起我们在和平饭店一楼的维克多咖啡馆拍摄时，他提议要在咖啡馆外面的街边立一块牌子，标明这里曾是1937年8月南京路被炸的地点。他觉得来南京路的人都应该知道这件事。

吴越先生指了指夜空："曹先生跟我们在一起啊。"

刘舒佳抬眼看了看被灯光遮暗了因而变得格外深邃的夜空："曹先生会高兴的。"

是啊。

一尘不染
——献给恩师苏白

刘一闻
2023-04-16

10年前，在苏白老师去世30周年之际，我编集了一本《苏白朱迹》。此后多年，我一直还怀有一个念想，那就是把他给我的书信全部都整理出来，让更多的读者来了解老师的艺品和人品。

面对着老师写给我的这些多达10万字的一摞摞信札，我的心情既沉痛苦涩又充满温馨，往日幕幕瞬间如昨，仿佛又出现在眼前……

一见如故，毫无保留晒“家底”

我是通过国华舅的介绍得识苏白老师的。最初的那一情形，我在《苏白朱迹》后记“英心不朽——献给恩师苏白（代跋）”中已多有涉及。

当时，由于求师心切，我先是给苏老师两次去信，以明示自己当时的渴学心情。未久，果然收到了他的回信。不承想，在这一封1971年年底寄自青岛的来信中，苏老师居然像一个彼此早已熟悉的同道知己与我做亲切叙谈。他除了叙述自己过往所见所藏的印学资料，竟然还把箧中幸存珍贵印谱的有限“家底”，毫无保留地晒出，这让我感到意外。尤其是面对一个完全陌生从未谋面的青年人，甚至言明以后可以将这些印谱陆续借给我看，更使我暖意融融。他在信尾还说："以后请你来信不必呼我大人，直呼同志即可，实在你觉得不太好，称先生或老师即行了，好不好？"

读完这封信之后，我的内心好久不能平静，从此之后，我的每一次去信，便都以老师相称。也正是这封信，开启了师生间长达13年的珍贵情谊。

随着交往频繁，间尔，为了表示对老师的敬意，我不时会捎带些上海出品的食物去青岛。想来毕竟老师的身体向来孱弱，再加上师母操持一家养育四个孩子的辛劳，生活本不宽裕。然而老师却说，"不要带吃的东西，情谊应在金石篆刻方面加深"。

当时我尚在工厂从事三班倒的重体力活，当他知道以后，几次提醒我要注意身体保健，并且对我当时常犯胃病和可能引起的原因，附上需要及时治疗的建议和具体措施。

老师更关注的，依旧是我的学习现状。他在1972年8月27日的一封来信中说道："你说秋凉后要看点文学史历史书，是的，你可以找找鲁迅先生写给颜黎民的那封信，是适合青年们学习的。刻印和其他方面知识是一样的，尤其是艺术。艺术本身是反映生活的，而生活又是丰富多彩的，是时代文化和个人精神方面的表现。（这方面以后可读读先伯献老的'平乐亭侯印考'论说。）特别是文学艺术这方面的东西要多涉猎些，对刻印很有帮助，如书法知识和实践，这是直接对篆刻有影响的。"

老师的每一次来信，都使我感受此中的温暖。当年10月，我实在按捺不住内心的冲动，决意去青岛看望倾慕已久的苏白老师。

这一天终于到来了。当我下了客轮直奔观海二路，十分急切地找到53号门牌，接着快步登上石阶来到老师那窄小的居室时，老师一家已在屋里等我。此时，我和老师四目相对双手紧握了许久，彼此却什么话都没说出来……

推心置腹，犹如父母一般亲切

1973年，老师先后给我写了16封信。从这时起，针对我的现状，老师进一步跟我讲述一些创作方面的理论知识。他看我像是有点开窍之后，甚至还把印章创作比作京剧艺术的韵律之美。老师写道：“旧京剧中，程砚秋‘锁麟囊’的唱腔气息，可以从舞台上一直传到三楼座位的最末一排。那时并没有扩音器，但是池座前的一、二排听起来并不震耳，这就是功夫和本事。据行家讲，这是丹田之气通过鼻腔和脑腔的共鸣来发声的，所谓近不聒噪远而清亮，整个场子板眼相随柔和动听。”

老师的此番话语不啻金科玉律，总能在我身处迷茫创作徘徊时，及时地给我指明方向。

话说回来。最初我跟苏白老师的接近，其实是瞒着家母的，原因正在于老人家十分在乎苏师的往日经历，她担心老师的右派分子之身，会耽误我日后的前途。故而，后来便生发了佯称家中信箱无锁容易丢失、让老师把信件改寄到我当时单位、以避母亲耳目的权宜之计。

不曾料到的是，未久，老师竟然觉察了我的这一隐隐之情。他在1月28日的来信中如此写道：“你的心情和你对母亲孝敬及其中的苦衷，我深深地理解和同情的。但隔这么远，又见不到你的母亲。通过这件事你应该更加体贴母亲。她的这种深刻的母爱，是希望在你健康成长的过程中，避免不该有的麻烦。她因疼爱你、关心你，而难以表达出来的心情，当然你比我理解的更深。我也一时无法跟你母亲谈谈的，我想将来总有机会去上海，去看望她老人家的。”

这是一段催人泪下的文字。明明是我在耍小伎俩玩小聪明，明明是我对不住老师，却还要让老师来跟我诠释其中道理，并言促我对母亲多尽孝心。

若干时日之后，当自己在业界崭露头角并在社会上具有一定知晓度之后，面对家母，我决定再番重涉此事真相。当我如实地告知这些成绩的取得，全赖苏师的悉心栽培之恩时，家母受到了极大的震动，她流着热泪对我说：“这是我所遇到的真正的君子，是我们亏待老师啊。”

日常繁重体力劳动所致，我的身体一直处于亚健康状态，并且流露出对当时工作厌倦的情绪和试图变换岗位的想法。所以，老师在好几次信里，都提到了相关的话题。

“关于你现在的工作谈谈我的意见，供你参考。首先把现在担任的工作干好，再要与同志们的团结搞好，关系处理好。业余时间把自己的专长爱好搞好，广泛联系艺术界的师友。待自己有了一定成绩，再由艺术单位的领导提出来，到那时，你再提出来要求调动就好办些了。否则现在的工作做不好，本单位领导印象不好，同志间关系也不好，加上各方面意见挺大，你想要求调动工作根本办不到。”

由此可见，除了读书创作外，老师对我的关心已经完全沁入了我的心灵深处和整个精神世界。每走一步的时候，都会出现老师的亲切形象。正是老师的不时教诲，才让我能够逐步健康成长起来。只痛惜，多年之后我在工作岗位上的根本转型，老师永远也无法得知了。

在艺术创作上，老师始终如一地鞭策激励着我，并多番提到邓散木太师的高明。他在4月中旬的一封信中说：“邓先生见闻甚是广博，他的印看起来好像杜撰，其实他是有传统根据的，并且还有自创的。”

1974年年底，我加入了共青团组织，并将此事向老师做了报告。老师得知这个消息之后，即刻兴奋地回信给我：“首先让我热烈祝贺你光荣加入共青团。这仅仅是第一步，离党的要求距离还很远，希望你不断努力，在政治上严格要求自己，只有这样，才会促动艺术上的突飞猛进。”

1976年5月上旬，我被商借到上海书画出版社编辑部工作。我暗自在想，这样的话，在专业话题上，我可以跟老师挨得更近了。

也就在这一年的7月20日，老师开始不再称我“一闻同志”而直呼“一闻老棣”，使我顿觉更加亲切。顺便说一句的是，我的“一闻”之更名，是在一年前由献公的挚友，中山大学教授、我国著名古文字学家商承祚先生为我所起。这个名字从1975年初冬开始，一直沿用到今天。

还有件事值得一说。当年10月间，身居广州的马国权先生正在编写《印人传》，他通过钱君匋先生欲向苏师约稿。老师在得知这一信息后与我说：“我仅仅是个刻印的，岂可入印人传呢？传者传也，我的印岂能值得传之人世呢？那会贻笑印坛时贤的。”

以老师的创作水准和当时在山东一地的影响论之，能入编《印人传》本无可厚非。在这个直关声誉、众人争先恐后唯独自己落下的事实真相面前，体现在老师身上的安然若素的谦谦君子之风，的确使人肃然起敬。

1976年年底我成婚了，老师除了祝贺，同时还给内子士泓写了一封信：“你们成家之后，一定要更加孝顺母亲。人一旦结婚成家，既是自己的亲人，又都是革命同志，所以要更亲密地团结。……一闻的为人正直和待人接物我是了解的，我尤其看重他一贯刻苦钻研的学习精神，这在当今青年人当中并不多见。我深信他的这些长处会继续保持下去的，但同时也要克服个性过强的缺点。”这些犹如自家长辈的谆谆之言，真可说是让人受用一生。

古道热肠，一心只为他人着想

1977年是老师来信最多的一年，总计有26封。

比起往常，老师的身体似乎好些，精神上也较前乐观。

5月前，我和士泓一起坐船去青岛探望久别的老师和师母，一共待了五天。回到上海不到一周，便接到了老师的来信：“……你俩回沪那天，师母在即将开船时流泪了，一路念叨你们来得时间太短促了。青岛的不少海鲜都由外贸掌握，需要托人才能买到。请人买的大对虾，是你们走的当天下午才匆匆送到的，真是前脚落后脚，那时你俩已在船上了。更让师母不好过的是，上海人喜欢的核桃、小枣东西太少，花生就两斤。”老师甚至还说：“让我难过的是（这次）我们没能一块出去玩玩，这可能因为你俩担心我身体不好，怕我累着。另一方面还是考虑我的经济不富裕，怕我花钱吧？我想着两方面原因都会有的。”事后我了解到，老师为接待我们的到来，还真的向别人借了钱。之后，每当我想起那次令人难忘且充满家庭氛围的欢愉之旅，心里总不由得阵阵抽紧，并老是轻松不起来。

老师生来就是一个古道热肠、一心为他人着想的人。兴许也就是从那段时间起，经由老师介绍来沪的各路友人几乎不断。但凡这一切，说到底，都是老师在倾心倾力地为别人谋事办事，老师唯一为自己所做的，那就是让我留意及时购买当时跟业界有关的最新出版物，关注并用心搜求各类古今印谱和印作信息。大约也在那几年，老师开始不时地为沪上诸师友刻制印章，如今想来，潘学固、单晓天、赵冷月、任政、周慧珺、张森、颜梅华、童衍方、张迪平、吴建贤、方传鑫、徐志伟、黄焕忠及李亚辉、陈新沪等一些同道，都拥有老师的印章之作，甚至连我的发小如李林广和贺庚渝也都沾了光。

当年深秋，老师告知我他的印谱已在广交会订货，数量30套，一套四本约200页，定价30元，此中扣除管理费净得16元一套，因此要我急速为他准备相关材料。听了这个消息我也异常兴奋，心想这次老师可以开始打翻身仗了。之后，我便开始张罗购买印泥、筹备纸张，并着手托人刻制印框以待制作印笺。此时虽说很是忙碌，但也乐在其中。

老师分别在11月16日、25日和12月1日的来信中说：“如果明年春交会再定一批货，我的近年经济便可宽裕些了，也可到上海看看众师友了。”“近年来我在青五家之口生活拮据，自己长期在家养病以及（二女）海娣下乡，加上孩子们花费也不少，因此连年来借贷借款太多，目前还欠债三百多元。在热心朋友的怂恿之下，我不得已将自己的部分印拓交外贸公司出售。幸而今年广交会日本订我三十套印谱，如能年底交出则可稍见缓和。如果明年能再交出一批印谱，就能换回四百五十元钱，这样我在经济上基本可翻身了（但愿如此）。”同时告知：“近日，我即着手忙于钤拓之事，如能早日完成，取回钱之后必当及时归还，再次感谢你们的鼎力相助。”

这是几段令人难以忘却的内心告白。彼时彼地，老师的创作动因，除了在艺术上不懈追求以图精神寄托、病体宽慰以外，在很大程度上，也可说是勉力为了赡养家小以求生活安和，即便如此，也时常捉襟见肘般地让人酸楚不已。

神驰左右，一座永放光辉的灯塔

1980年，新年伊始，他就急不可待地告诉我“孩子们在单位都评上先进”的喜人消息。看来，孩辈们的健康成长，正是他兴奋无比的触动点呢。同时，老师也给我讲述了此次到山东艺术学院和山东师大讲课，受到广大师生热烈欢迎的盛况。回来后虽觉体力有限，却又马不停蹄地给山东书协写作篆刻的章法和刀法一文，老师果然是个闲不住的人啊。

那年春夏间，老师的身体大体康复，便和同事一起，完成了一次半月之久的毕生之旅。其路线大致是先至福州石雕厂，再过杭州西泠印社，然后抵达上海与众师友欢聚，终于实现了多年以来的愿望。

那次聚会，我还特意安排了潘学固先生和方去疾先生参加。特别是去疾先生，早在“文革”之前，老师就与他鱼雁往还，然未曾一面，至“文革”时，更是无缘相见。正因为此，至少在现代篆刻史上，他俩的见面意义，便可说是不同一般。

1983年，他在1月份的简短来信中，非但不忘为友人的事操心，还一个劲儿地促我购买《书法研究》第二期和《朵云》杂志第三期。他在短笺上告知我“手抖得很几不成书”。从歪歪斜斜的笔迹看，确有一种令人不安的征兆。

2月下旬，当我得知老师在上海书画出版社所举办的“首次全国篆刻评比”中荣获一等奖的喜讯后，当即就把《新民晚报》所刊信息寄到青岛。老师在数日后的回信中平静地说:“此次能获一等奖，全赖师友们的奖掖……作为自己来说更当努力。”

4月9日，老师来信说自己“今日钡餐透视，仍是黏膜脱垂及胃窦炎”，并说“食品糕点万勿捎来，我已吃腻”。尽管如此，他却依然不忘“《西泠艺丛》有散老印迹，请务必设法购一本为要”。

至20日，老师继续来信——“我的工资又调了一级，基本工资是93元，连同其他加在一起，每月拿100多元，再加上点稿费。所以你不必挂念我的生活，今后千万别再捎带任何东西给我了。还是那句话，我希望你们好好保健自己身体，还是陆放翁两句诗说得对，‘遇事始知闻道晚，抱痾方悔养身疏’。”难道，这就是老师的临终遗言吗?

自4月28日老师落款为“英心于病床上”的来信之后，此后将近一个月，再也没见到老师的来信。直至5月26日当天，我终于得到了青岛方面的不幸消息，顿时泪如雨下……

转眼间，尽管此段历史已经过了半世纪，我承认，在跟随老师这十多年的时间里，在印章具体创作形态上，我并未作模式传承，但是，在完善审美理念和由此生发的系统认识上，恩师就是一座永放光辉的灯塔，永远照亮我不断地匍匐向前。

老师生前曾刻过一方“一尘不染”的印章，让人们记忆犹新。此刻我想，这难道不正是他的心灵写照吗?

爱夜光杯 爱上海

2023

观世象

称呼背后的文化密码

李大伟
2023-04-28

80年前，名是名，字是字。名是供长辈呼唤的。平辈间及晚辈、下属、朋友之间只能互相称呼以“字”，倘若“直呼其名”则大不敬。

1949年后，字，渐渐淡出，只剩下极有生理特征的绰号，供“可以一起做坏事体”的好朋友之间称呼，仿佛密码，透露出彼此之间的亲密。如红小鬼出身的老战友，吴胖子（空军司令吴法宪）、李瞎子（海军第一政委李作鹏）。小黑，面色较重；小黑皮，黑的比较级；乌贼鱼，就是墨墨黑！

圆头，后脑勺较凸；榔头，后脑勺更凸，侧面宽于正面。好比大块头买裤子，腰围大于裤长。相反，扁头，后脑勺扁平，东北人较多；扁得不正，叫“斜”扁头，斜：上海话读qiá。唐诗读xiá：远上寒山石径斜，这样才押韵。现在，这帮生理性小名的发小都有子孙了，在路上远远见着他，隔着老远，踮脚扬臂，大呼小叫：“qiá扁头，qiá扁头。”生怕聋子听不见。尤其酒桌上，哪怕贵为董事长，如果勃然变色，这块人肉就变质了。好比见了老同学，自称静安区，好奇者二问：新静安？老静安？低下头：新静安。好奇者有点拎不清，等于打破砂锅问到底。

现在的大学普及率，高于新中国成立初期的高小普及率，普通话随之普及，听不出哪里人。但听称呼，也可以破译籍贯地背后的文化基因。

北方称呼，男称大，女也称大，老娘、老姐姐、姑奶奶。女性单枪匹马赴宴，敬称“大姐”，朋友偕夫人上桌，高呼：大嫂。

至于男性，南北方省市间有巨大落差。中央电视台的广告：好客山东，源自《水浒传》山东，梁山上称兄道弟，其中二哥，那是武松的排行，人称武二郎，身高八尺，眼光四射，行走生风，气宇轩昂。大哥是个五短身材的窝囊废。酒桌上，同辈男性，不论排行，喜称“二哥”，那一定是山东的！喊你大哥，属于武大郎，属于笨拙木讷，还要戴顶绿帽子，好像邮电局送快递的。敬呼大哥，那是骂你。估计是山东人后裔，闯关东时，记得斜肩背着一挎煎饼，忘了带本《水浒传》。

1988年，我亦如秦琼卖马，落魄到山东泰安火车站开小饭店。厨师大老王，不识字，喜欢赤膊敲锅炒菜，偶尔请我给他写信，他说我写，开口：“写上：见字如面。”雅词破题，开门见山，一如《秋水轩尺牍》，清许若涧直视见底。山东是孔孟之乡，凡事讲究，即便称呼都暗藏典故，必然“二哥”，暗藏男人的豪迈，其实孔子也是老二，也是二哥。

东北古代，一片蛮荒，不准开发，直到山东人闯关东，后来又被日本侵略，所以传统文化较浅，喜欢做大哥，耻为二哥。上海人称阿二，往往是聪明的象征，我有个做绿化的老板朋友徐义平，义与二，沪语中的发音：似是而非，人称“阿二”，他听了乐不可支，比叫他老板管用。在上海，大哥一词，有点粗相，近似苏联产品，不待见。有道是：老板满地走，大哥多如狗。显示出上海人的蔑视。

老上海，男喜大而不老，称女宜嫩不宜大。平辈稍长，敬呼：阿哥。见着父辈，再老也不称爷，而是老爷叔，上海人特别忌老，老了就是死了。小于自己，昵称：老阿弟，对小辈称冠以“老”，是尊敬，合旧礼。见着平辈的女性朋友，直呼小名不带姓；年龄稍长，敬称：阿姐。尤其老太太见了子孙小辈的小女孩，昵称：妹妹！这是尊称，拉高一级，这是上海特有的礼貌。好比北方人酒局，与你碰杯，酒杯沿口低你半格。

当然上海是移民城市，外乡人大多与本地人称呼有别。在陆家嘴圈子里的酒席上，可能有人称呼你大哥，新天地有人称她婆婆；若在城隍庙周边，就显得格格不入。

当然，女性过了七十岁，称呼就随便了，阿奶（本地称呼）、好婆（苏州称呼）、好亲婆（常熟称呼）、奶奶（长江以北称呼），好比半夜里擤鼻涕，甩到哪里算哪里。孔子有言："七十而从心所欲，不逾矩。"

倘若称呼，没有典故，没有习俗，就只剩下年轮称呼了，属于裸称，没文化。文化就是给自然裹衣遮羞，给年轮上彩釉，起码。你不是傻大哥，无绿帽子之嫌。

语文老师

梅子涵
2023-05-26

语文老师是教你认字、写字的人。

教你读会一篇短短的课文，教你背下，记住，心里的兜兜中就装着了一篇篇完整的文字，一个个小故事，一首首诗。它们会在心里飘浮起来，挤挤挨挨，推推搡搡，叽叽喳喳，叮叮咚咚地响，还有星星般的亮光，没有上过很多天学的小娃娃、小小人、小学生，走进校门，走出校园，走在路上，回到家里，心里热闹得很，念念有词得好听，胸一挺起，嘴一张开，蛮正规的文字能力，很有小派头的！

语文老师是教你标准发音、清晰说话的人。教你把意思表达明白，语气准确、恰当，令人听了理解、舒服。他们是最勤劳、最认真的母语“播音员”，每天站在教室播音室中，没有隔音，没有麦克风，或许还乡音绕舌，但只要跟随着他们的声音，奇妙的语言、语音的“大方向”，就都“字正腔圆”，朗朗入耳。

后来，你成为一个真正的电台、电视播音员了，成为朗诵家、话剧演员……你会想到，他们也许正在听着、看着你吗？如果你会想到，那么是你为自己自豪，还是他们为你自豪，或者是你为他们自豪呢？

语文老师是教会我们读懂文字意思、句子关系的人。这个段落讲了什么，整个一篇又讲了什么，就是经典的“段落大意”“中心思想”，每一节课都这样，不厌其烦，不觉枯燥。我们好像从来不会想到，这是多么了不起的枯燥！

就像打夯声，声声重复，听着甚至心烦，可是后来站在了漂亮房子、高耸大厦的窗口了，愉快、飞扬的心情里，有几个人会为打夯声抒情呢？而打夯工们早已又都去了别处重复、枯燥，不厌其烦，夯实基础。语文老师、别的打夯的学科老师，都是该被抒情的。而抒情的能力，也正是语文老师说着，朗读着，我们就渐渐地有些会了。我们是在模模糊糊中渐渐会的，于是我们还以为是自己会的呢。忘记师傅，敲一下脑壳！

我们也正是这样学会着阅读，从很少的一点点文字，到厚厚的一本书。

语文老师是教会我们阅读、教我们读文学的人。

童话，诗歌，小说，散文，这些光艳耀目、艺术抖擞的词，第一次跃然于耳，几乎都由语文老师的嘴中。即使先前已在别处听见过，依然会觉得语文老师说得更正式，由不得你不信。老师就是一个由不得你不信的职业，我们都说："这是我们老师说的。"

老师打开语文书，翻到一篇文学的课文，其实我们已是在语文课文里阅读文学、学习文学了。现在的小孩、很多的大人，都是在语文课上阅读、学习了古代人的诗句、现代人的文学的。对于他们，李白们的名声、鲁迅们的地位都是首先来自语文。

当我成为写作文学的人之后，才惊喜读出，小学语文的第一篇课文《秋天》便是一篇短小的优美散文。考入中学，初一的第一篇课文《荔枝蜜》是一个时代的散文大作，老师请我复述，我明明认真预习过，却闭着嘴说不出一个字。那是上初中第二天，我是我的那个三班第一个被老师点名站起来复述一篇著名散文的人。我因为胆小，未能完成。长大以后暗自懊恼，那是一个多么珍贵的文学机会，用自己的声音，把一篇可以读懂的散文说一遍。

年幼的时候，会说一个小小的童话故事，年少了，能讲述一篇散文，成年之后，阅读文学是自己的生活内容，不是非要艰深探究，说出多少夸夸其谈的话，以为有诗便是高出一等，而是如同那个构思巧异的田鼠图画故事，文学、艺术是和玉米、麦粒、坚果同样需要的秋天储备，以提供后来日子里需要的光亮、色彩、语句。它们平常得很，它们缺不得。

语文老师是教人写作的。最简单的一两句话，后来的一篇。记下一件事情，写生动一个人物，说明一样东西，请一个病假，敬请批准。记叙文，议论文，应用文，说明文……写作的优异成绩、成就，固然不会是他们手把手地教成，而是一个人灯光之下、日月之中、思想之上的磨磨蹭蹭、踽踽独行、水到渠成。但是基本的针脚、路数、组成旋律的那几个音符1234567……毕竟是来自老师的讲解。也许他们讲的并不多，而写作可能正好是讲不得太多的；他们也许该讲的都讲出了，可是一个幼稚、天真年纪里的小孩子、学生，不那么听得懂，以为捧起在手里了，指缝间却漏掉了最微妙的。

语文老师不教人获国家文学奖、世界文学奖，文学奖的获得也不归于一个单独学科的教育，它们需要打夯的是更为阔大的一块，哎哟哎呀停不下。

我出版了文学书，送到语文老师的跟前，翻开看见的是我端正写下的字，毕恭毕敬：送给我的文学老师……是您教会我写作。

他们都没有说："你太客气了。"微笑间反而更真实、自然、美好，因为他们都是热爱语文一生的人，知道写作的行踪、文学的小木屋，的确是遍布语文课本的页里页外的，写出文学书的人物们，的确曾经都是他们跟前的小孩、小鬼头，字歪歪斜斜，所谓的文笔流畅，其实很气喘吁吁，是给予的鼓励的话，打分总用红笔，是高分低分都想让你终于鲜艳，老师都是另一种"绿野仙踪"的导演。

随同着我学习文学的学生，如今纷纷去当语文老师了。终究都会有些惆怅。我就和他们深情地说着如上的这些如同此致敬礼的真切话，渐渐地都变得情愿和乐意。从一年级教起，由九月的第一个秋天开始，走进校门，走出校园，走在路上，回到家里，心里热闹得很，念念有词得好听，胸一挺起，嘴一张开，全是语文，全是母语的漂漂亮亮。语文老师，派头很高级啊，不管他们拎着的是什么兜兜，背什么包。

细　节

羊　郎

2023-08-13

细节，常被人忽视，又常让人重视；常被人忽略，又常被人提起。

细节，所谓细枝末节，看似不重要，其实最能反映出事物的品质。城市的品质不能只看华丽的外表，还要看内在的素质，而素质往往就藏在各种容易被人忽略之处。

如今电子导航地图不断迭代更新，原本在马路上不可或缺的路牌好像已经可有可无，于是一些地方的路牌就变得残缺不全了。有一次在热闹的市区的马路上，不经意间看到一块路牌竟然位于大树后面，而且和大树亲密地长在了一起，路牌被树干遮挡而难以辨识。到底是先有路牌还是先有树干？让人犯疑。过了一段时间又路过那里，看到情况依旧。其实一块路牌不仅是指路标识，而且是马路的生命符号。

如果考虑得更周详点，那么：每条路不仅要有路牌，而且在十字路口，应该四个拐角上都有路牌，因为路牌是给人看的，不是让人去“找”的；对于有文化品位的城市来说，路牌还应该不只是标识，而是成为艺术小品，作为城市设计的一部分，有鉴赏价值，犹如一幅书法作品，一款适配的印章能为之增色不少。

最近还发现有一个路口转角处竖着一块提示牌，下面一行小字：大型货运客运车，上面有一个大大的“停”字。作为警示牌的确非常醒目，问题是猛然看到一时有点蒙，转而才想起由于大货车右转时，驾驶员会出现视野盲区，由此出现的交通事故不少，于是出台规定了大货车驾驶员右转时必须刹车停一下。那么能否表示得更明晰一点，让所有目击者看了后都不至于产生歧义？否则，一愣神，就过去了，也就起不到该有的提醒作用。

坐地铁，常会觉得标示地铁几号线的颜色有待改进。每个地铁站的进出口一般都有两个阿拉伯数字，一个标示几号口，一个标示几号线。标示几号口的是红底白字，红白反差强烈，让人一目了然，看着非常舒服；然而标示几号线的却是绿底黑字，白天看着都费劲，到了雨天的晚上更是需要走到近前才能辨识。奇怪的是用英文标识的LINE倒是绿底白字，显得较为醒目。这样的设计，不知出于什么考虑？

留意观察，细节问题是随处可见的。例如，当你龇牙咧嘴撕不开那看上去很容易撕开的瓶盖上的塑料封口时，懊恼之余又不免想起有些该牢固的东西却并不牢固。乘坐电梯，明明没有超过规定人数，电梯却显示超重，这往往不是电梯自身的问题，而是安装电梯时在细节方面不规范导致的。无论公共场所还是民居，供电的插座面板经常有不端正的模样，做到横平竖直就这么难吗？不见得吧！人行道上的彩色面砖很养眼，但有时却缺乏平整度。盲道做得很漂亮，有时却也被铺天盖地的共享单车侵占。马路上的窨井盖与地面不平时有所见。到医院看病，看到川流不息的人群不得不撩开一条条脏兮兮的塑料门帘进进出出，总感到心里不踏实……

有道是魔鬼藏在细节里，不注意细节，就有可能前功尽弃。做事的时候认真一点，仔细一点，大多数细节问题是可以解决的；当然有的问题可能不是态度就能解决的，例如要在商品外包装上找寻保质期常常不是一件容易事。

过去我们常用“蒸馒头差一口气”来说事，指责那些干活不精致的人和事。现在经常用“最后一公里”来形容细枝末节的问题，用更时髦一点的词就是所谓的“颗粒度”，其实说的都是同一个问题。

做事细节的完美程度，反映出人的品质。我们确实应该磨砺追求极致的心性，自觉克服“差不离”的陋习。细节的深究没有止境，没有最完美，只有更完美。于细微处见精神，它检验的其实是人的素质。细节决定成败，极而言之，这个成败不只是某一件事的成败，甚至也可以关乎巨大体量的事业的成败。

蹭饭容易请饭难

管继平

2023-08-26

请人吃饭，就从前来说，不仅是大事也是难事，个中烦扰的滋味，非亲历者难以体会。记得梁实秋先生曾说：若要一天不太平，请客；若要一年不太平，盖房子；若要一辈子不太平，娶姨太太。城市人少有盖房之经验，然而可以料想，若无一年之折腾，必很难成事。至于娶妾之封建陋俗，早已全然废除。不过，即便是一夫一妻制，如果遇人不淑，娶一河东狮类的悍妇，那么此生要想太平也是难的。反之亦然。现在不是流行这样一句玩笑话吗：不结婚吧，担心晚年会没伴；结了婚吧，还不一定能活到晚年。

所以，三者相权取其轻，比较而言，风险成本最低的“不太平”，也就是请人吃饭了。

如今请人吃饭，绝少有将客人请到家中，亲自下厨，前后折腾忙趴一天的。大多还是招宴于饭店酒肆，虽说破费一些银子，但大事肯定算不上。然而难事还是免不了，若都是些熟知朋友还好说，如果请不熟的贵客，那还须考虑店家档次气派、餐标规格高低、来宾主次安排等，都会大费踌躇。即便是老友相聚，那么如何拟定人选、如何选定佳期，也是颇费周折之事。作为做东的一方，总希望所拟请的宾朋全部出席，但结果往往落空几位，很难“一网打尽”。所以说，日期的选定最为困难，太远了容易有变数，太近了又担心他人已有安排，猝不及防。过去好像有人说过，提前一周请人吃饭，那叫“请”；提前一天请人吃饭，只能算是“通知”；若当天叫人吃饭，那就谈不上“请”了，而是“抓”。这叫不问青红皂白，直接“缉拿归案”了事。

因此，我们常常为了凑齐一桌好友，本打算约一顿“喜迎中秋”的饭，结果由于时间难以契合，只得一拖再拖，直到过了元旦，仍没约成，眼看春节将至，欢聚酬酢应接不暇，原定的饭局也逐渐成了“烂尾”。

相比于请饭之难，现今的“蹭饭”，则愈来愈容易了。钱锺书有言：把饭给没饭吃的人吃，那是慈善救济，算不上交际。自己有饭可吃而去吃人家的饭，那是赏面子。当然，作为“蹭吃”的一方，自己是万不能说“赏面子”的，只能谦虚地称为“蹭饭”也。而且随着大家生活水准日益提高，我们的“蹭饭”机会也愈来愈多。尤其是一些有头有脸的、能画会写的、又拉又唱的……隔三岔五，总不免收到来自各方的邀约，一周三五蹭，几乎是常态，一日二三场的“撞车”事件，也偶有发生。此时只恨自己分身乏术，如果场所相近，或还可赶场兼顾，若是“远开八只脚”，那就十分无奈和为难，要么舍吃取义，要么舍义取吃，选择永远是痛苦的事。

“蹭饭”蹭多了，体会也日深。虽说和谁吃、吃什么、怎么吃的主动权，皆在东主的一边，然请不请在他，去不去则由我。看似被动，其实也有主动的一面。按理，作为“蹭吃”的一方，是不该有太多发言权的，但若按钱氏的“赏光”理论，总结一下吐个槽也不为过，有的饭局“蹭”是蹭了，感觉确也有诸多尴尬和不爽。所以，据我多年经验，试举六类，虽挂一漏万，然也不吐不快。

首先，三观不合，语言无味。因为“蹭饭”是被动受邀，有些人的思想观点并不在同一维度，遇上时事热点，站队不一也是常事，如有人非要在饭桌上说服对方，那就会非常无聊。除此外，还有些人习惯端居高位，把朋友私宴也当作领导训言，喋喋不休，甚是无趣。

其次，举目无亲，十三不靠。召集者邀客胜似乱点鸳鸯，全然不顾来宾的互相关系，结果同坐一桌，济济一堂，皆不知彼此姓甚名谁，也不明来路，环顾左右无相识，十三不靠，好比一副“烂糊牌”。

再次，目的明确，功利十足。20多年前，我曾应一不太熟的朋友吃饭，吃完了就拉我一旁开口借钱，令人厥倒。当然，朋友间吃饭，托办事情、增进感情之类的也属正常，未尝不可。但人们更多还是青睐于那种无主题的纯饭局，如目的性太强、吃了就要办事，办不成就要拉黑，如此饭局，实在不敢铤而走险。

第四，滴酒不沾，矜持静观。某次饭局，大家落座，请客的老板第一句就问:“你们要喝酒吗?”大家面面相觑，沉默半晌，不知如何接茬是好。许多东道主自己不喝，似也不太希望人家喝，或者象征性地倒上一点点，结果一瓶酒带来，居然还剩半瓶再带回去。一顿饭吃下来，宾主相互静观，矜持度比冷餐会还冷。

第五，有荤不吃，大家陪素。遇上喜欢素食的朋友做东，在并非寺庙或专吃素斋的场所，事先未作预告，临时却让客人随其一起素食，强人所难。殊不知我等“肉食者鄙”，实难苟同。

第六，满座一色，非荤即素。有道是“男女搭配，吃饭不累”，一桌美餐有荤有素，一场饭局最好也须阴阳调和，莺啼燕鸣，虎啸龙吟，方能满室生辉。我有时参加的饭局，推门一看，居然清一色全是“光榔头”，那和“吃素斋”又有何异耶?

老式饭局

张 欣
2023-09-08

每个人都有不同的饭圈，热闹的、八卦的、纯享受美食的、谈心的、吐槽的等等，都已经成为生活的一部分，本没什么可说的。但是最近的一个老式饭局让我有点感慨。当然到场的都是老朋友，也没有什么目的，就是偶尔见一见叙叙旧。饭馆呢，也没有什么特别，普通的粤菜。那么让我感慨的是什么呢?

首先我们有七个人，住得天南地北，又是晚餐时逢下班高峰期，居然没有人迟到，反正每个人都是自觉地解决自己的时间、交通问题。要知道，有许多饭局总会有个别人姗姗来迟，塞车当然是最好的理由。不把别人的时间当回事是许多人深层次的不讲武德，好像谁先到会很没有面子，这也是不自信的外在表现。

第二点让我感到意外的是没有人看手机，没有人需要用目光提醒，就是都不看甚至没有从包里拿出手机（铃响去接一下是有的），并且也没有人给食物拍照片。这一点好多饭局都做不到。如果不是先把手机统一收起，一定有人手痒，从头到尾低着头，越是亲近的人越肆无忌惮，并变成理所当然。言外之意是：我们这么熟你该不介意吧。其实我是介意的。

第三点是当大家都明显感觉有的菜偏咸了，也没有猛烈地抱怨，还是继续聊天讲笑，做到了吃什么不重要，跟谁吃才重要。后来也只是喝白粥中和了一下，感觉哪个饭店的菜式有点不妥都正常，并不影响到大家的兴致。

最后一点尤为重要，就是多年的老朋友，哪怕只是帮了一点小忙都要隆重致谢。这种答谢绝不拖延的行为，只有老派的人才会这么做。大部分人还是有情有义的，也不怕花钱，就是懒得组局。给每个人发信息，还要协调时间、订饭馆，想想都累得慌，于是就会拖延症大爆发。作为组局的人来说，麻烦也是答谢的一部分，一定不把答谢只停留在口头上，越是小事越要落地。

这个无形中形成的老式饭局让我想到，为什么有的朋友会经历时间的洗礼一直留存下来，饭菜并不出色，话题也相对老旧，但是每个人都会在心里维护这种友谊。想来做人，最重要的还是品质。

果断拉黑

徐慧芬

2023-09-12

盛夏时节，那天中午，急救中心留观室里，四位老人躺在病床上都在输液。三个老人都很安静，包括我98岁的老母亲。

靠近门口躺着的一位老太，又是哼又是叫，不断扭动身体扬起手。一打听这位老人已经100岁了。陪在她边上的是她两个女儿，也都70岁左右的年纪了。两个女儿都拔直喉咙在呵斥老母亲，声音盖过她们的妈妈。

我有点忍不住了，上去劝说她们声音小点，这样的态度可能老人接受不了，另外这儿还有其他病人。我问起老人的情况，两个女儿说，老人耳朵聋，不大声说她听不见。又诉苦说，老太其实没啥大病，就是三天两头作得不得了，脑子有时清爽有时糊涂。今天就是嚷着要去医院，说她浑身痛。一个女儿又说，有邻居说我们好福气，这么大年纪还有娘，我就对邻居说，你要吗？谁要谁接去，你要这个福气，我就把老娘送给你……

听到这话真让人不知怎么说，只见隔壁床一位家属皱了皱眉摇了摇头。这位家属也是一位老先生了，我俩自然而然交谈起来。他陪护的是他96岁的老母亲，他说他的老母亲身体一向不错，今天突然晕倒在地，估计是脑缺血，虽然人马上清醒了，但是他不放心，所以送医院来查一下。我问他家里没有人来协助你一下吗？他说他太太马上会赶来。果然不一会儿他妻子来了，带来了便盆等一些物件，俯身在婆婆耳旁轻轻地问长问短。

老先生说，他母亲就他一个儿子，他今年68岁了，自退休后就白天黑夜一直陪伴在老母左右，外面旅游也不去的，因为母亲年岁大了，一人在家他们夫妇不放心。我赞叹说，你们可真孝顺呀，你妻子也真是好！他笑笑说，有人说媳妇好儿子才好，我觉得这话说颠倒了。换一句话说，难道儿子做得不好就把责任推给老婆吗？对老人，只有儿子好媳妇才好，女儿好女婿才好。首先自家的儿女要以身作则，给对方做出榜样。亲儿女都不孝顺了，还怪外姓人？

这位先生继续说，有人说我是孝子，我说孝顺父母是为人子女最基本的道德底线。母亲十月怀胎把我养出来喂奶喂饭把屎把尿，然后是教说话学走路，从幼年到成人，又一路搀扶着我成家立业，待我有了孩子，老母亲又帮着带大第三代。我是独子，妈妈把她所有的爱全部倾注在我一人身上，这样的恩情怎能报得完？也有人对我说，你天天守在老娘身边，脱身不得，蛮吃亏的。我说，我得到的比我失去的多，我快70岁了天天还有妈妈陪着，享受这样的天伦之乐也很难得呀，我把老妈伺候得好好的，让她每天开开心心，自己也很有成就感啊！

他又对我说，我因为工作关系，朋友圈里人很多，各种人都有。但是我有个原则，只要发现朋友圈里哪个人对自己的父母不好，我就马上拉黑他。你想想看，一个人对自己的父母都不好，对朋友还会有真心真情吗？这样的人对你再热络，也是别有所图的！碰到这种人，我就果断拉黑！

这位68岁的先生，说出“果断拉黑”这四个字时，口气坚定，眼神明澈。我这个陌生人虽不知他姓甚名谁，但他的修为以及这样的话语，让我难忘。

关于上海的杂感

梁晓声

2023-10-04

我作为复旦学生时的上海，即1974年至1977年间的上海，与现在的上海简直不能同日而语。那时的上海“棚户区”比比皆是，“弄堂区”的人家也十分密集，并且多为两三代人同居的一居室。代表大都市的标志街道，不过就是外滩、淮海路、南京路等几处地方而已。五角场那儿，便是城乡接合部了。实际上，若从市里回复旦，过了虹口站（当年尚有轨道电车），一路所见便十分冷清。

那也是全国大大小小几乎一切城市的状况——1949年以前的旧貌仍是主体面貌，以后的新貌委实不多。现在的上海，完全当得起是世界级的现代大都市了——旧貌不知何处觅，一派新颜在眼前。

大学毕业后，我仅去过几次上海，每次都往返匆匆。前几次去，上海正大兴土木，我也就无意观光。后几次去，城市改造逐渐完工，便有心“打的”四处览胜了。黄浦区的完美开发，让上海又多了一处崭新而亮丽的城市风光，上海便也又多了一张城市名片。

但这也不是上海独有的现象。若以“旧貌换新颜”来形容，全国一切大中小城市皆然。中国所有的城市都经历了两次“换新颜”的时期。一次是1949年后，一次是1980年后，或也可称之为两次凤凰涅槃——在全世界的城市发展史上，七十几年中出现两次涅槃现象是不多的。

然而不知为什么，老来的我，一想到上海，首先想到的却是上海话，即书籍中所言的那种“吴侬软语”。不知我写出的这四个字是否正确，因为在有的书中也曾印过“吴侬细语”。古时，上海确曾归属过吴国。但我在与上海人的接触中，似乎记得对方言“我”时，亦曾以“吾”说之，如“吾不来塞”——似乎而已，非是确记。

我们北京语言大学有汉语言专业，该专业包括字形学、语音学。受工作环境影响，我对语音学一度产生过兴趣。依我想来，“老上海话”，实属世界上独一无二的语音学现象。“说的比唱的好听”是对“说”的一种夸张。粤剧音调好听，苏州评弹也好听，但广州话、苏州话说来并不多么悦耳动听。沪剧自然也是好听的，我却觉得，上海人日常的说话，比沪剧的音调还好听。

这里说的“上海人”，指的乃是上海女人们。

“细语”也罢，“软语”也罢，由从前的上海女人们说来，才能说出那种又“细”又“软”的独特悦耳的韵味来。然而，举凡全中国全世界，任何国家任何民族的女性，再怎么慢言慢语地说，大抵也说不出上海女人们那种又“细”又“软”的韵味来。进言之，她们的日常交谈——不论两个或几个少女、女郎、少妇、阿婶阿婆们，必然会具有吸引人的“软磁性”。因“细”而“软”、因“软”而“细”的抑扬如丝弦之声，绝不仅仅是一种“慢”而已。

对上海女人们说上海话的欣赏，相声大师侯宝林尤甚于我。

他在生前所说的关于中国方言的相声中，赞美她们连吵起架来都“那么好听”“听着舒服”。当然，相声终归是相声，不能引作语音学方面的佐证。并且，虽然我在当知青时，连里有过三个班的上海女知青，我还在复旦中文系读过三年书，系里近半数是上海女生（包括来自上海周边农村的女生），却从没听她们吵过架。事实是，不论在当年的连队，抑或在复旦，她们往往说的是普通话。我听到她们之间说上海话，是在杂技学馆、江南造船厂、上海愚园商场实习的日子里。到五角场去买东西时，或在公交车上，若有上海女性相互交谈，我也会从旁特别欣赏地倾听。

如果两个上海女子心情好，她们在一起的那种絮絮低语，真的会使我享受到一种语音学方面的美妙来，给我的感觉也的确是“说的比唱的好听”；虽然我当年还不知有什么语音学。

上海女子们那么交谈时，每使我联想到林徽因的诗句——“像燕在梁间呢喃”，“是爱，是暖／是人间的四月天”。倘她们再好心情好言好语地回答了我的话，即使我当时心情不怎么好，也会顿时变得好些了的。

上海女子在心情好时的交谈，使我觉得那时的她们“最女人”，对于我这个“霹雳火命”的北方男子，她们的语音之美妙悦耳很治愈。

我承认，天下女子和男子一样，性格和心地也是千般百种的。上海女子并不例外，绝非个个都是善良天使。所幸我所识者，皆有教养而善良，便尤觉她们说话好听。

城市都是有特点的，主要是由街区布局和建筑风格、地理位置所形成的——倘水绕山环，天然地便有了特点。那城市也有气质吗？

我认为有的。

那么，上海的气质是由哪些元素形成的呢？

我觉得主要是由上海话和教养良好的上海女子形成的。若她们毫无歧视心并以“吴侬软语”与外地人说话时，上海这座城市的气质顿然在焉。该种气质若用四字词来形容便是“温文尔雅”，简化为一个字来形容那就是“暖”。我这么说显然是很得罪上海男同胞的，抱歉啦！仅言气质，我依据的是这样一种逻辑——若言一个家庭气质怎样，女主人怎样都会起到特重要的影响。

上海现在的情况似乎开始不同——外来人口多了，上海话正悄然地，几乎也是必然地从上海逸去。连上海人家的新生代儿女们，说上海话的也不多了。不知他（她）们在家中是否也这样？

在一些店中，听到中老年上海人重温语境亲和的消费氛围，少男少女亦可以从那么一种氛围中，感受上海话的独特之处，由而更热爱上海。至于外地人，自然也不会违和。恰恰相反，进而会喜欢那么一种代入式的沉浸式的上海语境体验，对于自己的上海之行，增加了几分留念。

我希望以后有句话能在到过上海的外地人之间流传："那家店的上海话最好听！"

有些省市的语言即使也会逐渐被普通话所取代，但实际上却不会很快消亡，而会在相当长的时期内出现于话剧和影视作品中。

上海话则难以如此，沪剧的唱段和台词，其实也是尽量向普通话的发音靠近的。那么，上海话若连在上海都听不大到了，其消失则便近于消亡了。

我觉得，正是上海话，才使我对上海产生一种"玉上海"般的记忆。上海话的"细""软""糯"悦耳好听，曾使上海如玉般的温润。

上海话一旦消亡了的上海，它的气质便也随之削弱了，变得只不过是一座大都市而已了。

我这么认为。

很小说家的一种认为。

而小说家对什么事一厢情愿的认为，总是难免有点矫情的。

老派的上海人

石 磊

2023-10-20

老派之一

老派上海人，称呼女生，大大小小的女生，都称妹妹，温婉客气，亲切多汁。

妹妹啊，此地去邮局，要换几部车子？

妹妹啊，急诊间在几楼？

妹妹啊，有没有看见阿拉屋里的猫咪跑出来？哪能一眨眼不见了。

妹妹啊，侬的指甲好看来，啥地方做的？

妹妹啊，阿拉外孙女今天十足岁生日，喏喏喏，大家邻居，一道吃碗排骨面。

老派的这个妹妹，如今是不见了，改朝换代成满街肉气腾腾的美女。

美女，你的外卖来了，我放在窗台上了。

美女，让开点让开点。

美女，外单衣服包包要不要看看？

被陌生人频频叫美女，是一件五爪挠心的事情，赞美肯定不是的，很多时候倒是接近嘲讽的。

麻烦的是，男人随随便便叫女人美女，女人自己呢，也随随便便叫女人美女。我有点担心，现在这些出口就是美女的新派人类，他们和她们老了以后，比如80岁的时候，怎么称呼女生呢？一个80岁的风烛残年老男人，颤颤巍巍口齿不清地问：美女，急诊间在几楼？是不是会遭遇生命危险？

老派之二

老派上海人大多起居于弄堂，一栋小楼，上上下下大大小小，总有三四户、五六户人家，大家共用一个灶间烧饭烧菜烧开水，每户占据的地盘，真真切切的方寸之地，天南地北，上海人的海派，老实讲，是从灶间开始的。那么一点点转身都难的小地盘里，有宁波人家烧雪菜小黄鱼，有绍兴人家烧梅干菜烧肉，有温州人家烧鱼圆汤，有山东人家蒸高庄馒头，有四川人家烧麻婆豆腐，有上海人家下阳春面小馄饨，有福建人家烧花生汤，有广东人家清蒸这个鱼那个鱼。过年过节，家家户户拥挤在公用的灶间里，包流派纷呈的粽子和汤圆，炒各种门派的瓜子长生果，麦乳精奶咖斯里兰卡红茶层出不穷，各家各户的孩子，在灶间里吃百家饭、食百家点心，养成味觉丰富、战无不胜的舌头。当年的老妇人们是没有工夫出去跳广场舞的，她们在公用灶间里就有用武之地，端张骨牌凳，坐在公用灶间里，指导新来的女用人做菜，也顺便把传家小菜，手把手地，教给了隔壁邻居的好学主妇们。上海人的食育，于如此温暖热闹的灶间里代代进行，家常饭菜地位稳固，热饭热菜热泪盈眶，外卖是休想插足的。

这种老派的公用灶间，如此也差不多消失殆尽了。新派人类对饮食有兴趣的，都是上网浏览视频，学习葱㸆大排荠菜肉馄饨意大利肉酱面，貌似无所不能海阔天空，认真学学做做，中餐西餐弄个三脚猫，于技术层面绝对是绰绰有余的。其实老派和新派，分水岭还是赫赫存在的，就是烟火气，饮食里面，如果只有分量克数和温度时间表，那就没有劲也没有神了，吃了也不长气力的了。

老派之三

老派上海人，男男女女，穿毛货裤子，裤缝两把刀，笔笔挺，修修长，垂在雪亮的皮鞋上，好看得来，糯得来，自爱得来。出门叫部黄包车，手拉手，看只新电影，吃客生煎馒头。新派人类不是这样了，裤子破破烂烂，露出膝馒头，两只裤脚管拖到地上，一走路，扫来扫去，像大脚风，清洁工人可以下岗休息了。出门荡马路，新派叫City Walk，做啥要弄个英文单词来呢？中文又不是没有表现力，荡马路三个字，多少传神？出门不想走路，格么叫部滴滴或者嗒嗒，上车司机就问侬车内温度可以吗？不像坐车子，像进病房。看新电影倒是老派新派都差不多的，都喜欢看的。新派人类生煎馒头大多看不上眼，不够刺激，淡寡寡，无论如何要吃点辣的、酸的、火烧火燎的东西，凶猛火力，冲冲杀杀，乃么够刺激了。吃完之后，清咖奶咖都不够喝了，要来半条手臂那么长的一大杯暴打冻柠檬茶。年轻终究是好的，挥霍得起，大手大脚也不要紧。

不过，我还是满怀念老派。派是老的好。Darling，侬讲呢？

爷叔，侬好

马尚龙

2024-01-07

“爷叔”的称谓，随着电视剧《繁花》的热播，也一起热起来。不过普通话版的“爷叔”，叫出来，很是拗口，如果不是打字幕，都不知道是什么意思。

我猜想，普通话版的“爷叔”，也是想改一下叫法的，比如叫“叔叔”“阿叔”之类，但是一改就改了爷叔本身的含义。“爷叔”，只有上海人用上海话才能精准表达它的意思。

小桥流水，风调雨顺，小弄堂，小人家，逼仄的空间，个体的独处，乃至钢筋混凝土建筑——江南吴文化和西方城市规则、文明的相交，是上海话的“柔软剂”，也是上海人性格的“柔软剂”。就如同苏州评弹、沪剧、越剧，比之于京韵大鼓、秦腔，就会深切感受到一方水土乃一方语言，一方语言乃一方做派。

被柔软的也是称谓。

已故香港娱乐界大亨邵逸夫，主导了香港电视娱乐界数十年，历年对内地捐助社会公益超过了100亿港元……这么一个人物，也是爷叔一枚。邵逸夫出生于上海，排行老六，人称“六叔”。

漫画家“小丁”丁聪，是当之无愧的大师，和他亲近的人，是叫他“小丁爷叔”的，其实小丁爷叔在家中是长子。

如果邵逸夫笑傲于北方江湖，丁聪从四合院起势，那就是六爷、丁爷。就像《大宅门》中的七爷白景琦。

一旦做了爷叔，气质也与爷迥异。

胡荣华是中国象棋的标杆人物，聂卫平是中国围棋的精神领袖，老胡温文尔雅，老聂不拘一格，但是一点不影响两人私交甚好。曾经有过聂胡围棋象棋双棋对弈，轰动一时。如果请胡司令、老聂在爷和爷叔中对号入座，是不会坐错的。胡荣华人称胡司令，却当不了爷。常昊年少拜师老聂，但也没有爷居高临下的架势，如今也到了上海爷叔年纪。正是应了这一句：橘生淮南则为橘。

上海人是不太习惯称爷的。爷的辈分有点大，叫不出口，爷后缀一个叔，叫作爷叔，论资排辈，是父亲的弟弟，是可以和他开开玩笑的。也可以叫作“阿叔”，模糊界限在于，爷叔是有血缘或者很亲近的长辈，阿叔少了爷字，更多是小孩子对长一辈男人的泛称。小时候去拷酱油，大人总是关照要叫人的，阿姨或者阿叔。

爷叔的称谓，包含了这个男人是有阅历的，见过世面，肚皮里有“货色”（沪语，指有学问），不显山露水，更没什么威势；但是一看他待人接物，就明白了上海爷叔的路数和分寸，隐隐让人买账。有次在公共场合，秩序混乱了，就有掩藏着的爷叔立了出来，不慷慨激昂，却是和对方说理论法。一看爷叔不战而屈人之兵的气场，就猜得出应该是有点身份的。

爷叔与老克勒不同。老克勒是徘徊于老旧生活的特殊现象，爷叔则是流连于当下市井的社会角色；老克勒好的是三五十年前的自己，爷叔讲的是内环中环及至外环的上海。诸多冠名“爷叔”的商标或者“爷叔”的自媒体，便是自动链接到了上海。

在上海，“爷叔”这个称谓并不是这几年才有，向前推几十年，也足以看到，“爷叔”的内涵和气质。就像“爷们”，在几十年前的北京已经势不可挡。

上海曾经拍过一部电影《小街》，故事背景是20世纪六七十年代一对少年的无望境遇，是张瑜的成名作。同一时期，姜文拍出来的电影，却是取名《阳光灿烂的日子》。差不多时候的1980年，在另一部电影《巴山夜雨》中，和张瑜演对手戏的是李志舆（2021年去世），他扮演的角色和当下的上海爷叔异曲同工。李志舆本人，又何尝不是上海爷叔？那一年，他44岁。

市井语言常有正反双意的奇妙，被叫一声“爷叔”，是敬也可以是讽，尤其是“老爷叔”。只有自己去细细体会了。

我对“爷叔”称谓熟稔，在于我已经做了50多年的爷叔。我的侄子也就小我10多岁，如今他是南方一家媒体的元老，也被他的年轻同事叫“爷叔”了。侄子见了我，依旧恭敬叫我一声爷叔，还要加个小字：小爷叔。要是用普通话这么叫，就是“笑爷叔”了。

上海女人到底咋巴不咋巴

龚　静

2024-02-08

老实说，电视剧《繁花》开始几集蛮让我头痛的，满屏上海话叽叽喳喳叽叽喳喳，小鸟啾啾也算了，要命的是几乎全线高八度，尤其黄河路老板娘吵起相骂来几乎撞破天花板，连那个人设为1985年上外毕业入外贸公司的汪小姐也是365度尖锐的亢奋。这让同年大学毕业如吾等慨然，那时大学生稀少蛮吃香的，但还不至于在单位在社会上如此高音喇叭，尤其在庭院深深的单位怎么着也要低调点。

本来要弃剧，家人讲听听上海闲话嘛，也蛮好。再说认购证、西康路、文化广场交易所，进贤路小饭店，椒盐大王蛇，黄河路的接财神鞭炮一地红屑……也算“回忆杀”。虽然电视剧里的20世纪90年代不是我经历的90年代。姑且一看。大概要从第11集开始好看了，尤其第13、14集，进贤路那条线精彩起来，人物有了立体感，尤其“夜东京”那帮人互相揭老底，戳心戳肺，玲子自觉藏得蛮好的那点心思被撕开，闷特，众人一时也都惊了。人和人之间，小老酒抿抿的背后都是不能细细推敲的。这场戏，也很咋巴，但咋巴得应该，似乎非火力全开的上海话咋巴不可，只有尖锐密集速度秒飞的咋巴才让人千疮百孔，当事人一时都来不及反应，只有以后慢慢疗伤。

剧情就不去说它了，单讲讲咋巴。细想想，到底咋巴是哪能一桩事体。一般来讲，咋巴是形容女人的。讽刺男人话多，称之为牛皮烘烘，或说有“吵狗”一词专称。讲这个女人老咋巴的，意谓话多声响，还不太识相，不该说时闲话太多，有点不看场合。比如公共场所一众声浪，还不管不顾不听人劝。日常中的上海女人到底咋巴不咋巴呢？似乎如今人们对上海女人有一种想象，会打扮、旗袍、优雅、适宜、会看山水等等，总之都颇懂进退懂生活。窃以为那只是一种提炼，一种美好的寄喻。哪有什么千篇一律的上海女人呢。再说某种文化共同体式的审美或形象是否还有待从生活中观察。但可以肯定，咋巴确实存乎于上海女人中，哪怕不喜欢咋巴的上海女人有时偶尔也会无意中咋巴一下的。

为啥？咋巴其实不单单表现为声响吵闹，没教养。有时女人之间的咋巴是一种热情和热闹的烘托。比如一群熟人外出旅游，在火车站机场集合，熟人之间的咋巴情不自禁开始了：“哎，侬来啦，侬好呀，来来来，这里有位置，侬来坐呀。侬搿枪（最近）好哦啦？身体哪能，毛病好点了哦？”亲热吧。听起来是不是蛮暖心？但是身边陌生人听闻要皱眉头，这帮女人，吵来。尖团音的上海话在此无吴侬软语之腔调，完全一记头飙到高音区。要命的是女人们还觉得这个是见面欢，是正常额呀。总算上了火车，行李摆好，坐定，包包里的东西拿出来，三两个相伴的还好点，一群前后左右而坐的，咋巴又开始了：哎，侬面包要吃哦，我昨天刚做的，还有脚爪，没事体么，啃啃蛮好的。来来来，阿拉一道分享。老阿姨起身提着塑料袋一路巡视。邻座间当然更要讲张，开始似乎还注意音调，一歇歇就高上去了，说到要紧高兴处，爆出大笑。她们疏肝理气了啊，但是一车厢的人被扰了。同行者不好意思劝，委托列车员劝告下，她们对列车员讲：哎呀，我们都是自家人呀。似乎认识的人在一起就要这么闹猛。单独来看，也应都是明事理者，可是一聚集就是这么咋巴，还咋巴得很有道理。旁人只好勿响。

有时候咋巴是为了某些场合的不冷场，有的女人就有这种轰隆隆的热情，也是本事。她这里周旋几句，那里朗声大笑，听起来吵是真吵，在这种张扬背后，其实是某种维持热闹的使劲，但有时也需要这样的咋巴出来烘托烘托气氛，好比江湖不能总是“独坐敬亭山”。

就算不是咋巴的女人，小聚，说到高兴处，也会情不自禁高声起来。上海话特有的往上翻翘的音调、迅疾的语速难免显得叽喳的，好在大多数会意识到，赶紧调低音。这种咋巴窃以为算是一种亲朋友人间的性情，不俗气，只是在公共场合当注意。是可谓偶尔一咋，还没巴起来。

说话音调节奏过度，无论何种语言，其实都会咋巴起来的。就算某些朗诵，过度的高亢、过度的豪情万丈，窃以为也是一种艺术咋巴，以及某些言论的夸饰，何尝不是咋巴？所以说，咋巴不咋巴既是日常个人修为，也能由内而外为某些艺术修养。有话慢慢地说，说得恰如其分，是形象，也是人品。

假使汪小姐遇挫后，降低说话声调，放慢说话节奏，反而符合这个人物的成长，虽然讲出“我是我自己的码头”确实很燃，但是若无金科长范总宝总还有她父母的及时帮衬，以及就算海宁皮草王子没啥资本，也不太靠谱，但死心塌地跟牢她，也算一种支持，她这个码头肯定还没搭起来就散了。遗憾的是，电视剧中，从汪小姐到小汪到汪总，角色的声音一直咋巴着。也许到底编导对上海女人还是了解不深哪。

新的自己

张怡微
2024-02-20

兔年是我的本命年，到龙年终于可以说，已平静度过。传统的力量不可忽视，记得开年时，总觉得这一年要谨慎些、仔细些，自我暗示不经意就成了自律的枷锁。冒险的事情不敢做，太远的地方不敢去，平安是平安了。遇到的最大的困难不过是刚放寒假就腰突发作，莫名其妙"躺平"了一个星期，把兔年最后的时光给耗完了。

元旦时去看英国爱乐乐团的新年音乐会，我在会场外遇到了许多老朋友，不知为何心里特别高兴。就仿佛一年的压抑烟消云散，一切终于可以以崭新的面貌开始，打开社交，重起炉灶。像小时候想的那样，过了1月1号，自然而然就成了新的自己。"新的自己"到底是怎么来的？从前我没想过这样的问题。躺平的一个星期，思来想去，倒有了新的感受，灵感得自一家社区的养老护理院。

2023年，我给自己布置的文学任务是去做一些没有即时反馈的事。我和朋友去了附近一家社区养老护理院做调研，上班之余，断断续续访问了十几个护理员阿姨，形成了十几万字的录音笔记。这并不是我的研究内容，我只是旁听，顺便补充提问。听着听着也听出了一些兴味，和刻板想象得来的经验很不一样。大部分来上海打工的阿姨，年纪介于48到60岁之间。多是经由朋友或家乡中介的介绍，重启职业生涯。她们中有的人还需要向护理院交金，有的不用。她们结婚早，如今孩子都已成年，得以从母职中赦免，本是个休整的好时候。她们想再出门攒钱的最大动机，一般就是为儿子结婚做准备。如果生有两个儿子，那简直非出门打工不可了。

她们最先想到的工作，是去大城市做月嫂，收入高。可如今北京、上海月嫂赛道竞争畸形激烈，不仅需要年轻，还要会开车，甚至还需要外语，最好持有日签和美签。她们第一关就受挫，退而求其次的选择，是做长护险护理员和养老院。长护险不必熬夜，但要风雨无阻在路上奔波。养老院需要倒班，但能免去通勤，包吃住也容易存钱。两三年下来，小有一笔积蓄，人的精气神慢慢就不一样了。她们在心里盘算，赌儿子婚姻争气，彩礼不贵，或者自己刚好生了女儿，一儿一女，儿子已经默默结婚，那这笔钱就能留下来给自己。一位阿姨说："我对我儿子说，你一定要多夸你老婆的妈妈。她愿意带孩子，我不愿意。带孩子多烦啊，她带孩子，那我就能出来挣钱……你们说我说得对不对？"我们只能笑。

有的护工阿姨会说："只有你们城市人有养老的问题，我们没有养老，我婆婆80岁了每天都要下地干活，你们城里的老人60多岁就需要照顾了。"可见她们不一定看得上自己照顾对象的身体素质，但这个意外的工种却在潜移默化中提示她们可以为衰老所做的经济和医疗准备。她们基本都买了新农合，尽管抱怨涨价厉害。她们还每年体检，有一位阿姨甚至给自己体检加了近千元的项目，她和同事攀比，说其他人最多加100多块，她是加项第一名。我们又笑。

大部分护工阿姨都很能吃苦，排班如此密集，为了攒钱倒没什么怨言。我们只遇到一位阿姨抱怨过班排得太密，私人时间不够。巧合的是，我们刚好问到她平时的手机使用，想看看她的手机桌面。她的微信突然弹出一条新消息："你能再给我一次机会吗？"可见这位阿姨还有自己的情感生活需要处理。那天也是我第一次觉得这些访问开始变得有意思，溢出口述和录音之外的，才是有血有肉的人生。

还有一位阿姨令我印象深刻，她年纪轻，精力旺盛。在工作之余，她还给自己报了各种学习班，学习画画，学习创业。听说我们是大学来的人，她就把自己的创业报告发给我们看，问我们可行性。她是个有很多梦想的人，考护理证的时候，想当给她们上课的导师，她觉得这个职业不错，是养老行业不需要熬夜的岗位。她存下了第一笔积蓄，后来发现家人都不要，于是很快又把钱花了出去，开始是学习水彩画，后来觉得光培养爱好不行，还想要为做大事做准备。护理员们困在护理院，虽然时间不自由，但互联网是天堂，不仅可以上网课，还可以建立生活。她们用拼多多买水果，开抖音唱歌。我问一个阿姨："你在哪里录歌啊？"她说："我就在养老院的洗手间里。"

"新的自己"是怎么来的？我在这些护理员阿姨身上看到了一些新的气象。要有钱，要为自己想，还要唱歌、画画和健康。

分手菜单

肖复兴

2024-03-19

一位年轻的朋友忽然打电话，说要请我吃饭。我说有什么事情吗，怎么想起请我吃饭来了？他说还真有点儿事情，想跟您念叨念叨。

晚上，我如约去了他订好的饭店，是家川菜馆，他已经在桌旁等我呢。落座之后，我问他有什么事，到家里来说不行，非要到这里吃饭时说？

他笑笑，没说话，只给我倒了杯普洱茶。

两碟小菜上来了。我又问他有什么事情，说吧！

他依然笑笑，没说话。

我也笑了，问他：出了什么事呀，这么神秘？还是说不出口？

他这才说道：没什么神秘的，也不是说不出口。待会儿，等菜一上来，不用我说，您自然就会明白了。

我笑他：菜会说话？又自作聪明补充一句：石不可言，花能解语？

他只是咧着嘴笑，不过，是一丝苦笑，嘴咧得像苦瓜。

服务员端着盘子，袅袅婷婷来回走了四趟，菜上齐了。四道菜：酸菜鱼、甜烧白、清炒苦瓜、辣子鸡。

望着这四道菜，我没有动筷子，想着刚才他说的话。

他也望着这四道菜，没有动筷子，然后，又望望我，等着我猜他的谜语。

我一时猜不出他今天跟我打的什么哑谜。

他指着这四盘菜，问我：看出来了吗？

我摇摇头说：不明白！

他说：您看看这都是什么菜？

什么菜，我是看得出来的，他的心思，像裹上一层厚茧，我猜不出来。

他进一步启发我：您看看这四道菜都是什么味儿？

这我看得明白，苦辣酸甜呗！

就是嘛，苦辣酸甜！这您还不明白？

我接着摇头说：还真不明白，人这一辈子的日子，过得可不都是苦辣酸甜！

他看我是榆木疙瘩脑袋不开窍，叹口气说：这是您这么大岁数的感慨，我们年轻人的苦辣酸甜……

他这一句“年轻人”提醒了我，我打断他的话，立刻说道：我明白了，你的酸甜苦辣，肯定是说自己的恋爱了！我知道，他正在恋爱，热火朝天，谈了小三年，那女的，他带到我家来过，挺不错的女孩。莫非他今天是找我来谈谈这三年来马拉松恋爱中的酸甜苦辣？

他说道：这回您说对了。是恋爱，但这恋爱……

他这一转折，让我一惊，忙问：怎么啦？他叹了口气，苦笑一声，对我说起前几天发生的事情。也是在这家饭店，他的女友请他吃饭，点的也是这四道菜。吃完这顿饭，没吃完这四道菜，他们三年马拉松的恋爱宣告结束。是女友提出来的，至于什么原因，她没有说，只是说这四道菜她特意点好的，为的是这三年恋爱中的苦辣酸甜各种滋味都有。尽管两人不合适，但三年的恋爱还是要感谢他的。

情人分手，多种多样，相互指责、怒言以对甚至白刀子进红刀子出的都有；当然，无疾而终、和平分手的居多。买卖不成仁义在，恋人做不成，还可以做朋友嘛。但是，选择这样的方式分手，我还是第一次听说。这女的，情商足够用，够绝的，怎么想出来的！

就这么完了？我问。

他一摊双手，说：对，完了！

我知道他有些不舍，有些痛苦，便开玩笑对他说：还缺了一道汤！四菜一汤，人家点了四菜，你怎么也该补上一道汤才是！

他一摆手：您别拿我打镲了！当时，我都被这四菜给整蒙了，还能想起什么汤来！

我接着开玩笑：还真得补上一道汤，才算得上完满！

他知道我在开玩笑，也开玩笑地对我说：您吃过的盐比我们吃过的饭多，您说补什么汤合适？

河南糊涂汤怎么样？

他一摆手，说道：糊涂汤不行，是甩手汤！说完他大笑。笑中带几分苦涩。

爱夜光杯 爱上海

2023

过日子

葱爆蚕豆

西　坡

2023-05-05

"五一"前七八天，老友快递我一箱本地蚕豆。我好生奇怪：往年他送本地蚕豆，总要晚好几天，今年咋那么早？

剥开外壳一看，太太说："真是暴殄天物了！"原来，蚕豆体量仅如小指甲般大，假使让它再长些日子，没准儿"魁梧"可至大指甲，甚至超出些。

"小指甲"当然比"大指甲"幼嫩得多，人们无法不联想起乳鸽或童子鸡的种种好处。

一大堆壳，只"哺育"出一小碗豆，确实够奢侈。于是，搛的时候，我的手居然有点由怜悯而起的颤抖。

不过，我很快暴露出"穷凶极恶"的一面——嫌筷子太"小脚老太"（节奏慢）了，干脆改用调匙去舀！太太因此狠狠嘲了我一句。不经意间，玩笑话勾起了我对那段坚硬而苦涩经历的回眸——

去年"蚕豆季"，我们正处在众所周知的一个特殊困窘状态，眼睁睁错过最佳赏味期，每个偏好葱爆蚕豆这道时令菜的江南人士心有不甘啊。于是，太太义无反顾地在小区团购群里"抢"了一袋蚕豆。价格比往年贵好多，工薪族群，心态不至于崩殂，心里毕竟相当肉痛。

剥完豆，一个非常严峻的现实问题摆在面前——没葱！

对于"葱爆蚕豆"的资深拥趸来说，葱爆蚕豆怎么能缺少葱呢？！缺少葱，无以豆。这道菜眼看玩完。

刚刚的兴高采烈，瞬间转为愁云惨雾。

那一刻，我相信最能凸显一个男人是否真正具有“高瞻远瞩”和担当“信托责任”的素质。我不紧不慢地告诉她：人无远虑，必有近忧哦。出家门，过走廊，到电梯间，再拐进右手边朝北的公共阳台，在靠近阳台门与阳台围栏夹角处，有一只花盆，里面应该有些小葱正等着你去收割——那是枯死一棵花卉之后，我不忍心让它光晒地皮不起楼，便往里随意插了几头葱的根。说实话，我从不关心它的荣枯兴衰，只是难得透过玻璃那么一瞥，感知有一抹绿色在晃动，而已，而已。

“求仁而得仁，又何怨。”当初漫不经心的施与，换来的却是日后不对称、非得偿所愿式的福报，是那个非常时期给予我最可宝贵的教育。

我们一致认为，烧蚕豆，放不放葱，结果大不一样：论色——虽然蚕豆本来一身绿，但加葱之后，那绿的层次出来，变立体了；论味——葱和豆分开时，葱是葱，豆是豆，但两者一旦结合，发生的是化学反应，蚕豆似脱胎换骨，味似荤腥——金圣叹临死前说“花生米与豆干同嚼，大有火腿（一说核桃）之滋味。得此一技传矣，死而无憾也”，可资旁证。不信？做个实验：在无肉不欢的朋友面前，安排一盘葱爆蚕豆和一碗红烧大肉，看看他第一筷的动线究竟偏向哪个。我看到过太多的吃货，一人可以吃掉半海碗的葱爆蚕豆，临末还不忘用漂着葱花的汤汁淘饭！

葱爆蚕豆有点讲究：有人先将葱花在热油锅爆香后再入嫩蚕豆炒，待豆色略变，少数特别饱满的豆开始绽皮，再放适量的水盖上锅盖焖；当多数豆绽皮时，入盐，入少许糖，再盖上锅盖着味和略收下汁。如此这般，一道香喷喷、绿油油、皮嫩肉酥的葱爆蚕豆完美收官。

也有人在起锅前入葱花翻炒。这样的好处，是看上去漂亮。

而太太娘家老辈人传授的诀窍，几乎兼取了以上两法之长：先将少量葱花入油锅爆香，而且要爆到葱花略微干焦的程度，然后入蚕豆炒。此时，厨房里排出的葱爆蚕豆的香气，隔几层楼都能被邻居闻到。起锅时再撒上葱花，既得油爆葱之浓香，又得新鲜葱之清香和青翠。可以想象，一盘油绿的蚕豆间或夹杂几星绿里带黄、黄里带焦的葱花，更具无可抗拒的色诱之魅。

当然，还有两个关键点值得一提：一是盐和糖不能先放，须在皮绽豆酥时才操作，否则豆皮收缩显老，豆肉烧不出酥糯口感。二是盐和糖的投放比例必须准足，若嫩豆，则盐糖相当；若老豆，则盐多于糖。此中的道理是，嫩豆略呈苦涩，应多放点糖；老豆肉粉皮厚，大多数人吃时会吐皮，糖可少放些。

野 馄 饨

彭瑞高

2023-05-28

从白领到村姑，从杨浦到青浦，从平凉路到岑卜村，从著名开发区商务大楼，到田间小道旁的“冬冬的厨房”……一个仲春的傍晚，下着冷雨，我们一行四人走进练塘岑卜村。去年底在青浦采访，就听人讲起这村子，说它像颗珍珠，镶嵌在淀山湖畔，是少有的国家级生态文化村。可惜此刻，暮色四合，难见全景；看花观园，过桥串巷，肚子倒先饿了。不经意间，却见田埂尽头，远远亮着五个灯笼，上写“冬冬的厨房”，袅袅炊烟，雨中升腾；各人见了，不免一喜。

这夜色中的灯火，寒雨中的热汤，远村里一碗“野馄饨”，自是难忘；更难忘的，是那位名叫冬冬的执炊女子——

热爱青蛙的“老”朋友

2012年，也是个美丽春天，冬冬跟着朋友到岑卜村看望两位“老”朋友。这是两位来自台湾的七旬老人：薛璋和夫人。薛先生是台湾资深环境规划专家，夫妇俩酷爱青蛙，被人称为“青蛙爸爸”“青蛙妈妈”。廿年前，薛先生因“非典”留在上海；若干年后，他们应邀考察岑卜村，被这隐秘安静的小村所吸引，遂从市区搬来，成为岑卜村最早的“新村民”。

薛先生对岑卜村了如指掌，冬冬又与他一见如故。饭后，“青蛙爸爸”带着冬冬“逛村”，门前宅后，一路细说。他给她介绍烟雨缥缈的淀山湖、跨越千年的练塘古镇；他还以主人身份，向冬冬展示了自家的“青蛙花园”和后浜的“私人小码头”。清水荡漾的小溪上，停泊着两艘漂亮的皮划艇。薛先生说，他们夫妇有时会划着小艇，从后浜划进小葑漾，再一路划到金泽镇……

所见所闻，令冬冬两眼发光。她清晰地感觉到，自己向往的生活就长这个样子。一个大胆的念头蠢蠢欲动：她要来这里做个村姑！她还想：“既然这是我想要的生活，那为什么不选择自己最好的年华来试试呢？”

冬冬有个不错的职业，她在外企担任质量管理经理。这是一个许多人羡慕的位子。但她对此很不满意。“一眼就能望到头，太不好玩了！”这是她对自己职业的评价。

没多久，她果然辞掉市区的白领工作：走！去岑卜村，做一个村姑。

开在田野里的厨房

冬冬在岑卜村租了房子，呼吸到了淀山湖水乡的湿润空气。

有人把冬冬辞职说成是“裸辞”，一位朋友不同意。他说：“裸辞”说的是那种还没找好下家就交辞呈、毫不考虑后路的辞职，而冬冬抛离白领工作，并非猝然而为，而是“谋定而动”，甚至可说是经过深思熟虑的。这位朋友跟我说，冬冬诚然是勇敢青年，更是一位知性女子。

朋友们得知冬冬“重起炉灶”，都来岑卜村看她。冬冬出身于“美食世家”，祖辈父辈中有好几位大厨级高手，她从小耳濡目染，给来访朋友做一桌好菜岂非易事。后来朋友络绎不绝，彼此都希望建个像样的餐厅，“冬冬的厨房”遂有了雏形。

这厨房一开始就与众不同。最突出的一点，不是菜品的品相、材质、滋味，而是摆在店里的那些桌子。这里每一张“八仙桌”（或其他形制的长桌、方桌），都积淀着一户农家的古老记忆。村民们搬迁新居时，冬冬悉心留下了那些老桌椅。一个城市女性对乡村文化的热爱，对土著历史的敬畏，都凝聚在这斑驳古旧之中。

“冬冬的厨房”并非一帆风顺。开业后第一个月，只来了一位客人。冬冬给他上了十菜一汤，怕他孤单，还喊上村里左邻右舍，凑了一桌人来陪吃。对这“第一个”，冬冬心存感激。这位客人吃罢付钱，冬冬婉谢不收；他坚持要付，冬冬说：“那就请你帮我洗碗吧，这就算是饭费。”

一个难得而又潇洒的开端。

十年里，陌路相逢，口口相传；十年里，慕名而至，十而百千。有很多朋友在网上没找到“冬冬的厨房”，千方百计摸到村里来。可惜冬冬起初做的都是私房菜，桌数有限，很多客人没有预约，一个个都扑了空。看着他们的失望，冬冬心里很不好受。她也常出门旅游，懂得长途跋涉后的饥饿是种什么滋味。她想：要么就做些简单食物吧！乡野阡陌，线条粗一点的东西也许更受人欢迎；若回归到家常，不论大家什么时候来，这厨房的灯亮着，门开着，人在着，总能让他们吃上一口热乎的。这不就是“冬冬的厨房”的初心吗？

冬冬是从小生活在江西的福建人，米粉是她的至爱，“江西米粉”遂成为“冬冬的厨房”点心首选。而一家门店仅一种主食显然不够，马上就有朋友提议：“给我们包点馄饨吧！”冬冬随口答应：“行啊，我去外面挑点野荠菜，我们一起包野荠菜馄饨。”

就这样，第一碗野荠菜馄饨，热乎乎地摆在大家面前。而一位陌生客人的光顾，更使野荠菜馄饨添上异样色彩。

这是位孝女，赵小姐。有一天，她给冬冬发来信息，说：“我妈妈想吃野荠菜馄饨。听说你这里有，我想要一份给妈妈尝尝。”

冬冬回答：“好呀，那就请您周末过来，那天我们有野荠菜馄饨。”

周末清晨，冬冬一早就挑好野荠菜，拍照传给赵小姐过目。赵小姐这时才说，她家住在浦东，离开岑卜村足有80公里，如果坐公交车，至少三四个小时后才能到店。

“天啊！”冬冬这时才掂出一碗野荠菜馄饨的分量，对赵小姐说：“那好，我们商量好再约。”

谁料得到，中午时分，赵小姐突然出现在“冬冬的厨房”门口！冬冬一脸诧异，问：“你怎么来了？”赵小姐说：“我妈看到野荠菜照片，说，人家一大早辛辛苦苦准备好，你应该去一趟。”

看赵小姐一身疲惫，冬冬心中很是不忍。她给赵小姐煮了一碗野荠菜馄饨，看她大口吃完，又问了她母亲的口味，才现包一份，打包让她带回去。

赵小姐要走了。冬冬送她到村口公交站。挥手告别时，冬冬忍不住朝这位同龄人鞠了一躬，说：“谢谢你和妈妈！”赵小姐隔着车窗大声说：“我要学会开车，以后开车来吃你的馄饨！”冬冬说：“好，我们约定了：在你学会开车前，我给你们快递野荠菜馄饨；以后妈妈要吃野荠菜馄饨，你就微信我，再不要这样老远跑来了！”

就这样，野荠菜馄饨的名声传了出去。可惜“冬冬的厨房”的菜单牌子太小，“野荠菜馄饨”笔画又太繁，写菜名牌时，冬冬想：那就省下两个字吧，走在这田野里的人，都懂得这“野”字的意思。于是，就有了今天这道“野馄饨”。

离得开的城市，舍不得的乡村

冬冬喜欢书法。正楷，她临摹的是褚遂良的《倪宽赞》；秦篆，她临摹的是李斯的《峄山碑》；她还喜欢泰山经石峪《金刚经》，那都是书法杰作。冬冬把自己临摹的古字贴满外墙内壁，也把自己的心境交付给所有客人。

书法是业余的，烹饪才是她的专业。冬冬敬畏大自然，廿四个节气，餐桌上都有不同的气象。三月田埂野葱生，冬冬挎上篮子，带着客人去挖野葱，回来做个“野葱跑蛋”；四月艾草冒嫩叶，冬冬掐下叶子，做成艾草青团；五月槐树花骨朵，冬冬随手采些下来烙槐花饼；六月枇杷熬糖水，七月蜜桃炼果冻，八月桂花酿米酒……厨房里每一天，冬冬都变着花样让那些菜品闪闪发光。她制作“廿四节气私房菜”的消息不胫而走，节假日里常常一桌难求。

2018年，冬冬已当了6年村姑。儿子要读书了，为了两个宝宝，冬冬回到上海城里。

她是宝妈，也是一直领头的那个厨娘。岑卜村6年，她举办了600多场主题村宴，为8 000多人做过美食；回城这些年，孩子们读书忙，她也没闲着，一边带娃，一边继续钻研烹饪技术。她令人信服地成了“人气料理嘉宾”，拥有4 000多万“粉丝”，在公众场合为大家示范烹饪了360道菜肴……

但她一直有个幻觉：身体回到城市，心却一直住在乡村。清清溪水围绕的岑卜村，有她熟悉的一切：“青蛙爸爸妈妈”的皮划艇、涂阿姨家的水蜜桃、阿米的种子图书馆、赵莉养的狗和小李种的龙葵，还有隔壁阿婆家软软的米糕……

槐花树上的明月映照过她，田野里的春风呼唤着她。身在高楼大厦间，冬冬始终觉得自己属于乡野。好在家人理解她支持她，时空更迭，母亲的责任与女性的追求，两者间再也没有不可跨越的鸿沟，待孩子们读书走上正轨，她再次回到岑卜村，扑进她念兹在兹的那片田园里。

那盏温暖的灯

今天的岑卜村田野，再也不愁没有人迹。冬冬厨房射出的灯火，永远温暖着田野里的人心。

岑卜村是水村，陆上交通也日趋方便。每当深夜厨房要打烊的时候，冬冬都会有一刻，转过耳朵，屏住气息，听一听远方的声音。她要倾听星月下田野的呼吸，还要听一下村路上，有没有远方游子饥饿的肠鸣。这时，厨房灯光照着她，十足是位“透明”的厨娘。

那一夜，她果然听到远处有摩托车的引擎声。那隆隆轰鸣，打破了湖边小村的宁静。好几辆摩托车鱼贯进村，雪亮的灯柱，划破了沉沉夜色。

冬冬说：“哎呀，村里来客了，我们的灯不能灭。要么等会儿再打烊？”

一直在这里帮厨的姑妈会心一笑，重新点火，手脚分外麻利。

众人也都跟着节奏动起来，有人点火，有人搬桌子，有人布碗筷。

姐姐骑着电瓶车折回厨房，报告道：“冬冬，我看到一支摩托车队开进来了，估计他们还空着肚子。我赶紧回来再帮一会儿忙……”

大家都笑了。说话间，一大批摩托车灯柱照亮小路，光影在贴着冬冬书法的外墙上乱舞；那轰隆轰隆的引擎声，直震着人们的耳膜，对面喊话也听不清。忽一刻，摩托车熄了火，小径重归夜色，村野顿时宁静无比。

冬冬大声问：“你们从哪里来？”

摩托车手们齐声喊出一个字：“远！”

“为了到你这里吃一碗野馄饨，我们有的从苏州来，有的从嘉兴来……反正你知道，在我们脚下，几百公里不是事。”

进了门，摘下头盔，解开皮衣，冬冬才看清那些年轻的面孔。她突然有些感动，两眼一下湿润了。她觉得他们就是自己的兄弟，为了一餐家乡饭，不远千里，顶风冒雨朝她驶来。

她想说许多话，出口的却是一句口头禅：“行行行，吃喝安排起来！”

心与心相碰，情与情交融；深夜厨房里的灶火，映红了厨娘的面孔……

这些年，岑卜村成了“网红村”，“冬冬的厨房”门口的柿子树，迎送了不知多少客人。用冬冬的话来说，这棵柿子树是最守时的：每年春分发出第一片嫩芽，立夏开满红花，冬至日，就会掉下最后一片叶子。

“冬冬的厨房”也是最守时的。门口作为店招的五只灯笼，永远为行走在夜间田野里的人们亮着。“大家随时都可以来，只要冬冬家的灯火亮着，一定能给大家做些好吃的。”

有人说：冬冬就是深夜田野里的那盏灯。

蒲扇缘

胡展奋
2023-07-02

“惨了！”当旧金山海关把我的蒲扇从行李箱里揪出来的一刹那，登时把肠子悔青。性躁，怕热。赴美前，于杂沓行李中，临行还不忘塞进了这把蒲扇。

听口气好像涉嫌什么“境外不明植物入侵”。

有顷，远远地来了一位亚裔签证官。她先检查我们的证件。没问题。接着，注目肇事者。不料一看到蒲扇，本来硬痂似的她立刻蓬松了，眼神柔和了，招呼说，别紧张，只是例行程序。然后拿起蒲扇，掂了掂，转了转，侧着脸，略带调侃地扇几下，手势之熟如视已物，边扇边对同事解释，只是驱暑用具，木质干制品，不存在“异类植物入侵”的可能。

她微笑地把蒲扇还给我，只说了半句话：“……我们小时候……”

“我们小时候……”她仅仅想说她小时候的事吗？我特别注意到了这个“我们”。

没几天就是旧金山大伯95岁的生日盛宴。参加聚会的大都是他“南模校友会”的同学，都在美国生活多年，但一见我手中的蒲扇都呆萌了，那意思大抵是，咦？辩地方，会有这个宝贝？！

一老男头若雄狮，比大伯小15岁，后来知道是钢琴家，原先故作贝多芬状，现在突然放下了矜持，客气地向我要过蒲扇，细细打量，反复摩挲。

“小时候，蒲扇是弄堂的夏天之王。”雄狮老人的回忆像他刚才的钢琴演奏一样，沉稳中饱含柔情：上海那种热，是戗人的湿热。那时，电扇只是少数邻居的奢侈品，所以一出梅，就是满弄堂的蒲扇声，很多人家“呼哧，呼哧”地摇着，响到天亮。

看一家主妇是否会持家，夏天看蒲扇。乘凉时亮扇，好人家的蒲扇都是布条绲边的，摇起来无声无息；“烂潦人家”的蒲扇直接就是凤爪，摇起来，前楼、客堂都听得见。但无论“好人家”还是“烂人家”，小时候的风景，就是一早满弄堂的生煤炉，满弄堂的烟。

那时的上海还没流行煤饼，煤球炉很少能焐过夜的。我们弄堂我是生煤炉大王，诀窍是煤炉先摆下风口，人站上风头，否则会被烟熏死；其次燃料要分层级，依次是报纸、细柴梗、柴爿、煤球——煤球或后来的煤饼，架在柴爿上应该镂空，不能捂实，初始应该轻轻地扇，让报纸和细柴充分引燃粗柴爿，一旦柴爿红了，就猛扇，给大火，让柴爿更旺，烧着煤球后，再继以小火，火头稍蓝，就短促、小幅度地扇，扇面自下而上地斜着刮，若有铁皮小烟囱，则觑见煤球与柴爿的接触点发红了，就把烟囱戴上去，让它慢慢拔风自燃。

当时最大的误区，就是生煤炉习惯用破扇。殊不知“工欲善其事，必先利其器”，破扇漏风，有啥用。我煤炉生得好，就是家里舍得用好扇，镶了绲边蒲扇照样生煤炉，效果是别人的2倍甚至3倍。

他悠悠地摇了几下，把扇子递给了座右的校友。那老人细瘦，衣着华贵，大企业家，原先下唇微翘，睥睨四周，待到接过蒲扇，就谦卑了不少。

“弄堂里，赶苍蝇，拍蚊子，责备孩子做功课，甚至摇着扇子吵相骂——‘啪啪啪’的，都是蒲扇。”他回忆说。我的蒲扇记忆最深的是乘风凉。

当年最大的聊天平台就是乘风凉。我家亲戚多，我从小喜欢串门。淮海坊和步高里的乘风凉，爱讲旧社会大亨故事，后来不时兴讲了，就聊“杨乃武小白菜”或“梁山伯祝英台”，再后来聊“绿色的尸体”或《参考消息》里的趣闻，比较文；虹镇老街和蓬莱路的亲戚就喜欢摇着蒲扇讲鬼故事了，什么鬼都有，讲到紧张处，扇子都没人摇了，收摊后大家不敢回家，挤作一堆，这时往往有人大叫一声：鬼来喽！便头皮绷紧，尖叫着一哄而散。一次奔逃中，我的蒲扇掉井里了……

坐我左手的是一对南模夫妇，男的是直升机专家，女的叫柳信美，拿过蒲扇却哭了，弄得众人很没劲。“我从小爱生痱子”，她回忆说，每到夏天，浑身都是，还有脓头，又痒又热得睡不着，我爸爸每个晚上都非常耐心地摇着蒲扇为我驱热，直到我睡着，他有时累极，也趴在床边睡着。1982年的夏天，肺癌晚期的他已经弥留，家里没有电扇，我也不停地为他摇蒲扇，直到他咽气……

盛大的生日酒会，记不清多少南模老人向我要去蒲扇，边嗫嚅着“我们小时候”，边上下翻转着欣赏。那些举止怎么看都一模一样，草草的一把蒲扇，拼多多上才2.5元一把，忽然成了旧金山社交公约数，哪怕素昧平生的人摇扇互颔之际，突然都像熟人，纷纷交换名片，互刷微信，已记不清和多少人合影，但每次合影蒲扇必居中心。

临回国，大伯要我把蒲扇留下。他将献给旧金山“南模校友会”永志纪念。

馒头记

王　寒

2023-07-10

周末，参加师兄嫁女的喜宴。上菜临近尾声的时候，端上来一盘白白胖胖的糖心馒头，垒得小山一样高，一人一个的分量，掰开来一看，热烫烫的板油糖汁，好像缓缓流淌的岩浆。边上一位性急的家伙，糖心馒头一上桌，他就起身急吼吼夹起一只，嘴里嚷道："我最爱吃糖心馒头了！"这位兄台对着大馒头就是"啊呜"一口，结果被热板油烫得哇哇叫。众人直道，慢点吃，慢点吃，性急吃不得糖心馒头啊。

家乡的馒头有好多种，刀切馒头、开花馒头、全麦馒头、白馒头、红糖馒头、糖心馒头。其中有种长长的馒头，样子像洗衣服用的棒槌，叫馒头段，把馒头做成长长的一段，中间嵌入红糖，放蒸笼里蒸熟。蒸这种红糖馒头的柴火，越大越好，蒸的时候，空气里有一股子红糖的甜香。蒸好后，切成一段段吃，故叫馒头段。夏天，天热不想烧饭，巧手的主妇就做几条馒头段，想吃，切上一段，配一碗绿豆汤，一餐就打发过去了。

白馒头是最常见的，半圆形的，白白净净，没有任何馅料，味道未免有点寡淡，通常我把它用来夹油条，馒头的软和油条的脆，倒也相得益彰。在乡间，碰到人家拔栋梁、住新屋、婚嫁寿宴等喜事，总少不了白馒头，在白馒头上点一点红，如印度女人额头上的朱砂，或者盖个大红章，有朱红的"福"字或梅花图案，就叫喜庆馒头。吾乡传统的婚礼回礼上，一定要在袋里装上18

个白馒头，馒头上盖着红印子。

从前，一到过年，乡村都要做馒头，有些大户人家一做就是几十上百个，馒头在蒸笼里蒸熟后，就放在一边。正月里家里来了亲戚，端到桌子上。点了红的馒头，格外喜兴。过年的白馒头可以一直吃到农历二月二龙抬头的日子。在家乡一些地方，过年走亲戚，不叫拜年，而是说“吃馒头”。有些人家，闲着没事干，会把馒头片放在铁丝网上，用小火烘干，做成馒头干松，给孩子当零食吃，咬起来“嘎崩嘎崩”的脆响。

白馒头中，以临海白水洋馒头名气最大，称为“糕水馒头”。白水洋以一白一红出名，白的除了声名远扬的白水洋豆腐，还有白馒头和糖心馒头，红的则是著名的东魁杨梅。白水洋馒头的独特口感跟它以辣蓼做成的糕水有关。辣蓼在乡间很是常见，它是民间的酿酒原料。辣蓼割来晒干后，放罐里熬成汁，滤干净后拌入米粉，搓捏成一个个圆柱形，晒干后就是白药。它是蒸馒头、做甜酒酿、酿酒的引子。

白药也用来给馒头发酵，白水洋馒头就是用白药加糯米、糕头做成的糕水来发酵的，所以口感较别处用面粉发酵而成的馒头，更加松软。用白药做的馒头肤如凝脂，可以一层一层撕扯着吃，细细品味，有一丝一丝的香甜。

白水洋的糖心馒头因为香甜软糯，受到普遍追捧。糖心馒头好吃，是因为里面有猪网油，所以又叫板油糖馒头。猪网油就是猪内脏外面白花花的脂肪，把网油去筋去膜，熬成的猪油如羊脂玉般，洁白温润。再简单的点心，有了猪油以后，就得到了灵与肉的升华。上海的八宝饭、宁波的汤圆、苏州的糕点，都少不了猪油，那丰腴的口感，全靠猪油造就。少了猪油，也就泯然众食了。

做糖心馒头，猪油与红糖或白糖一起拌和，成为馒头馅。只要有猪油，糖心馒头入口，必定肥润香甜，才具有压倒众馒头的别样魅力。

蔡澜是个猪油控，别人采访他，问最无稽的健康建议是什么？他答，别吃猪油。蔡澜在《死前必食》里面列数天下美食，把猪油捞饭入选其一。在《什么东西都吃的人》里，他又说："当年有一碗雪白的饭吃已感到幸福，能淋上猪油更是绝品。"只有加了猪油的食物，才有动人心魄、风情万种的油光。

糖心馒头蒸熟之后，香气四溢，它火热香甜的"糖心"，深深地把你打动。你真想叫它一声"甜心"，或者一声"达令"。糖心馒头要趁热吃，那种绵密和肥厚兼而有之的口感，那种淡淡的油香，让你欲罢不能。冷的话，板油就会结块，味道就会大打折扣。

也许，人生中的有些东西，的确是你抗拒不了的。比如夏天里突如其来的一场暴雨，比如一个刚出笼的糖心馒头。

灵魂飞翔的姿态

徐立京

2023-07-16

人总是在四季之中，但我们对四季有多少感知呢？多少日子里，我们对四季的变化以及其中蕴含的惊心动魄的美，是那么浑然不觉甚至无知而麻木。很庆幸，忽然有那么一天，我顺应着心灵的声音，开始了感悟四季的写作。没有任何具体的目标，就是很想把自己放进大自然中，问天，问地，问春夏秋冬，更问自己的内心。其时我已进入生命的秋季，早已过了四十不惑的年龄，却并没有达到“不惑”的境界，一些事明白了，一些事仍然不明白，或者明白的也不过是自认为明白而已。

飘荡的思绪，零落的文字，当我与《二十四节气·七十二候》组画相遇时，系统化的思考和写作被激发出来了。古老的二十四节气七十二候，成为画家探求宇宙世界与文化演变的载体，也成为我体悟自然与生命的切入点。

时光开始变得不同以往。追寻着二十四节气七十二候的脚步，去体会天地之变、四季之变、生命之变，每一天都变得不一样了。日子不再以周计、以月计，而是真正以天计，在每一天的每一刻里，我都把身心沉浸在天地变化里，看那远山，看那流云，看那街边的树，看那巷尾的花。不管是身在京城的繁华都市，还是居于南国的滨海小城，我与自然、与四季、与自己的内心是从未有过的相融相知。

我仿佛穿越到了古时，那时的大自然没有工业化、城市化的痕迹，更本真更质朴更纯净。古人以一双慧眼和一颗细腻的心，观花开花落、燕来燕往，总结出了博大精深的二十四节气七十二候。在这二十四节气七十二候里，有亘古不变的宇宙天象，有应时而变的物候现象，有自然万物的交叠更替，宏大与精微极其奇妙地交融在一起。与古人的智慧神交，站在21世纪大都市的建筑丛林中，我不再与大自然疏离。即便只是看到人行道上普通的绿化树，抑或乡村道路旁不知名的野花，我都开始读懂这一枝一叶在每一候每一季里的变化，以及它们和浩瀚宇宙的联系。大自然从来都在护佑着万物，宇宙万物的生命从来都在天地之气的呵护中不竭地生长，只不过是我们那浮躁的心不曾去细细品味，便也不能灵敏地感知。“汝未看此花时，此花与汝心同归于寂。汝来看此花时，此花颜色一时明白起来。便知此花不在汝心外。”王阳明此语我初见便喜欢，却不知何意。在对二十四节气七十二候每一天的感知里走了几个往复，似乎就有些明白了。心里始终有那么一朵自然的花在开着，便多了几分欢喜。

日子变得充实而安静，也前所未有地细致了。我的家乡在西南的群山之中，虽是偏远，却有着四季如春的宜人气候。几十年前我刚到北京时，就被这里金秋红叶与初春新绿的美景所震撼，那种叶落尽而重发新芽、满眼皆是最新鲜最柔嫩绿意的、经历了漫长冬天才到来的初春，真是太美太美了，而在满山秋色里层层叠染的红叶的绚烂，让我觉得只有站在家乡河边眺望远山那醉人的晚霞才可以媲美。可惜，这样的美景十分短暂，老北京人用“春脖子”“秋脖子”来形容春夏、秋冬的转换之急速，我也为北京春秋两季短暂而觉美中不足。直到走进了二十四节气七十二候的世界，才知自己之愚钝。其实在冬至初候“蚯蚓结”的时节，天地之阳气便在到达极致的阴气中开始生发，凛冽的冬意里已开始孕育春的气息，由冬至、小寒、大寒而至立春，初候“东风解冻”之时的北方，尽管目之所及依旧是寒林远山、疏枝衰草，但天地之气的本质已然完全不同，春天的气息已经隐藏在冰雪消融的伊始中，隐含在草木返青的等待中。以五天为计，感受“蛰虫始振”“鱼陟负冰”“獭祭鱼”“候雁北”等一个个物候时节的变化，我充分体会到鲜明而细腻的冬去春来的脚步。春天早已来到身边，过往的我却茫然不知，还在那里以抱憾之心翘首以盼，此种愚顽，就是只用眼睛来看四季的表面，而没有用心去体悟天地变化的本质。有此感悟，我内心的从容和感恩便愈加坚定而厚实了。天地有大美而不言，每一候、每一节气、每一季，都包含着天地对万物生命的仁爱，“春风化雨”固然是对生命最好的呵护，“土润溽暑”的炙烤、“草木黄落”的凋零、“征鸟厉疾”的苍劲，又何尝不是对生命最好的历练呢？如果柔弱的荔草在大雪时节的苦寒中都可以挺出新芽，世间的万物又有什么理由去辜负天地的大美呢？四季是自然的，也是文化的。走在二十四节气七十二候里，便也走在了无比丰富、华美而厚重的文化时空中。中华民族古老的智慧、哲思与诗意，经历了千年岁月而依旧生动鲜活，并在这世界“百年未有之大变局”中，带给我们新的启迪，展现出新的价值。“道法自然”“天人合一”“上善若水”“和而不同”的中国智慧越发显现出生命力。如果二十四节气七十二候所代表的中华文化的价值观能被世界更多地了解，得到更广泛的传播，这个世界会减少许多纷争，增加对生命的尊重与敬畏。对宇宙万物作为一个整体的尊重与敬畏，世界将因此而变得更美好。而中国人应当更加懂得“天行健，君子以自强不息；地势坤，君子以厚德载物”的道理。

每个生命都拥有自己的四季。今天的我，对四季的每一天、每一刻都心怀敬畏与珍惜。二十四节气七十二候的每个时节，承载着我对天地对生命的思悟，而我最喜欢的一篇，是《小雪三候，闭塞而成冬》——生命的气息即使处于天地闭塞之中而终将凝结，灵魂的翅膀也总会在那风雪飘过的天空凝固成飞翔的姿态。这是我对小雪三候的感悟，也是我对自己生命的期许。

岁月未蹉跎

叶 辛

2023-10-03

2019年，国庆70周年的前夕，长篇小说《蹉跎岁月》入选“新中国70年70部长篇小说典藏”，同时我也被邀请参加十一国庆典礼文艺界的彩车游行，在庆典大会上驶过天安门前，接受几代党和国家领导人的检阅。

为此，贵州的读书界为我组织了一场纪念《蹉跎岁月》出版40周年的活动。活动现场，还陈列着一块展板，一面展示了40周年来改换过的《蹉跎岁月》的23个版本封面。在这个座谈会上，读者们看过我40多年来出版的书，有一位来自大学的读者说了一句：“你写出名的小说叫《蹉跎岁月》，可你与贵州结缘半个世纪的日子，应该是‘岁月未蹉跎’。”众人竟然鼓了掌，都讲这话说得对。

我当时也没怎么当回事，心里说，纪念会嘛，参加者要说些场面上的客套话，只是笑着对说这话的教授表示了感谢。

不料这话真传开了，现在贵州还以“岁月未蹉跎”立项并开拍了电影纪录片，连贵州星空影视和贵州卫视也一并参加进来，说55年岁月长得很，内容涉及很多，除了拍成一部纪录片电影，还要录制6～8集的电视片，在电视台播出。起先我还迟疑，真能拍这么多吗？可参加拍摄以来，我也不知道自己怎么会有这么多的感慨，这么多的话。比如来到我当年做知青的修文县砂锅寨，人还没走进寨子，车子停在门前坝当年我们六个男女知青的自留地旁，放眼望去，砂锅寨我已经不认识了。

半个多世纪前的1969年4月初，我们几乎是站在同样的位置上，看到的砂锅寨，三分之一是泥墙茅草房，三分之一是褐色的木板房，只有三分之一是青砖砌的所谓砖瓦房。可现在呈现在我眼前的，全是三四层楼宽大的房子。一边走进村寨，我一边问着当年一起出工干活的伙伴，这是哪家的，那又是谁家盖得这么豪华气派？正说着话，迎面走来一个农妇，大声喊着我的名字道："我是你这次进寨子碰到的第一个人，你一会儿去我家吃饭。"

话说得又诚恳又肯定，随而黑黝黝的脸上一对眼睛，恳切地望着我。我只得回首瞅了一眼老伴，她又转而拉起我老伴的手，直呼着我老伴的名字道："一起去一起去，去吃点家常菜。"旁边有老乡马上说，她家的家常菜可不一般啊！现在她家是砂锅寨的富翁！

这个叫张少群的农妇，50多年前嫁到砂锅寨来时，我应她丈夫的要求，参加了接亲的仪式。后来她又和我们一起上了湘黔铁路大会战的工地，在女民兵排里认识了我老伴，故而和我们都认识，这次相逢，因而分外热情。

到了砂锅寨上，细听老乡们介绍，才知道她的两个儿子经商的本事了得，在堰塘边修了漂亮的三层楼房。那外墙采用的材料，比上海弄堂里的丝毫不逊色。听村支书和村长介绍，砂锅寨上家家户户都盖了新房子，全是三层楼和四层楼高的，不少人家的窗户，全用的是落地钢窗。不要说你们知青当年住的茅草房见不着了，就是木板房……

我连忙问："大水冲毁了我的茅草房，在土地庙改建之前，我住过的那幢木板楼还在吗？"

村长小杨笑道："就是你住过，县里下来的干部，三令五申不要拆，砂锅寨才剩下了这一小幢木楼板房。要不，早拆完改建了。还有你住过的土地庙，小么是小，只因是明朝末年的厚青冈石建的，现在成了贵阳市的'非遗'，也留下来了。"

这只不过是我当知青时住过的砂锅寨，就整整拍摄了两天。导演还意犹未尽，说还要来补镜头。且不要说半个多世纪的岁月，我修建湘黔铁路时的重安江畔，我到过的布依村落，我去过的苗寨侗村，我一次一次走进过的十大贫困县之一的紫云，还有风情各异的水族、瑶族、彝族、仡佬族，几乎都有往事可以追忆，几乎都变得我不认识了。

最令我兴奋的是，以往我每次走进山乡，走到我曾插队的砂锅寨，或是其他的民族村寨，往往只有老乡看过由我的作品《蹉跎岁月》和《孽债》改编的电视剧，年纪大的人还看过由《高高的苗岭》改编的电影《火娃》。这一次拍摄过程中，也许是待的时间长了，经常有老乡买了我的书来请我签上名字。签过字后，他们那喜形于色的模样，对我这个作家来说，真的是最大的安慰。

从这个意义上来说，岁月未蹉跎，还是贴切的。

我去踢村超

关　尹
2023-10-07

榕江，贵州黔东南苗族侗族自治州的一个小县城，距离省会贵阳200多公里。即便在半年以前，它依然籍籍无名，并没有多少“存在感”，却仿佛在一夜之间蹿红。

外地人如今知道榕江，大多是因为“村超”——榕江（三宝侗寨）和美乡村足球超级联赛。它到底有多火？今年7月29日村超决赛那晚，县城中心球场居然涌进了超过10万名观众，全县宾馆酒店爆满，数千人甚至只能临时搭帐篷过夜。

1994年美国世界杯的决赛，创下了迄今为止足球世界杯现场观众最多的纪录，也不过9万多人。一个小城榕江的乡村联赛，竟然还超过了世界杯？这让身为足球铁粉的我相当神往：什么时候，能和兄弟伙伴们在村超的球场踢一场，也就无憾了！

随着榕江在8月底推出“首届全国美食足球邀请赛超级星期六”，我实现愿望的机会很快到来了。一场说走就走的足球“远征”计划，开始酝酿起来。

好事注定多磨

理想总是很丰满，现实往往很骨感。在我决定要参加村超后，就深刻地体会到了这句话的含义。在上海组织一大批人去贵州榕江踢场球，那真不是一件容易的事。

足球，可以说是我生活中最大的爱好。大学新闻系毕业之后，我便进入报社，当起了足球记者。这么多年，我看球、说球、写球，同时自己也踢球，足球早已融入血脉中。虽然最近几年身材发福、速度不再，早已失去了当年“边路C罗”的风采，但依然保持着每周至少踢一场球的频率。

兴趣，有；冲动，在。不过首先面临的难题是，得找到一大群志同道合的人。足球是靠11个人在场上踢，少一个那可都难。或者是一群临时组凑的，到了那边岂不是要被人打成筛子？

好在，我有底气，咱身后有团队。2015年，几个爱踢球的朋友一起，组建了“上海兄弟团”足球队。水平马马虎虎，但我们的宗旨就是以球会友。大家也基本脾气相投，就是低调内敛正能量，就像我们的建队口号那样，“有球有爱有朋友，无情无义无兄弟”。

可发出村超行的倡议后，一开始我还是被泼了几大瓢的冷水。上海与榕江，两地相隔1 600多公里，走一趟至少也得三四天时间。几名实力不错的队友，都抱歉地说：“真的很想去，可实在走不开啊。”有些失望，但也能理解，以“魔都”上海的“卷”度，节奏快、竞争强、压力大，哪能随意“说走就走”？要工作，要照顾家庭，花几天时间，就为了踢场球，简直太奢侈。都说人到中年，生活中没有“容易”二字，谁说不是？

好在，还有不少球队的老哥们儿表示支持，一个劲地给我打气。我大学的师弟李铃，几个月前刚刚因为踢球膝盖重伤，尚不能行走。他也拍着胸脯说：“师兄，我上不了场也去，就给你当领队，做你背后的男人。”兄弟团三十几号正式人员，最终二十几人报名，让我心定了。更为感动的是，还有好几个已经在外地工作的老朋友，也纷纷请战。武汉的杨燕、南昌的黄栋、西安的小涛、长沙的阿文、成都的老部……一个个喊着口号往前冲，这下子，我是不能再退缩了。

人的问题差不多解决，接下来的一大拦路虎，就是经费。去村超，可不仅仅是踢场球。看前面出场的那些队伍，动辄包几十辆大巴，啦啦队浩浩荡荡几百人，还有各种气势庞大的文艺表演、美食展示，把村超办出了“春晚”的排场，真是让人羡慕。可人家要么有当地政府的支持，要么有大企业大老板赞助，一个个财大气粗的，咱这纯粹是属于草根民间组织，远不能比嘛。怎么办？除了大家自筹经费，还是得“化缘”。脸皮一向薄的我，在朋友圈隐晦地表达了需要些许“支持”的想法。没想到，竟有朋友第一时间发来消息“鼎力相助”，实在是令人感动。还有一些朋友表示，愿意随行为球队助威加油。这样一来，我们的啦啦队也能“凑”个一二十人，在场面上总算能过得去了。

拿到几笔大大小小的“赞助”，搞定了服装、住宿、用餐、节目表演等大项，包括接送大巴、展示横幅等细节也一一落实。我终于长嘘一口气：榕江，我们兄弟团足球队要来了。

记忆永生难忘

出发前，我曾好多次设想过我们站上村超球场时的场景，肯定是一种从未有过的体验。而当大家真正踏上球场跑道的那一刻，那种震撼、兴奋、满足、幸福，绝对是比你想象的还要震撼，叫人难忘。

9月15日，抵达榕江的第一天，一场特别的欢迎仪式已经在等着我们。榕江是一个多民族聚集地，有大大小小36个民族，其中苗族和侗族居多。晚饭我们是去球场旁边的车江一村体验侗家宴，进村的入口处，早已准备好了“拦门酒”。当地人身着民族服装，载歌载舞，但想要通过，首先得和他们对上三首歌，然后每个人一口酒、一口菜，谁也逃不过。“折腾”了大半天，大部队才终于落座。

吃饭的时候，侗族同胞们会上来围着你敬酒。不喝？唱到你喝为止，那是真正的“盛情难却”。气氛到高潮时，他们还搬出了“高山流水”的仪式，就是好几个人用小碗搭成一个小坡，主人从高处往下倒酒送到你嘴里，酒不停倒，客人不停喝。考虑到还要踢球，我们安排了不上场的教练李铃和啦啦队员锤子作为“战士”接受考验，把他们“灌”得够呛。

一个小时后，我们走进了村超球场。星期五的晚上，里面早是人声鼎沸。工作人员告诉我，按惯例球队要绕场一周，接受观众的欢呼。原本以为，只是“例行公事”，谁知这一绕，就绕进了我们心里。

你走在跑道上，看台上的观众会为你欢呼，巨大的声浪响起在耳边，那一刻我们真的就像是走进了世界杯的殿堂，享受的都是聚光灯下世界级球星的待遇。尤其走到球场的另一侧，是简易的看台，观众离你特别近，只有半米不到，每个人都在鼓掌，每个人脸上都洋溢着笑容，他们会主动和你击掌，对你大声喊“欢迎”“加油”“雄起”，完全是自发的，这种感觉真是超级美妙。榕江人民那种扑面而来的热情、纯朴、友好、善良，深深地烙印在所有人的心里。

“就这么走一圈，来这一趟再辛苦也都感觉值了，超值。”张宙对我感慨，他当时差点忍不住流泪，“这排场，这气氛，哪里去找？”

巧的是，我们在他乡还遇上了老乡。原来，负责村超转播的团队，就是受邀从上海专程过去的。一开始，村超比赛虽有各种平台的网上直播，但限于技术、设备等原因，效果不佳，网友看得很不过瘾。为了照顾更大群体的直播受众，村超特意请来上海的专业转播团队，搭建了专门的导播室，有了更多特写镜头，转播画面更加流畅，差不多能抵得上中甲联赛的转播水平。现如今，村超已经有一批固定的外地铁杆粉丝，每到比赛日在网上看球，也逐渐成为他们的一种习惯。

所以说，村超的火爆、成功，绝不是偶然。它既有场面上的宏大、壮观，也有细节上的周全、细致，想不“火”都难。

门将一夜成名

山东汉子续元昊，性格踏实本分，踢完村超之后队友们感觉他变了，用教练李铃的话来说，“这哥们儿不由自主、身不由己地就膨胀了”。

原因是这样的：元昊以前基本不发朋友圈，一年到头难得能发个两三条。但在榕江这几天，包括回上海后，他基本上每天都发好几条，这段时间的发布量，抵得上他过去几年。元昊也很少用抖音，他的抖音账号是一片空白，好友也只有两个：一个是我，另一个是在国外做生意的老乡。但现在，他新开了微信视频号，抖音也连发视频，而且频频与人互动，一看就是要“做大做强”的意思。

是的，续元昊“红”了，他有了新的名字——村超门神。15日晚我们与贵阳糟辣角队的比赛，他高接低挡、左扑右封，扛住了对手的狂轰滥炸。据不完全统计，糟辣角队在比分落后时，至少有十几二十几脚势在必进的球，都被他不可思议般地化解。在村超的舞台，他一夜封神！

整场比赛，现场解说员不停地大喊：“哇，哇，守门员太帅了，太帅了，简直让人叹为观止啊！”网友们也纷纷弹幕：“这门将是一个人在踢对面十一个吗？”“他不应该踢村超，应该进国足。”到比赛结束，不少观众上前排队与门将合影，竟然还有一大群美女姐姐围着，拿出衣服让他签名。享受这种巨星般的待遇，他是真的“红”了。

当然，球队在村超打出了名气，肯定不仅仅是靠一个“门神”。我们创了两个纪录：既是第一支参加“超级星期六”的上海球队，也是村超至今唯一连踢两场的球队。而且第一场是15日晚10点结束，第二场是16日下午2点半开始，等于在不到17个小时的时间里，经受了两场高强度比赛，即便对职业球员来说，这也是一个艰巨的挑战。而且，作为一支以70后、80后“大叔”为主的球队，对手平均年龄要年轻10岁左右，平均体重要轻三四十斤，两场都是在补时最后几分钟内惜败，已经是相当不容易。无论是对手还是当地观众，赛后都会伸出大拇指，说出两个字：敬佩！

村超之行过去了好些天，队友们依然意犹未尽。作为一个“过来人”，我也想向所有喜欢足球的朋友推荐，一定要想办法去体验一下。在黔东南的那片土地上，有不一样的足球、不一样的文化、不一样的风情。去一次，可以说记一辈子。

重阳，菊花须插满头归

韩可胜
2023-10-22

“岁岁重阳，今又重阳。”每年农历九月初九为重阳节。重阳节古诗文中常常叫“重九”，有时候干脆简称“九日”。中国文化用阴阳哲学解释世间万事万物。双数为阴，单数为阳。现存的重要节日中，有两个叫“阳”，另外一个是端午，也叫端阳，端是“正”的意思，农历五月初五，“五”在“一三五七九”之中是不是正中间的一个阳数？端阳是正中，重阳则是极致。九是阳数中的最大，两个九，就是阳的顶峰。物极必反，到了这个节点上，阴冷萧瑟的深秋就已经到了，而冬天也就不远了。

一首著名的诗歌让我们了解到唐代重阳节的习俗，也让我们感受到文化的传承性。这就是王维的《九月九日忆山东兄弟》:“独在异乡为异客，每逢佳节倍思亲。遥知兄弟登高处，遍插茱萸少一人。”团圆、登高、插茱萸……三大习俗延续至今，其中登高、插茱萸是重阳节所独有。

“无边落木萧萧下，不尽长江滚滚来。”杜甫《登高》一诗，题目就暗示了写在重阳节。清明远足，重阳登高，前者踏青，后者辞青，都是人与自然的互动，两者遥相呼应。登高既是健身，也是赏秋。在婺源、休宁等古徽州的山区，还衍生了晒秋的习俗，家家户户把火红的辣椒和金黄的菊花，以及颜色鲜艳的收成在依山而建的宅前晒出来，与粉墙黛瓦的村庄，与满山的红叶，组成了一幅幅最美的盛世图画，每年吸引数十万人去赏秋、拍摄。

茱萸是一种中草药，重阳节插茱萸，或者佩戴茱萸做成的香囊，都是为了避灾克邪，与端午节插菖蒲、艾蒿相似。

“待到重阳日，还来就菊花。”重阳节更多的习俗是采菊、赏菊、饮菊花酒。“不是花中偏爱菊，此花开尽更无花”“待到秋来九月八，我花开后百花杀”“尘世难逢开口笑，菊花须插满头归”……菊花一直得到中国文人雅士的喜爱，“晋陶渊明独爱菊”最为著名。有一年重阳节，辞官后归园田居的陶渊明，因为没有钱买酒，只能在东篱下抚菊惆怅。就在这时，一个白衣使者向他走来，原来是江州刺史王弘派来送酒的。这就是“白衣送酒”的典故，这种纯粹的友谊堪称友谊的天花板，让后人羡慕不已。唐代王绩说，“香气徒盈把，无人送酒来”；岑参说，“强欲登高去，无人送酒来”。相比之下，宋代女词人李清照遭遇离乱之后，单身凄苦，至少有花有酒，也是在重阳节，“东篱把酒黄昏后，有暗香盈袖。莫道不销魂，帘卷西风，人比黄花瘦”。

过节自然离不开吃，中国的许多节日都与特定的食品有关。元宵节吃汤圆，清明节吃青团，端午节吃粽子，中秋节吃月饼，冬至吃饺子，重阳节的特色食品则是重阳糕，有的地方是糍粑。重阳糕和糍粑都是糯米做的。我从小生活在皖西南山区，对重阳节的印象没有菊花，没有茱萸，没有登高，只有糍粑。年年都是舅舅翻山越岭送糍粑过来，让我记忆犹新。听说，舅舅家那里的糍粑，入选了非遗，进了“舌尖上的中国”，只是好些年没有吃过了，糍粑不知不觉就成了乡愁。

“薄衣初试，绿蚁新尝，渐一番风，一番雨，一番凉。”写重阳的诗词很多很多，不可胜数。因为是晚秋，大多充满了惆怅，“自古逢秋悲寂寥”是常见的事情。只有极少数胸怀、气度非凡的人才能把无数人为之神伤的季节，写得豪迈、昂扬和奔放，比如这首：“人生易老天难老。岁岁重阳，今又重阳。战地黄花分外香。一年一度秋风劲。不似春光，胜似春光。寥廓江天万里霜。”

“九”最大，故而也最老，有长久长寿的含义，寄托着人们对老人健康长寿的祝福。国家在1989年将重阳节定为老人节，2012年改称老年节，民间俗称敬老节。由此敬老爱老与登高赏秋，成了重阳节两大主题。

蟹黄汤包的命运谜团

庞余亮
2023-12-06

吹牛的人说，没有一只鸭子能活着离开南京。这话其实不吹牛，南京的美食家吃掉的盐水鸭数量吓死人。

吹牛的人同样说，没有一只螃蟹能完整地离开靖江。这话同样一点不吹牛，做美食一绝的蟹黄汤包需要拆蟹。需要油汪汪的蟹黄和鲜嫩的蟹肉。美食家们每年来靖江消耗掉的蟹黄汤包数量惊人。

传说有家饭店每年要做的蟹黄汤包是百万只。如果把这些蟹黄汤包一一连接起来，就是一百公里长的蟹黄汤包大军。我向饭店老板求证，他笑着说肯定不止这个数字。骄傲吧，仅仅是一家饭店哦。靖江有几千家饭店在做汤包呢。难怪靖江是“中国汤包之乡”呢。

还是不要说数字吧，说说靖江蟹黄汤包身上最大的谜团吧。

——那薄薄的汤包皮里，晃来晃去的、鲜得掉眉毛的、蟹黄内涵十足的美味之汤，是怎么进入汤包皮里的?

汤包皮摊在蒸笼里包裹滚汤法？针筒缓缓注射法？当然都不是啊。

有一年，靖江召开了一次全国性包子大会。很多包子专家为了蟹黄汤包的起源在会上争执起来。有专家提出了“北上说”，那是从杭州出发的包子。也有专家提出“南下说”，那是从中原出发的包子。

轮到我发言的时候，我首先说到了《红楼梦》里最有名的“茄鲞”。“茄鲞”完全是锦上添花般的美食做法，或者叫作“败家子式”的做法。靖江的蟹黄汤包就是“茄鲞”的做法。长江边的靖江物产丰富，螃蟹遍地，母鸡成群，没办法运输出去的靖江人就取其精华，就这样做出了令食客们拍案叫绝的蟹黄汤包。

首先揭开汤包的汤之秘密吧。

一只只大螃蟹蒸红。最好的螃蟹肉剔出，蟹黄蟹肉用中火熬至水分收干，油呈金黄色时盛起，冷却成蟹油状待用。接着制馅，用散养的老母鸡熬汤备用。再将本地猪后座肉洗净后放入锅内煮至八成熟，随后捞起，将猪肉切成小丁，再将猪肉皮制成半粒绿豆大小的细粒，一同放入锅中，放进原汁鸡汤。加虾籽、酱油、姜葱末、绍酒、精盐、胡椒粉进行熬制。冷却至凝成汤冻，用时铰成碎粒状。再放入熬好的蟹油拌透，搅匀成馅。馅心进入汤包皮之后，皮冻遇热，化汤。

蟹黄汤包的身上还有更多的神奇。比如包子上的褶皱必须达到30个以上，像一朵菊花般悄然绽放；比如那个吃汤包秘诀里的人生哲学：“轻轻提，慢慢移。先开窗，后吸汤。”

我更喜欢探究与蟹黄汤包有关的命运谜团。

比如做蟹黄汤包的面粉用的是小麦面粉，凭什么不选有“修长”身躯且有一头“秀发”的大麦？凭什么不选择拥有类似黄金般麦秸秆的元麦？大麦和元麦，可是诗人和摄影家眼中的“美人”啊！可“美人”就能配上英雄吗？很多女人都羡慕龙嫂林凤娇，可换一个女人试试？

也不是所有的小麦都可以成为“舞台上的明星”。“高筋面粉”由强筋小麦碾制而成。“强筋”这个条件，就像摆在跳高运动员面前的高度，没有那样的弹跳力，就只能望竿兴叹。所以，《舌尖上的中国》来靖江，要把一只汤包皮吹成一只气球，也只有高筋小麦这样的“汉子”可以担当了。

吃靖江蟹黄汤包的纪录是属于一个四川小姑娘的，她叫张小雅。我刚到电视台工作的那年，正好见证这个大胃王的诞生。为了500块奖金，她轻轻松松地吃掉了72只蟹黄汤包，佐餐的是半大瓶可乐。

为了防止她的胃出问题，颁发奖金之后，带着她去了一趟医院。仅仅有点胃下垂。

这个张小雅，当年又是怎样来到靖江的？如果错过了某一趟车，如果错过了某一个人，她会不会在另一个城市打工？如果是这样的话，创造汤包纪录的又是另一个人了。在她的身上，完全可以写一部当下中国人的命运，现代化的中国，转型期的中国，一个外地的小姑娘，怎样和蟹黄汤包扯上了命运的关系？

靖江汤包的命运谜团还有一个，那就是最厉害的汤包大师的故事。

这个1956年出生的汤包大师年轻时是一个帅哥，现在他也是一个帅哥。如果和那个“皇阿玛”张铁林站在一起，他比张铁林还帅。这帅哥年轻时的理想是做一名电影演员，为了实现这个理想，他做了很多努力，合唱队，伴唱，还有业余京剧团。

当年由于成分不好，他不仅没能做成演员，还得下放插队，然后好不容易去了豆腐店磨豆腐，再后来，招工进了饭店，成了他师父的徒弟。

他的师父有祖传的做蟹黄汤包的手艺。

渐渐地，这个心比天高的小伙子收起了做演员的心，专心爱上了做汤包。这么多年过去了，他成了中国烹饪大师、国家特级点心师，也是靖江蟹黄汤包最厉害的非遗传承人。除了传统的蟹黄汤包，他还从上海生煎包子得到启发，发明了别有滋味的生煎汤包。

每次到他的店里吃汤包，我都会想到他年轻时的梦想。那些电影镜头的梦想。

我把蒸笼里晃来晃去的蟹黄汤包当成了命运的大纽扣。他每天都在做命运的大纽扣。我们每天都用嘴巴和牙齿解开命运的大纽扣。

那一次，我带着一位来自北方的作家朋友来吃汤包。我问他有什么感觉。他说他几乎醉了。过了一会儿，已近中年的他把碟子里的汤包凑到嘴边，说了一个词：初吻。

天啊，初吻！

这个修辞很形象，很活泼，也很有命运感。

二〇二三年盘点

王　蒙

2023-12-27

一、七月前完成了两篇中篇小说,《季老六之梦》,已发《人民文学》;《蔷薇蔷薇处处开》,则留到2024年发表。

二、凤凰·江苏人民出版社出的《天地人生》,去年获央视好书评定。同时,该社出版了我的《王蒙解读传统文化经典系列》,并在京举办了出版座谈会。

三、2023年是我文学创作的70周年。

1. 在艺术研究院,在现代文学馆,在中国海洋大学,分别举行了研讨会。得到了文友文师们的鼓励与各有特色、各自独到的分析掂量指导。

2. 人民文学出版社出版了《王蒙创作70年全稿》61卷,在文学馆举行了首发式。

3. 人民出版社出版了《论王蒙》《王蒙演讲录》《世界的王蒙》《我们眼中的王蒙》等一批书籍,并联合作协研究部与《文艺报》召开《论王蒙》研讨会。

4.《文艺研究》出版了王蒙创作70年专号。

5. 文学馆有"金线与璎珞"展览,国家博物馆有"青春作赋思无涯"和国家图书馆的"笔墨春秋——王蒙文学创作70周年展览"。

我感到幸运给力,我想起曹禺老师一句口头语:"真不容易呀"。

四、去年病了大半年,手术后向好,恢复了游泳、走步等体育活动。

五、五月走访了新疆喀什、麦盖提、莎车、乌鲁木齐。见到一批60年前的英模老友的后人，共同赞誉与期待新疆日新月异的发展繁荣、幸福快乐。

六、童年时期与我朝夕相处的姐姐王洒去世。今年离世的亲友比较多，哀悼，想念，珍惜，加油努力吧。

附：永远的文学

今天，在国博与国图，举行王蒙文学创作七十周年展览开幕式，我感到荣幸与感激，也感到惭愧与责任。作为文学大国、文学古国的当代写作人，我远远还做得不足。

写作七十年了。七十年的历史体验丰富足实，七十年时代精神的召唤高昂遒劲，七十年党和人民的业绩改天换地，文学创作与研究的追求探索美妙鲜活、灵动无涯。七十年的学习锻炼成长过关克难，绝非轻易——想起了曹禺老师的口头语："真不容易呀！"七十年的读书写作孜孜矻矻。七十年的视野与行止遍及祖国城乡边疆，遍及亚非拉欧美澳。

写作七十年后，王蒙老矣！但是，情思未减少年时，尚能努力尽力敲出小说文章。有人问我，为何写作那么长时间还在写还能写？还有激情还有笔力？这是因为我经历了天翻地覆的时代变革，祖国还年轻，还是少年中国！我也仍然满腔热烈红火、光明敞亮，爱文学，爱语言，爱学习，爱写作，永远与党和人民一路一心，永远歌唱吟咏，书写不完，希望写得更好。写出千秋故事、挚爱诗篇。

（本文系作者在"王蒙文学创作70周年展览"开幕式发言）

母亲的病

邬峭峰
2024-01-15

这是一次恶的召唤，来自阿尔茨海默病。

不幸的罹患者，像完成了与厄运的终身绑定。在亲人面前，他们被清空了人生经验，被解除了记忆及认知能力，按着一个成熟的脚本，不可理喻地迈向至暗。

他们的眼神无邪而空洞，偶尔会有一丝极稀淡的警惕。他们仿佛被颠覆在地，却不觉得是自己倒下，还以为是桌椅、厅堂、灯具、树木和月亮倾翻了。他们脸上仍有微笑，所有的残忍在这种笑靥的掩映下延续。

而你的眼眶里，注定克制着哀痛。你面前是具有血缘深度的亲人，他们是父母亲或其他长辈。他们将不能再辨识你，以往相濡以沫的岁月烙印也将被漂洗一空。尽管，他们都有种古怪而强劲的寻找冲动，一次次走失又被领回，本质上，他们已近似停摆的座钟，且复原无望。

回忆我母亲最初的症状，除了老人都可能有的近事遗忘，最明显的是，拿着的东西经常从她手上跌落。我当时并不懂得这是大脑对远端神经控制能力的递衰，指间呈现的其实是脑干的情报。此外，以长期居住的家址为轴心，向东南西北依次平推四五条马路的名字，母亲过去都记得；现在由远而近纷纷淡忘。当对家址毫无印象的时候，走失开始了。在她眼里，万物均已失去了特征，她行进时从无参照，只要没有阻挡就笔直走，走不过去了，就转向某一侧再次笔直走。她以为，本次终点在她面部正对的、光线明亮的前方某处。这样的行走，使母亲每一次走失，都走到很远的地方。

第一次走失发生在午夜之后，凌晨2点左右有过轻微的响动，家人当时经验有限。我家在复兴公园附近，上午8点多，母亲已在长宁区的剑河路出现。居然还骗过一位邂逅的老同事，说老伴就在前面。那个灵敏的老同事事后觉得有疑点，就辗转和我们联系。我火速赶到那一带，快快慢慢追踪三四个小时，寻母心切，鞋也不对，脚乱步急，10个脚指甲全部翻起，无济于事。深夜11点，在闵行虹梅路同一家小超市，因为太过干渴，母亲连续6次进退，却又表达不了自己的要求，被警察带走。这个时候，她已在户外折腾20多个小时。回家后，她的眼珠都不太灵活了，她的鞋袜和脚底粘连在一起，家人围着她完成各种必需的事项后，让她安寝。睡了8个小时后，她居然基本恢复了状态。设想，如果没有自我恐吓，没有混乱的情绪消耗，人类体能的强大将远超我们想象。但无论如何，70多岁的老人，这样度过昼夜，令家人心伤。

母亲自髋骨骨折后，在医院躺了整整7年，她的阿尔茨海默病也在加重。因为长年局限于病床，并未发生什么特别事端，但一些易遭人忽视的细枝末节，常引起我纠结。7年中，出现过多位24小时监护的护工，她们经常和病人玩耍，这应是一种关爱。她们实事求是地把与病人的互动方式，降智到令家属五味俱全的程度。家属没有理由不满他人把母亲当作智障病人对待。发现母亲齿缝间挤满垢屑，手脚指甲野蛮生长，以及还有些我不忍复述的非恶性情形，我会第一时间予以修正。一个曾经如此在乎体面的女人，得病后对仪容的意识丧失殆尽，这些常不在人们视线中受到关切。有人认为，风烛残年的老年病人，活着已是福气，每一个生命自有的尊严，似不再需要被重视和维护。

然而，无论母亲如何不堪，家人依然不会忘却她的家庭至尊，也不会因眼下的失智，就矮化她的个人历史。阿尔茨海默病制造的悲情，让稍有想象力的家人，完全可以想到更多平常没有看见的失尊画面。此际，一个明智的声音在你的心里劝慰：请别要求旁人把你的母亲当自己的母亲对待，尤其当她是一个阿尔茨海默病患者的时候。

阿尔茨海默病家属的心，是一颗难以言喻的心。

母亲在医院的日子进入第7年。我妹妹是这家医院某个专业的主任医师，除了出差或学术活动，母女常见面，她在对母亲的照料上付出最多。有一天，母亲灵感乍现，在我面前称我妹妹为“医院里的那个胖胖”。我因母亲的奇妙措辞失笑，但心里如被针扎。

又过了两个月，母亲开始不认为我是她儿子了。她好像顾及我的感受，又抑或50年母子关系强劲的抗裂扭力，在做最后的抵抗。母亲依然像对待儿子那样朝我微笑，当我把手覆盖在她的手背上时，她微微一动，没有选择抽脱。她对我的认定，似在摇摆。护工们每一次说，看，谁来了，你儿子啊。母亲总是浅笑，作看透不说透状，又似乎在说：是不是我儿子，还用说吗？他当然不是。

最严重时，我和母亲单独在病房相处，她极度不安。令人伤心的潜台词再明显不过：“这个男人怎么还不走呢？请他走吧。”我明白，我已经拉不住自己的母亲了。

最后一个被她遗忘的，是我父亲。

宿命安排我父亲病逝于母亲身旁，他们当时住同一套病房。父亲肺梗阻骤发，医生全力施救，当父亲所有生理指标归零的刹那，不知是谁，哗啦将父母两个病床间的幕帘合上了，那一侧和这一侧，都异常安静。幕帘拉动的声响如有穿心之痛，它既宣告父亲生命的终结，又宣告一对男女相依为命50余年，至此阴阳两隔。

安顿好父亲，返回病房，我把两个病床间的布帘轻轻收拢，上方塑料搭扣淅淅沥沥响着。母亲对另一侧的空荡似无反应，任阳光金金地照射在那里，她的双眼默视着天花板。我突然发现，她的眼眸中含有悲戚，我从未见过并难以解读的悲戚。

母亲最后一段时光，嘴里一直在重复“哗哗”的声音。我放空逻辑，揣摩再三，估计她是在模拟一条河流。

母亲16岁那年，在江苏武进县一个叫汤庄桥的地方，跟着新四军走了。外婆凭一双三寸金莲走遍半个中国，要把最小的女儿找回家。外婆并不知道，自己倔强的愿望最终还是实现了。

母亲85岁时，作为一位女儿，她的魂魄自觉启程，沿着当年外婆绝望的归途，回到了自己出生宅屋边的小河旁，并夜夜安枕在那条河的石板桥上。母亲呱呱坠地时的伴音，应是临窗小河的水流吧，这就是为什么，她一定要把这种声响告诉她的儿子。

具有强大恶神之力的阿尔茨海默病，确实让母亲把自己的一生几乎遗忘得干干净净，包括所有的欢乐与苦痛，包括每一位至亲的脸庞；但是，它还是无法阻止一个女人，在生之尾声缠想她的原乡，并伴着降世时初听的水流声安然睡去。

父亲的远方

顾春芳
2024-01-20

父亲离开我们五年了。

他离去的那天是2018年7月31日，农历六月十九日。死亡是最绝望的远方，它像夜幕降临一样轻盈而强大，渐渐遮住一个人的全部光辉。在父亲停止呼吸的刹那，我无助地望向窗外，想看一看究竟有没有什么死神或天使把他的灵魂带走。

我没有看见死神，也没有看见天使，只感到世界一下子空了。窗外是盛夏的中午，晴空万里，阳光灿烂，蓝天映衬着墙角的无花果树，饱满多汁的无花果在烈日暴晒下溢出白色的乳汁。当我回头凝望父亲雪白安详的面庞时，脑海中浮现出《道德经》中的话：天地不仁，以万物为刍狗。

南方的习俗是在人离去之后，整理和处理逝者的遗物。将可用之物分赠亲戚和朋友，剩下的就付之一炬。民间谓之“来也完整，去也无缺”，黄泉路上有熟悉的日用相随。我无力阻止代代相传的习俗和传统，眼见着父亲生前使用过的物品一件件被投入大火。但我要求母亲保留父亲的一个抽屉。

我小时候喜欢翻父亲的抽屉。在童年的我的眼里，父亲的抽屉简直是一个阿里巴巴的山洞，总能带来意想不到的惊喜和收获。比如我总能翻出够买一根雪糕的零钱，还能翻出弹珠、鱼钩、子弹壳等男孩们喜欢的玩具，还有毛主席语录和像章，《白毛女》《红灯记》的年历片……后来几次搬家，陈旧的柜子换了，可父亲的抽屉依然是发动全家生活的引擎。

每次回家，夜深人静之际，我就会打开父亲的抽屉，翻弄他摆放整齐的物件，然后一件件归位。他那使用多年的老花镜，我送给他的派克钢笔，他用过的手机和蓝皮通讯录。母亲依然每天给父亲的手机充电，就像他生前一样。香水是我的先生送给父亲的，他偶尔用用，更多是一种纪念和收藏；他的账本上一笔笔清晰地记录着家庭的开支；备忘录还记着他没有来得及做的几件事。一黄一黑是两方留给我的印章，父亲说这是家族最古老的物件，由于年代久远，印章上的篆字有些斑驳、漫漶不清。抽屉里还有各式各样的打火机，那是他50年烟龄的见证。在所有的物件中，最令我泪目的是车钥匙和驾驶证。

原本我并不打算要孩子，和天下父母一样，他和母亲表示未来带孩子的事情由他们来承担。但这并不足以打动我，最终说服我的是他的一句话："不要以为孩子会拖累你。我和你妈在最精疲力竭的时候，只要见到你就立刻有了使不完的劲。"得知我怀孕的第一时间，父亲就辞去了工作，专职做起了我的司机。早上按时把我送到学校，晚上按时接我回家。每次上车总有各种美食等着我，我的体重在几个月里暴涨20公斤。父亲等我的时候就在学校传达室和门卫聊天，几个月下来，他们成了哥们儿。现在，每当寒暑假回上海，我都要重新整理一遍父亲的抽屉，那里有他的气息、他的目光、他的声音，有他善良和有趣的灵魂，有他一如既往的支持和爱，我知道他没有离去。纪念一个人除了保留一些可供凭吊的事物，最重要的是让他的美德重现于我们的言行。

父亲病重住院期间我曾问他："爸爸，您觉得哪里的风景最美？"他的回答令在场的人落泪。他说："送顺顺上学放学路上的风景最美。"顺顺是我的孩子，是他心心念念的外孙。他用绵绵无尽的爱，说出了我在任何经典文学中没有读到过的最动人的诗句。孩子毕业前夕，有一回很晚才回家，他说自己独自去坐了一趟365路公交车，365路是爷爷从北大接孩子回万柳的公交车。父亲离去的那年，我在医院度过了我的生日。我买了一个蛋糕，希望他和家人一起给我过生日。那天，他非常高兴地吃了蛋糕，拍了生前和我的最后一张照片。照片中的他目光炯炯，神采奕奕，我知道他用尽全身的力气，微笑着向这个世界做最后的告别。

2024年人民文学出版社的跨年盛典“生命中的文学时刻”邀请我讲一个关于“远方”的故事，我和在场的梁晓声、李敬泽、东西、毕飞宇等作家分享了这个从没有对人说起的故事。在这世界上，不是每个人都有诗和远方。有的人没有远方，他们的远方就是把他们所爱的人送往他们想去的地方。柴米油盐、锅碗瓢盆就是他们的远方，无尽的牵挂就是他们的远方，永远的守护和陪伴就是他们的远方。有一些远方很肤浅，有一些近旁很深刻。父亲的远方不在游历和风景中，而在日常的守护与不息的希望里。

旧时桂林过年的三种年货

郁钧剑

2024-02-13

我说的这三种年货，实际上是三种吃食，即糍粑、年糕和粉利。

这三种吃食拿到今天来讲，都已经不算什么稀罕了，但在五六十年前，却真的只有过年时才能见到吃到。那时候的年味为什么要比现在的浓？就是因为每到年关了，光拿桂林来讲，那就是大多数人家无论富贵贫穷，有钱没钱、有势没势的，都尽可能地要做这三种吃食，或自吃，或送人。礼尚往来也是千百年来咱过年的一种习俗，浸润着浓浓的一个个人间滋味的故事。

糍粑、年糕和粉利相互交叉着，和而不同。相同的是原料，都是大米，但糍粑和年糕用的是糯米，粉利用的是粳米。还有的不同是做法，年糕和粉利是用石磨将浸泡过的糯米和粳米磨成米浆，用大火蒸出来的；糍粑是把糯米煮成米饭，用石臼捣出来的。

旧时在桂林我有见过捣糍粑的场景，不仅见过，还亲自捣过呢。那是我十六七岁时的有一年过年，我家已从东镇路的深宅大院里“被”搬到了有四邻八舍的八角塘巷子。街坊邓家借来了一个石臼，说要捣糍粑，结果隔壁邻居的“张家李家王二麻子家”都凑热闹，跟着也要捣起来。母亲受其影响，心血来潮了，说我们家也捣吧，于是我便把学艺时的好友杨俊新、史克林、武桂元、金华邀到了我家，母亲先把糯米蒸熟了，我们几个年轻力壮，三下五除二很快就捣成了糯团。嫂子把这糯团放在一个碗大的圆形模具里一个个地压，母亲嫌慢，直接上手就捏出了糍粑。小侄女梅梅、萍萍再用高粱秆子蘸上红颜料在做好的糍粑中间点出朵朵的梅花，喜兴得不得了。

糍粑做好了，要放在竹篾子上拿到太阳底下去晒，可别小看了这晒，晒得不好糍粑会裂。晒好了的糍粑硬邦邦的，要放在清水里泡，每天还要换水。旧时过年了，再冷清的人家都会有几个在清水里泡着的、可随吃随取的糍粑。

糍粑有切成块甜煮咸煮和炭火上烤的吃法，我那时更喜欢的是在炭火上烤着吃。随着炭火的升温，放在火钳上的糍粑会慢慢膨胀成一只圆球，焦黄焦黄的皮，雪白雪白的瓤，软糯绵绵，米香绵绵，再蘸点绵绵的白砂糖，整个人都绵在绵绵的民俗和风情里面去了。

当年与我一起捣糍粑的几位艺友一眨眼也都快七十了，杨俊新、史克林，每年清明我回桂林给父母扫墓，尚能见见，而金华应该有十几二十年没见了。更遗憾的是，武桂元在50岁多点就已去世，唉！这也是人生一世啊！我外婆姓武，每次母亲见到桂元都特别亲近，因此我俩曾有段时间走得也近。他会把他的情书念给我听，会把他的失恋痛哭于我。今天说起捣糍粑突然让我格外地想他，想起他去世前我估计也有十几二十年没见……此时此刻，仿佛看见他正在天上对着我笑，问我："钧剑，你还记得我们曾在一起捣糍粑呀？"

再讲讲这年糕。旧时在桂林我也见过母亲和嫂子蒸年糕。先要把糯米淘洗浸泡数日，用石磨磨成米浆，调成米糊，再用新鲜的粽叶围成圆形垫在蒸笼里，把米糊倒入。如想吃甜的，就放甘蔗榨成的黄片糖；如想吃咸的，则可把肉丁香菇丁荔浦芋丁拌入，然后用猛火蒸熟。而火候的掌握极为重要，稍不留神，会做成夹生年糕。那就惨了。年糕蒸熟后还不能马上吃，得等它放凉了，到了大年初一才切成片，或煎或炸或煮，也可像糍粑一样放在炭火上烤着吃。

桂林人做的年糕一般都是黄颜色的，越黄越甜。因为放的黄片糖越多，糕就越黄。我见过一种雪白色的年糕，咸口的，上面还点缀着一块块白花花的肥猪肉，喜欢吃肥肉的，当然高兴。而像我这样不吃猪肉的人，看见后吓都吓死了。

城里人做的年糕一般都精小，不像乡下人做的，往往都有磨盘般大，实在实惠，每每一块就可以从初一吃到十五。乡下人做的糍粑也比城里人做的要大，还刚进年关呢。乡下人就会把碗口大的糍粑用禾草五个十个地绑成一串，拿到城里来卖，卖的也是一种金贵的民俗，一种质朴的风情。

再讲讲这粉利。它的做法也是要用上好的粳米浸透后，磨成浆，滤成湿米粉，搓揉成团，再蒸至半熟，再揉搓成四五厘米的圆柱长条，再蒸至八成熟后晾干才成。它和糍粑同样要泡在清水中保存，要每天换水，随吃随取。由于粉利出自祭祖，后改食用后有求大吉大利之寓意，因此它有多种颜色，年味也浓呢。

桂林粉利的形状与我们江苏老家和上海的年糕都特别像，不过一个是粳米一个是糯米，但吃法却也像，可以切块切丁甜煮吃，但更多的是切片切丝配菜炒着吃。如在桂林，常常就是用芹菜或青蒜，配上肉丝、香菇冬笋胡萝卜丝来合炒的，加上粉利本身五颜六色的“粉”，与大吉大利的“寓”，就更添了一份“年味”了。

自父母去世后，近30年来我都再没有回桂林过过年。因为父母不在了，桂林的那个家就不在了。不过，我想通过这篇短文来表达我一颗真诚的心，真诚的心情凝成一句话，那就是养育了我童年和少年的桂林，过年好！桂林的父老乡亲们，过年好！

山乡过年

王汝刚

2024-02-19

我年轻时，曾在江西农村生活了好几年。记得每逢秋收结束，我就数着手指打算回上海过年了。仅有一次，留在山乡过年，这段经历至今印象深刻。

原以为穷乡僻壤，物质资源贫乏，山乡过年不可能有什么年味。事实上，从腊月开始，我就感受到“自己动手，丰衣足食”的乐趣。当地盛产鞭炮，祭祖、迎客、做寿，甚至杀猪……都要放几串鞭炮以示庆贺，清脆悦耳的鞭炮声，火烈浓郁的鞭炮味，拉开了过年的序幕。家庭主妇们大扫除、炒花生、磨糯米……忙得不亦乐乎，孩子们更是喜形于色，享受着难得的美味，奔跑着四处撒野……然而，这仅仅是渲染气氛的“龙套戏”，登场主角是杀猪匠。农家好不容易养大的肥猪，到了年关，必请来杀猪匠操刀，净肉大部分送去集市出售，自家仅留下些许零碎和下水，而且还不能独享，按规矩，下水和猪血烩成“杀猪菜”，请来亲朋好友一起享用。当然，改天有人办“杀猪菜”也会回请客人，如此你来我往，果然热闹。

临近新春，山乡人家格外厚道，有人路过门口，主人必定招呼：“请屋里坐，吃口开水。”其实，“开水”就是新沏的好茶，但不能说“吃茶”两字，按山乡风俗“吃茶”就意味“吃药”。客人入座后，主人会摆上几只果盘，装的是自家炒制的花生、黄豆、红薯干等茶点，还必须煮一碗面条让客人享用，才算完成了待客之道。客人告辞，主人热情留客：“莫走啰，吃酒吃肉……”热情的声音荡漾在山谷间，一派祥和的气氛。

其实，山乡过年的活动很丰富：结婚、生日、回门……老表很有人情味，纷纷来邀请我参加活动。当年知青流行一句戏言："面皮老老，肚皮饱饱。"客气当福气，有人请吃饭，有吃必到。我吃过百家饭，但并不白吃，饭后主动表演节目：讲故事，唱小曲，尤其是用土话演唱的小曲，最受欢迎，这也应当算是当时的"文化惠民"活动吧。

那晚的年夜饭安排在生产队长老唐家。老唐早先在上海踏三轮车，新中国成立时响应政府号召，来到山乡当"垦民"。说起这段经历，老唐依然激情满怀："风光得很，陈毅市长亲自到天蟾舞台做动员报告，我带头报名，领着一家老少来到江西。"

老唐扎根山乡多年了，生活早已入乡随俗，饭桌上有"六大碗"：肥肉、竹笋、海带、黄豆、腐竹、鸡蛋。不过，那晚还添了两碗家乡菜：狮子头和咸猪头。这下引起了我的思乡情："老唐，你做的狮子头可以和上海的扬州饭店媲美。"老唐感慨地说："好多年没回上海咯……"这下，我有了话题，一口气把上海南京路从东到西的主要商店，像绕口令述说一遍："南京东路第一幢大楼就是和平饭店，隔几家门面是惠罗公司，对面是中央商场，专卖价廉物美的处理商品，大到缝纫机、自行车，小到针头线脑，一应俱全。走过冠龙照相器材店，就能看见扬州饭店，它的前身是莫有财厨房，招牌名菜'蟹粉狮子头'是上国宴的！"有位老表问："这道菜放蛮多辣椒吧？"我笑着回答："这道菜不放辣椒。"老表表示疑惑："不放辣椒的菜还算好菜？"我回答："如果要吃辣，请到朵云轩对门的四川饭店，这家的川菜可以辣得食客叫爹叫娘，连呼过瘾。吃了饭，去永安公司、时装公司走走，重点要介绍的是，隔壁的食品公司，楼上楼下全是好吃的东西，大白兔奶糖、花生牛轧糖，还有酒心巧克力，这种食物粗看好似一块泥巴，一塞进嘴巴，哇……美酒爆浆，那个味道……对不起，我自己也没尝过……"

这顿饭从黄昏开始，直吃到满天繁星。山乡没有电源，老唐家破例点了两盏煤油灯，豆粒般大小的火苗欢快地跳动，平添了几分喜悦。来串门的老表越来越多，我也越说越有劲，大家听得表情丰富：有人笑得嘴也合不拢，有人听得目瞪口呆，有人皱眉沉思，还有人为我斟酒，真诚地劝说："吃了酒，再哇（讲）。"淳厚的米酒、浓浓的情感，我无法推却，全盘照收。谁知吃口甜醇的米酒后劲特别大，我竟然头昏了，一时间无法控制，来了个"天女散花"……从此我再也不轻易沾酒。事后，老表们夸奖我："没酒量，有酒品，喝醉了还在宣传：'大家一定要到上海去，只要走在南京路上，就会感觉到中国人吃价（了不起）！'"

夜深了，一行人陪伴醉酒的我走回宿舍，有人打起手电，有人打起火把，行走在乡间小道，人影映射在黄泥墙上，一路上欢声笑语，煞是壮观。迎面寒风刺骨，满地白霜无涯，我竟然不觉得寒冷，内心热乎乎，发自内心感慨：只要有份好心情，不论在哪里过年，年年都是幸福年！

后　记

岁月是条河，不息流淌；岁月像首诗，悠悠吟怀。从时光之流中舀取醉人的一杯吧，举起，并歌唱——用“夜光杯”文萃，品味人生，感悟岁月。

至2023年，“夜光杯”已历77年，我们延续一年一度的传统，从2023年4月至2024年3月，在“夜光杯”微信公众号等各渠道广受欢迎的佳作中，精选出77篇文章。从晨读、夜读，到封面人物、文艺评论；从聚焦当下的纪实，到回眸往事的记忆，再到记录历史的珍档……“夜光杯”包罗万象，伴你左右。通俗却不粗俗，轻松却不轻飘，深沉却不深奥，尖锐却不尖刻，永远传递真、善、美，给人向上向善向前的力量——这是我们坚守的定位、文风与价值观。

感谢读者一直以来的相伴与支持；感谢不断扩容的“夜光杯朋友圈”，给我们提供有温度、有情怀、有思考、有深度的好文字；也期盼更多读者关注“夜光杯”，从这本书开始，更多浏览我们的“夜光杯”版面、新民客户端中的“夜光杯”频道、“夜光杯”微信公众号，以及“夜光杯朋友圈”微信视频号。愿以“夜光杯”为媒，与你成为更好的朋友，共同扩大这个以文会友的朋友圈。读者、作者、编者，让我们在一起，用笔、用情、用心，一起悦读、悦心、悦人。

本书的标题“岁月未蹉跎”取自书中所选文章，它道出我们的心声：过往的时光都是有意义的，未来的日子都是值得期待的。一如本书最后的句子：“只要有份好心情”，“年年都是幸福年”。

一起来吧，与生活干杯，为岁月喝彩，静待繁花盛开。

新民晚报副刊部

2024年7月30日

图书在版编目(CIP)数据

岁月未蹉跎：爱夜光杯 爱上海：2023 / 新民晚报副刊部主编. — 上海：文汇出版社，2024. 8.
ISBN 978-7-5496-4300-4

Ⅰ. I267

中国国家版本馆CIP数据核字第2024XE8770号

爱夜光杯 爱上海·2023

岁月未蹉跎

出 版 人：周伯军
主　　编：新民晚报副刊部
选　　编：刘　芳　史佳林　郭　影　吴南瑶
责任编辑：张　涛
审读编辑：姚明强
装帧设计：王　翔

出版发行：文匯出版社
上海市威海路755号　邮政编码：200041
经　　销：全国新华书店
印刷装订：上海颛辉印刷厂有限公司

版　　次：2024年8月第1版
印　　次：2024年8月第1次印刷
开　　本：889×1194　1/32
字　　数：280千字
印　　张：10.5

ISBN：978－7－5496－4300－4
定　　价：45.00元